KB273517

이야기 문학 연구

이창헌 저

보고사

차 례

단편소설집 〈삼설기〉의 판본 변모 · 7

　1. 서론 : 삼설기·금수전·토생전 사이의 관계 ······························7

　2. 동양어학교본 삼설기 : 〈상27장본〉〈이26장본〉〈삼27장본〉 ··10

　3. 오한근소장본 삼설기 : 〈상17장본〉〈이18장본〉〈삼18장본〉 ··· 18

　4. 대영박물관본 삼설기 : 〈하26장본〉 ·····································22

　5. 금수전 〈20장본〉의 검토 ··24

　6. 토생전 〈16장본〉의 검토 ··24

　7. 결론 : 판본의 선후관계 ··29

〈쌍주기연〉의 판본 변모 · 33

　1. 서론 ···33

　2. 현전 판본의 종류 : 〈33장본〉〈32장본〉〈22장본〉〈16장본〉 ··· 35

　3. 〈33장본〉과 〈32장본〉의 관련양상 ·································37

　4. 〈33장본〉과 〈22장본〉의 관련양상 ·································41

　5. 〈16장본〉의 검토와 〈18장본〉의 추정 ·····························44

　6. 결론 : 판본 변이의 과정과 의미 ··56

경판 〈조웅전〉의 판본 변모 · 61

　1. 서론 ···61

　2. 경판방각소설 조웅전 자료 개관 ··64

　3. 〈30장본A〉〈30장본B〉〈30장본C〉의 검토 ·······················67

　4. 〈20장본A〉〈20장본B〉〈20장본C〉의 검토 ·······················73

5. 〈30장본A〉와 〈20장본C〉의 검토 …… 76

6. 〈20장본A〉〈17장본〉〈16장본〉의 검토 …… 86

7. 결론 …… 88

20세기초 방각소설의 변모 · 91

1. 서론 …… 91

2. 출판법 시행 이전의 방각소설 …… 96

3. 출판법의 시행과 이에 따른 방각소설의 변모 …… 102

4. 결론 …… 110

이야기책의 글자 모양 : 각자체(刻字體) · 115

1. 서체(書體)·자체(字體)·필체(筆體) …… 115

2. 조화체로서의 한글 서체 창제 …… 117

3. 한글만 사용하기 …… 120

4. 한자와 함께 사용한 한글 서체 …… 123

5. 한글만 사용한 한글 서체 …… 126

6. 방각소설 출판의 일반적인 과정 …… 131

7. 방각소설에 나타난 각자체의 특징과 의미 …… 136

8. 새로운 문화의 등장 : 세로쓰기에서 가로쓰기로의 변화 …… 153

이야기책의 표기형식과 유통방식 · 157

1. 서론 : 이야기와 이야기책 …… 157

2. 이야기책의 표기형식 : 기사된 문자에 따른 분류 …… 158

3. 이야기책의 제작방식 : 인쇄수단에 따른 분류 …… 163

4. 이야기책의 유통방식 …… 166

5. 방각소 그리고 방각소설 목록 …… 176

6. 방각업자의 규모와 양지의 보급 …… 178

7. 여건의 변화와 대응 방식 : 세책가·방각업자 …… 180

8. 출판법의 시행과 구활자본의 등장 …………………………… 182

허균 연보의 재검토 · 185

1. 서론 ……………………………………………………………… 185
2. 허균의 처가(妻家)에 대하여 ………………………………… 187
3. 누이 난설헌의 죽음에 대하여 ……………………………… 188
4. 예문관검열 겸 춘추관기사관 세자시강원설서 ………… 189
5. 병조좌랑 임명에 대하여 ……………………………………… 191
6. 황해도사·삼척부사공주목사에서 파직된 이유 ………… 193
7. 내자시 정과 공주목사 임명의 선후관계에 대하여 ……… 201
8. 성균관 전적 임명에 대하여 ………………………………… 202
9. 의흥위대호군/부호군 그리고 예빈정/부정에 대하여 … 203
10. 결론 그리고 남는 말들 ……………………………………… 206

염불놀이의 의미와 기능 · 209

1. 서론 ……………………………………………………………… 209
2. 염불놀이의 구조 분석 ………………………………………… 212
3. 염불놀이의 의미와 기능 ……………………………………… 217
4. 결론 ……………………………………………………………… 232

김동인과 역사 이야기 · 235

1. 역사나 사실에 대한 이야기 : 사담 ………………………… 235
2. 역사에 대한 최초의 관심 : 젊은 그들 …………………… 239
3. 아기네와 춘원 연구 : 일환이에게 ………………………… 241
4. 이야기꾼 김동인 : 불멸의 이야기체 ……………………… 245
5. 문학적 오만함에서 문화적 문학운동으로 ……………… 247

후지 · 249

단편소설집 〈삼설기〉의 판본 변모

1. 서론: 삼설기·금수전·토생전 사이의 관계

삼설기는 '무신십일월일유동신간(戊申十一月日由洞新刊)'이라는 간기(刊記)로 말미암아 유간기본(有刊記本) 방각소설 가운데 가장 이른 시기인 1848년에 간행된 것으로 언급되는 작품이다. 그러나 새로운 자료의 발견으로 인하여 현재는 임경업전(1780년), 전운치전(1847년)에 이어서 간행된 작품이라 하겠다.[1]

먼저 김태준은 삼설기를 소개하면서 3권 6편으로 이루어져 있으나, 그 명칭의 유래를 설명할 수 없다고 하고 있으니, 김태준이 본 것은 현전 오한근소장본과 동일한 판본으로 추정된다. 그리고 이들 6편의 작품에 대하여 그 중 몇몇은 후인의 찬입(竄入)이 아닐까 하는 의문을 제

---

[1] 삼설기의 간기인 '戊申十一月日由洞新刊'을 1848년으로 비정한 것은 정확한 것이다. 그러나 삼설기보다 한 해 빠른 1847년에 해당하는 '丁未仲春由谷新刊'의 간기를 가진 전운치전 <37장본>이 있다는 점, 그리고 '歲庚子孟冬京畿開板'이라하여 1780년에 해당하는 간기를 가진 임경업전 <47장본>(이는 현전하지 아니한다), 그리고 이를 보각한 <45장본>이 있다는 점에서 刊記를 가진 한글 방각소설 가운데 最古本으로 삼설기를 언급하는 것은 자제하여야 할 것이다. 이에 대한 자세한 사항은 이창헌, 경판방각소설 판본 연구, 태학사, 2000 참조.

기하기도 한다.[2] 이러한 의문은 3권 6편--곧 각권 2편--으로 이루어진 삼설기만을 확인할 수 있었던 김태준 당대에 있어서는 당연히 제기될 수 있는 의문일 것이며, 각권 3편으로 이루어진 삼설기를 확인할 수 있는 지금과 같은 상황이라면 왜 삼설기(三說記)라고 하였는지 명쾌히 설명하였을 것이다.

각권 3편으로 이루어진 삼설기를 확인한 김동욱은 '9편 3책 매책 3설(九篇 三冊 每冊 三說)로 "삼설기(三說記)"란 이름이 붙은 것'이라고 분명하게 언급하고 있다.[3] '매책 3설(每冊 三說)'이란 점에서 삼설기라고 불린다는 점에서 본다면 매책 2설(每冊 二說)로 되어 있는 판본(현전 오한근소장본이다)은 매책 3설(每冊 三說)로 된 판본(파리동양어학교소장본이다)이 아니기에 차라리 "이설기(二說記?)"라고 불러야 할지도 모른다.

삼설기는 특정한 한 작품의 이름이 아니라 여러 작품이 실려 있는 작품집의 이름이라는 점에서 매책 2설(每冊 二說)로 된 판본 역시 삼설기임에는 틀림이 없다 하겠다. 이 점에서 본다면 삼설기는 본격적인 상품의 형태로 시장에서의 판매를 목적으로 생산된 최초의 단편소설집이라는 점에서 분명한 의미를 지닌다. 단편소설집임에도 불구하고 여기에 실려 있는 작품들은 그 내용에 있어서 공통적인 특징은 보이지 아니한다. 또한 이들 단편의 이름을 보면 '삼시횡입황천긔' '오호디장긔'

---

2) 金台俊, 增補朝鮮小說史, 學藝社, 1939, 141면.

3) 金東旭, 解說, 短篇小說選, 民衆書館, 1976, 15면. '삼셜긔 권지상' 곧 <상27장본>만 놓고 본다면 단편들의 제명이 '삼시횡입황천긔' '오호디장긔' '황주목스계즈긔'처럼 모두 '--긔(記)'로 끝나고 있어 이러한 해석이 타당한 것임을 알 수 있다. 이 점에서 본다면 미지의 판본인 <하27장본*>은 '셔초픠왕긔' '삼즈원종긔' '노셤상좌긔' 또는 'OOOO긔'로 구성될 수도 있지 아니한가 하는 추정이 가능하나 이를 뒷받침할 만한 어떠한 구체적 증거도 현재 확인되지 아니한다.

‘황주목ᄉ계즈긔’ ‘셔초픽왕긔’ ‘삼즈원종긔’ ‘노쳐녀가’ ‘황시결송’ ‘녹쳐ᄉ연회’ ‘노셤샹좌긔’로 되어 있어 어떠한 일관성을 발견할 수 있는 것도 아니다.[4] 그럼에도 불구하고 이처럼 이들이 단편소설집의 형태로 편집되어 함께 출판되었다는 사실은 당대에 있어서 독자들의 소설에 대한 기대와 요구가 상당한 수준에 이르렀다는 것을 반증한다 하겠다.

현재 삼설기의 판본은 다양한 형태로 전해지고 있다. 분권 체재의 변화로 말미암아, 삼설기의 일부--‘황시결송’과 ‘녹쳐ᄉ연회’--가 떨어져 나가 〈금수전〉이라는 제명으로 인행되는가 하면, ‘노셤샹좌긔’는 〈토생전〉의 한 부분으로 인행되기도 하였다. 이러한 사실들을 통하여 삼설기의 판본 변모 양상은 삼설기의 검토만으로 가능한 것이 아니라 금수전, 토생전을 포함하여 함께 검토해야만 삼설기의 판본 변모 양상을 총괄하여 설명할 수 있을 것이다.

먼저 삼설기라는 제명으로 인행된 자료로는 파리동양어학교에 소장된 삼설기,[5] 오한근소장본 삼설기,[6] 대영박물관 소장 낙질본 삼설기[7]를 확인할 수 있으며, 금수전,[8] 토생전[9]으로도 삼설기의 일부가 인행

---

4) 삼설기에 실려 있는 삼즈원종긔, 노쳐녀가, 녹쳐ᄉ연회, 노셤샹좌긔는 이것이 편명임을 나타내기 위해 앞에 ‘ㅇ’과 같은 기호를 덧붙이고 있다.

5) 이는 앞으로 〈동양어학교본〉이라고 지칭하기로 한다. 이를 영인한 자료는 현재 없는 것으로 보인다. 필자 역시 이를 직접 확인한 것이 아니라 마이크로필름의 형태로 확인한 것이기에 논의 과정에 미진한 부분이 있음을 밝힌다. 이러한 부분은 추후 원본의 직접 확인을 통하여 검증하기로 한다.

6) 金東旭(編), 景印 古小說板刻本全集 卷一, 羅孫書屋, 1973, 1-27면(오한근소장본). 이하 여기에서 인용한 경우는 ‘전집 일, 1-27(오한근소장본)’ 또는 ‘(1:1-27)’의 형식으로 표시한다.

7) 전집 사, 259-271(대영박물관본).

8) 전집 일, 327-336(서울대도서관본). 이와 동일한 판본이 고려대학교 도서관에 소장되어 있다(C15-A52).

된 것을 확인할 수 있다. 그러나 삼설기의 구성방식에 대해서는 이미 많은 의문이 제기되고 있는 실정이다.[10) 그러나 지금까지의 논의는 삼설기 전체를 검토하는 과정에서 나타난 논의라기보다는 이에 수록된 몇몇 단편들을 중심으로 검토하여 나온 논의라는 한계가 있으며, 아울러 동양어학교본 삼설기의 실상이 잘 알려져 있지 아니한 상태에서 나온 논의라 하겠다.

따라서 여기에서는 삼설기의 판본 변모 양상을 살피기 위해 삼설기뿐만 아니라 금수전, 토생전을 함께 검토하도록 하겠으며, 특히 동양어학교본 삼설기의 모습을 구체적으로 제시하여 이의 해결을 시도하기로 한다.

2. 동양어학교본 삼설기 : 〈상27장본〉 〈이26장본〉 〈삼27장본〉

현전 판본을 검토하면서 가장 먼저 언급해야 할 것은 파리 동양어학교에 소장된 삼설기이다. 이 판본의 표지에 나타난 題簽은 '삼셜긔 샹'([자료 1] 참조) '삼셜긔 하'([자료 2] 참조) '샴셜긔 즁'([자료 3] 참조)으로 기록되어 있으나, 권수제와 권차표시에는 각각 '삼셜긔 권지샹'([자료 4] 참조) '삼셜긔 권지이'([자료 5] 참조) '삼셜긔 권지삼'([자료 6] 참조)으로 각각 표시되어 있다. 또한 판심제에는 '삼셜긔上' '삼셜긔하' '삼셜긔三'으

---

9) 전집 삼, 369-376(김동욱소장본). 여기에 〈노섬상좌기〉가 함께 인행되었다.

10) 이를 집중적으로 검토한 작업은 閔 燦, 조선후기 우화소설의 다층적 의미 구현 양상, 서울대 박사학위논문, 1994; 閔 燦, 〈노섬상좌기〉의 간행과 유통에 관련된 문제, 茶谷李樹鳳博士停年紀念 古小說硏究論叢, 景仁文化社, 1994 등에서 이루어진 바 있다.

로 표시되어 있다. 따라서 이를 각각 어떻게 지칭할 것인가 하는 문제가 발생한다. 여기에서는 권수제와 함께 기록된 권차표시를 중시하여 그 차례를 정하고, 이에 따라 이를 각각 〈상27장본〉〈이26장본〉〈삼27장본〉으로 지칭하여 서술하기로 한다.

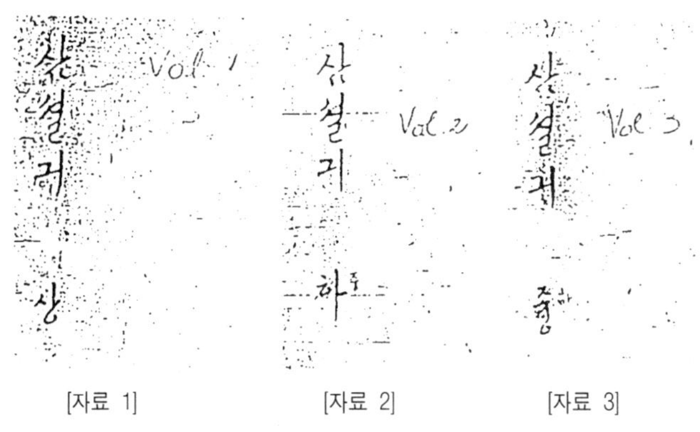

[자료 1]　　　　　[자료 2]　　　　　[자료 3]

〈상27장본〉[11]의 권수제 및 권차표시는 '삼셜긔 권지샹'으로 나타나며, 반엽 14행, 상화문어미, 판심제는 '삼셜긔上'으로 상백구에 위치하고 있다. '삼시횡입황쳔긔'가 제1장 전엽 2행부터 제9장 후엽 4행까지, '오호디장긔'가 제9장 후엽 5행부터 제17장 후엽 14행까지, '황쥬목ᄉ게ᄌ긔'가 제18장 전엽 1행부터 제27장 후엽 9행까지 서술되고 있으며, 남은 부분은 여백으로 처리하고 있다.[12]

---

11) 표지에는 '삼셜긔 샹'으로 표시되어 있다. 또한 '삼'이라는 글자 우측에 'Vol.1'이라 부기한 것을 확인할 수 있다([자료 1]참조).

12) 분권체재를 달리한 오한근소장본에는 이 여백에 계선이 두 개 남아 있다. 필자가 확인한 동양어학교본 마이크로필름에는 이들 두 계선 사이의 여백에 해당하는 부분을 깎아내지 아니하고 판목을 그대로 남겨두어 墨等으로 처리하고 있다. 원래는 이 부분에 간기를 새길 예정이었던 것으로 추정된다.

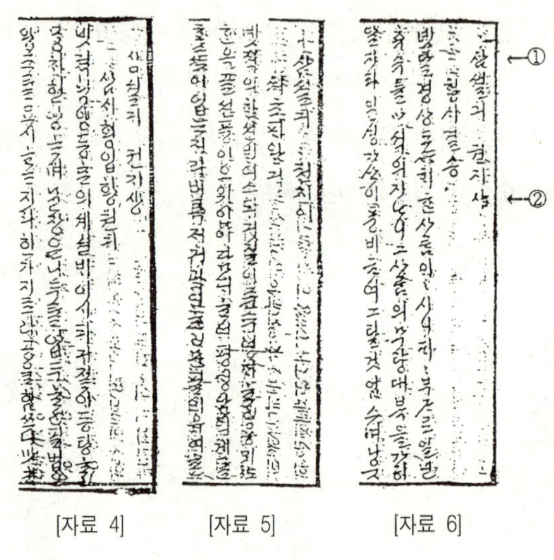

[자료 4]   [자료 5]   [자료 6]

〈이26장본〉13)의 권수제 및 권차표시는 '삼셜긔 권지이'로 나타나며, 반엽 14행, 상화문어미, 판심제는 '삼셜긔하'로 상백구에 위치하고 있다. 제26장의 경우만 판심제가 '삼셜긔하二'로 나타나고 있다. '셔초퓌왕긔'가 제1장 전엽 2행부터 제7장 후엽 13행까지, '삼즈원종긔'가 제7장 후엽 14행부터 제18장 후엽 14행까지, '노쳐녀가'가 제19장 전엽 1행부터 제26장 전엽 13행까지 서술되고 있으며, 남은 부분은 여백으로 처리하고 있다. 권차표시가 '권지이'로 나타나고 있음에도 불구하고 판심제에는 이것이 '하'로 나타나고 있음에 주의할 필요가 있다.14)

〈삼27장본〉15)의 권수제 및 권차표시는 '삼셜긔 권지삼'16)으로 나타

---

13) 표지에는 '삼셜긔 하'로 나타나고 있으며, '하'라는 글자 옆에 조그만 글씨로 '즁'이라 고친 흔적이 있다. 또한 '셜'이라는 글자 우측에 'Vol.2'라 부기한 것을 확인할 수 있다([자료 2] 참조).

14) 이런 점에서 보면 권차표시인 '권지이'는 원래 '권지하'였으나 〈삼27장본〉의 간행으로 말미암아 '하'를 '이'로 수정한 것이 아닌가 한다.

나며, 반엽 14행, 상화문어미, 판심제는 '삼셜긔三'17)으로 상백구에 위치하고 있다. 제21장의 판심제는 좌우가 바뀐 모습으로 새겨져 있는데 매우 서투른 각자체이다. '황시결송'이 제1장 전엽 2행부터 제10장 전엽 5행까지, '녹쳐스연회'가 제10장 전엽 6행부터 제20장 후엽 3행까지, '노셤샹좌긔'가 제20장 후엽 4행부터 제27장 전엽 6행까지 서술되어 있다. 남은 여백에 두개의 계선을 남기고 있으며, 계선 사이에 '무신십일월일유동신간(戊申十一月日由洞新刊)'이라는 간기가 새겨져 있다. '녹쳐스연회'가 수록된 제10장 이하 제20장까지의 각자체는 여타의 다른 부분에서 사용된 각자체와 뚜렷한 차이를 보여준다.

판심제에 기록된 '삼셜긔上' '삼셜긔하' '삼셜긔三'을 고려한다면, 처음에는 〈상27장본〉과 〈이26장본〉만으로 구성된 상·하 두 권본을 기획한 것으로 여겨진다. 그러다가 〈삼27장본〉을 추가하면서 상·중·하 세 권본으로 기획, 이를 일·이·삼으로 구분하지 아니하고 상·중·하로 구분하기 위하여 〈삼27장본〉의 표지에 이를 '삼셜긔 중'으로 표시한 것

---

15) 표지에는 '삼셜긔 중'으로 나타나고 있으며, '중'이라는 글자 옆에 조그만 글씨로 '하'라고 고친 흔적이 있다. 또한 '셜'이라는 글자 우측에 'Vol.3'이라 부기한 것을 확인할 수 있다([자료 3] 참조).

16) 이것이 '권지삼'인지 '권지사'인지는 명확하지 아니하다. 동일한 행에 나타나고 있는 '삼셜긔'의 '삼'([자료 6]의 ① 부분 참조)과 '권지삼'의 '삼'([자료 6]의 ② 부분 참조)은 그 형태가 너무나 다른 모습이기에 '삼'이라기보다는 '사'로 보아야 하지 않을까 한다. 그러나 판심제에서 이를 '三'으로 표시하고 있는 부분이 있기에 잠정적으로 이를 '삼'으로 읽는다. 원래는 권지사로 표시한 것을 권지삼으로 수정한 것으로 추정된다. 이는 원본의 정치한 확인이 필요한 부분이다.

17) '三'으로 뚜렷하게 새겨진 부분은 중간에 실린 〈녹쳐스연회〉에 해당하는 부분이다. 남은 부분은 '二'에 붓으로 가필하여 '三'으로 만든 것 같다. 이는 가필로 인하여 먹이 번진듯한 모습을 보인다는 점에서 추정할 수 있다. 이러한 현상은 권수제의 '권지삼'의 부분이 '권지사'에 해당한다면 '四'의 세로에 속하는 획을 산략하고 가필하여 '三'으로 만든 것이라 하겠다.

이라 하겠다. 따라서 표지의 제첨에 나타난 권차를 중시하면 〈상27장본〉 〈삼27장본〉 〈이26장본〉의 순서로 간행된 것으로 판단하기 쉽지만, 실제 간행의 순서는 〈상27장본〉 〈이26장본〉[18] 〈삼27장본〉이었던 것으로 추정된다. 따라서 〈삼27장본〉의 말미에 기록된 '무신(戊申)'이라는 간기는 삼설기 전체의 간기가 아니라 〈삼27장본〉 엄밀하게 말하면 〈삼27장본〉의 '황신결송'과 '노섬상좌괴'만의 간기라 하겠다.[19] 이런 점에서 본다면 상·하 두 권본으로 기획하였던 〈상27장본〉 〈이26장본〉의 간행 시기는 무신년인 1848년보다는 조금은 앞섰던 것으로 추정된다.[20]

이제 이들 동양어학교본에 사용된 각자체를 검토하기로 한다. 여기에는 두 종류의 각자체가 사용된 것을 확인할 수 있다. 하나는 〈상27장본〉 〈이26장본〉 〈삼27장본〉에 모두 나타나는 각자체([자료 4] 및 [자료 5] 참조)--이를 편의상 각자체A라 지칭한다--이며, 다른 하나는 〈이26장본〉 〈삼27장본〉에만 나타나는 각자체([자료 6] 참조)--이를 편의상 각자체B라 지칭한다--이다. 이들이 각각 사용된 곳을 정리하면 다음과 같다.

각권의 해당 부분		사용된 각자체	비 고
〈상27장본〉	제 1장-제27장	각자체A	
〈이26장본〉	제 1장	각자체A	
	제 2장-제26장	각자체B	

---

18) 이는 처음에 上·下 두 권으로 기획되었다는 점에서 〈하26장본〉이라고 할 수 있다.

19) 閔 燦, 조선후기 우화소설의 다층적 의미 구현 양상, 서울대 박사학위논문, 1994, 54-63면; 閔 燦, 〈노섬상좌기〉의 간행과 유통에 관련된 문제, 茶谷李樹鳳博士停年紀念 古小說研究論叢, 景仁文化社, 1994, 211-229면.

20) 이 부분은 〈상27장본〉의 말미에 간기를 가진 판본을 확인함으로써 가능하겠지만 현재 이에 해당하는 판본을 확인할 수 없기에 아쉬움을 남긴다. 아마도 〈삼27장본〉의 간행이 이루어지면서 〈상27장본〉의 제27장 후엽의 묵등을 산략하고, 〈이26장본〉의 권차표시인 '권지하'를 '권지이'로 수정한 것이 아닐까 생각한다.

<삼27장본>　　　제 1장 – 제 9장　　　　각자체B
　　　　　　　　　제10장 – 제20장　　　　각자체A
　　　　　　　　　제21장 – 제27장　　　　각자체B

각자체A는 〈상27장본〉의 기본이 되는 각자체이며, 각자체B는 〈이26장본〉의 기본이 되는 각자체라고 할 수 있다. 이것은 처음 〈상27장본〉〈이26장본〉으로만 구성된 두 권본을 기획하였을 때 〈상27장본〉과 〈이26장본〉의 간행 주체인 방각소가 각각 독립되었을 가능성을 보여준다. 먼저 각자체A를 주로 사용하는 방각소A에서 〈상27장본〉을 판각하고, 각자체B를 주로 사용하는 방각소B에서 〈이26장본〉을 판각하였다는 것이다. 그리고 이후 방각소A 또는 다른 방각소에서 삼설기와 관련된 모든 판목을 인수하여 그 체재를 변경하면서 〈이26장본〉의 제1장을 새로 판각21)하면서 〈이26장본〉 제1장의 각자체가 각자체B가 아닌 각자체A가 된 것이다.

실제로 상하 두 권본으로 기획된 작품을 두 개의 방각소에서 각각 나누어 간행한 경우를 월봉기에서 찾아볼 수 있다. 월봉기의 경우, 34장으로 간행한 제일권의 말미에는 ‘홍수동판(紅樹洞板)’이라는 간기를 남기고 있고, 33장으로 간행한 제이권의 말미에는 ‘유천신간(由泉新刊)’

---

21) 새로 판각한 이유가 무엇인지는 명확하지 아니하다. 그러나 이를 추정하여보면 다음과 같다. 먼저 ‘삼셜긔 권지하’로 표시되었던 부분을 ‘삼셜긔 권지이’로 바꾸기 위하여 새로 판각하였을 가능성이다. 그러나 ‘하’를 ‘이’로 고치는 것이 훨씬 간편한 것임에도 불구하고 이를 다시 판각하였다는 것은 그 이유가 다른 데 있다는 것을 말한다. 그것은 판목의 첫째장(판목의 앞과 뒤에 새긴다는 점에서 제1장과 제2장)이 훼손되어서 이를 보각했을 가능성이다. 이러한 보각이 있기 이전의 상태는 ‘권지하’로 표시된 27장본이었을 것으로 보인다. 따라서 이를 편의상 〈하27장본*〉이라고 지칭한다. 그러나 현재 〈하27장본*〉은 전하지 않고 있으며, 그 흔적을 현재의 〈이26장본〉이 보여준다 하겠다.

이라는 간기를 남기고 있다. 이는 제일권을 홍수동에서, 제이권을 유천에서 각각 분담하여 방각한 대표적인 경우라 하겠다.[22]

〈삼27장본〉에는 각자체A와 각자체B가 함께 사용되고 있다. 더군다나 각자체A가 사용된 곳의 앞과 뒤에 각자체B가 사용되고 있다는 것은 〈삼27장본〉의 판각이 처음부터 지금과 같은 형태로 이루어진 것이 아님을 의미한다. 더군다나 각자체A가 사용된 부분의 판심제만이 '삼셜긔三'으로 판각되어 있고, 각자체B가 사용된 부분의 판심제는 붓으로 가필한듯 먹이 번져있는 모습을 보이고 있으며, 제27장에는 장차표시가 '二十七'이 아닌 '七'로만 남아 있는 점 등으로 미루어 보아 각기 서로 독립되어 있던 판목을 가져와 새롭게 판을 짠듯한 인상을 지울 수 없다는 것이다.[23]

여기에서 고려하여야 할 또 하나의 가능성은 〈삼27장본〉이 〈권지사〉에 해당할 수도 있다는 점이다. 이는 권수제와 함께 나타나는 권차 표시의 형태를 통하여 짐작할 수 있다(앞서 제시한 [자료 6] 참조). 동일한 '삼'이라는 글자가 동일한 행에서 사용되고 있음에도 불구하고 ①에서 사용된 '삼'이라는 글자와 ②에서 사용된 '삼'이라는 글자는 너무 큰 차이가 있다. 이와 동일한 각자체인 각자체B가 사용된 부분뿐만 아니라 각자체A가 사용된 부분을 통털어 찾아보아도 ②와 같은 형태의 '삼'이라는 글자는 보이지 아니한다. 이 점을 고려하면 ②의 '삼'은 '삼'이

---

22) 이창헌, 京板坊刻小說의 商業的 性格과 異本出現에 對한 硏究, 冠嶽語文硏究 12, 1987, 190면.

23) 이러한 성격은 이미 기존의 연구에서 충분히 지적된 바 있다. 閔 燦, 조선후기 우화소설의 다층적 의미 구현 양상, 서울대 박사학위논문, 1994; 閔 燦, 〈노섬상좌기〉의 간행과 유통에 관련된 문제, 茶谷李樹鳳博士停年紀念 古小說硏究論叢, 景仁文化社, 1994 참조.

아닌 '사'에 해당하는 글자에 붓으로 가필한 것으로 보아야 할 것이다. 하지만 이것 역시 더 이상의 자료 확인이 불가능하기에 그 가능성만을 지적하기로 한다.[24]

따라서 현재의 동양어학교본 삼설기가 비록 많은 부분에 있어 처음 간행한 삼설기의 모습을 지니고 있음에도 불구하고 이에 선행하는 삼설기 판본이 있었다고 하여야 할 것이다. 그리고 이 판본의 판목을 가져다가 부분적인 산략과 수정이라는 방법 등을 통하여 현재의 동양어학교본 삼설기가 나타난 것이라고 하여야 할 것이다. 특히 〈삼27장본〉의 권수제에 나타난 권차가 위에서 지적한 것처럼 '권지삼'이 아닌 '권지사'라고 한다면 현재의 〈삼27장본〉은 각자체A로 새겨진 '권지삼'과 각자체B로 새겨진 '권지사'를 가져다가 판을 새롭게 짠 것이라는 추정이 가능할 것이다.

---

[24] 필자의 주관적 판단에 따른다면 그 가능성은 다음과 같은 것이다. 먼저 上下의 체재로 〈상27장본〉과 〈하26장본〉이 인행되고 난 후에 〈권지삼〉〈권지사〉의 인행이 있었던 것은 아닌가 한다. 이때 〈권지삼〉은 녹처사연회와 다른 단편--이것이 토생전이 아닐까 한다--으로 이루어진 것이고, 〈권지사〉는 황새결송과 노섬상좌기 등으로 이루어진 것이다. 이때 판소리의 유행으로 인하여 토생전 부분이 독립하여 별도로 인행되고, 홀로 남은 녹처사연회가 〈권지사〉의 중간에 덧붙여졌던 것이 아닐까 추정된다. 그러나 이는 무수한 자료의 결락으로 인하여 현재 확언할 수 없다. 그럼에도 불구하고 〈삼27장본〉의 중간에 덧붙여진 녹처사연회가 다른 두 작품과는 각자체, 행당 자수, 판심제 등에 있어서 뚜렷하게 구분된다는 점(閔燦, 조선후기 우화소설의 다층적 의미 구현 양상, 서울대 박사학위논문, 1994; 閔燦, 〈노섬상좌기〉의 간행과 유통에 관련된 문제, 茶谷李樹鳳博士停年紀念 古小說研究論叢, 景仁文化社, 1994 참조), 권수제의 '권지삼'이 '권지사'에 가필한 것과 유사한 모습을 보인다는 점에서 그 개연성은 분명 있을 것으로 보인다. 이는 추후 자료의 확인과 더불어서 논의가 가능할 것이며, 여기에서는 이러한 가능성이 있다는 점만을 밝혀두기로 한다.

3. 오한근소장본 삼설기 : ⟨상17장본⟩ ⟨이18장본⟩ ⟨삼18장본⟩

오한근소장본 삼설기를 검토하면 다음과 같다.

⟨상17장본⟩[25]의 권수제 및 권차표시는 '삼셜긔 권지샹'으로 나타나며, 반엽 14행, 상화문어미, 판심제는 '삼셜긔上'으로 상백구에 위치하고 있다. '삼시횡입황쳔긔'가 제1장 전엽 2행부터 제9장 후엽 4행까지, '오호더장긔'가 제9장 후엽 5행부터 제17장 후엽 14행까지 서술되어 있다. 이를 ⟨상27장본⟩과 비교하여 보면 ⟨상27장본⟩의 제1장 이하 제17장까지의 판목을 사용하여 그대로 인행한 것임을 알 수 있다.

⟨이18장본⟩의 권수제 및 권차표시는 '삼셜긔 권지이'로 나타나며, 판식은 반엽 14행, 상화문어미, 판심제는 '삼셜긔하'로 상백구에 위치하고 있다. '셔초퓌왕긔'가 제1장 전엽 2행부터 제6장 전엽 13행까지, '삼즈원종긔'가 제7장 전엽 14행부터 제18장 후엽 14행까지 서술되어 있다. 이를 ⟨이26장본⟩과 비교하여 보면 ⟨이26장본⟩의 제1장 이하 제18장까지의 판목을 사용하여 그대로 인행한 것임을 알 수 있다.

⟨삼18장본⟩의 권수제 및 권차표시는 '삼셜긔 권지삼'으로 나타나며, 반엽 14행, 상화문어미, 판심제는 '삼셜긔三'으로 상백구에 위치하고 있다. 먼저 '황쥬목스계'라는 제목으로 제1장 전엽 2행부터 제10장 후엽 9행까지 서술하고 이하를 여백으로 처리하고 있으며, 여백에는 계선이 두개 보인다. 이어서 제11장 전엽 1행부터 제18장 전엽 13행까지 '노쳐녀가'가 실려 있고 남은 부분을 여백으로 처리하고 있다. 이를 ⟨상27장본⟩과 ⟨이26장본⟩에 실려 있는 '황쥬목스계즈긔'와 '노쳐녀가'와 대비하여 보면 동일한 판목을 일부 산략하여 개각한 것임을 알 수 있으며, 또

---

25) 동일한 판본이 고려대학교 도서관(C15-A140)에 소장되어 있다.

한 판심제 역시 '삼셜긔上' 또는 '삼셜긔하'를 가져다가 '삼셜긔三'으로 수정한 것을 확인할 수 있다. 먼저 개각한 부분을 보이면 다음과 같다.

[A1] //(1)황쥬목스계즈긔 /(2)옛젹 낙양 동촌 니화졍의 한 남힝이 〃 스되 셩은 윤/(3)이오 명은 슈현이니 디 〃 명환가로 황쥬목스롤 ᄒ여 /(4)스은슉빅흔 후 인위학직ᄒ고 힝니롤 슈습홀/(5)시 슬하의 ᄋ들 삼인이 〃 스되 장ᄌ는 뇽필이니 나히 /(6)이십셰오 (하략) 〈상27장본〉 [18a] ([자료 7] 참조)

[B1] //(1)삼셜긔 권지삼 /(2)황쥬목스게 /(3)옛젹 동촌 니화졍의 한 남힝이 〃 스니 셩은 윤이오 명은 슈/(4)현이니 디 〃 명한가로 황쥬목스롤 ᄒ여 힝니롤 슈습홀/(5)시 슬하의 ᄋ들 삼인이 〃 스되 장ᄌ는 뇽필이니 나히 /(6)이십셰오 (하략) 〈상17장본〉 [1a] (1:19)[26]([자료8] 참조)

[자료 7]　　　　　　　　[자료 8]

---

26) 밑줄 친 부분은 각자체의 변화가 있는 부분으로 개각한 곳이다.

[B1]의 제1행 이하 제4행까지가 개각된 것은 〈상27장본〉의 세번째 작품으로 실려 있던 '황쥬목ᄉ계ᄌ긔'를 분권하여 권수로 삼기 위해 나타난 현상이라 하겠다. 왜냐하면 '오호뎌장긔'에 계속 연결하여 서술한 〈상27장본〉의 경우, 편명인 '황쥬목ᄉ계ᄌ긔'가 제1행에 위치하고 제2행 이하에서 작품의 서술이 이루어짐에 비하여, 이를 가져다가 〈상17장본〉으로 새롭게 분권하기 위하여는 제1행에 '삼셜긔 권지삼'이라는 권수제와 권차표시를 독립시켜야만 하고, 제2행에 '황쥬목ᄉ계'라는 편명을 새겨야만 하였다. 이러한 작업은 이하 총 3행에 서술된 내용을 총 2행으로 축약하여 개각하는 작업을 또한 필요로 한다. 이같은 변모는 분권 체재의 변모라는 측면에서 충분히 이해할 수 있을 것이다.

또한 〈삼18장본〉의 제18장 곧 '노쳐녀가'의 마지막장은 번각한 부분으로 보인다. 이러한 번각 과정에서 오각이 몇몇 나타나는데 '오날이야 알거고나 이러토시'를 '오날이야 알커고나 어러르시'로(2행), '이젼의 잇던 /ᄆᆞ음 이졔록 싱각ᄒᆞ니'를 '이젼의 잇던 /스음 이졔록 싱각ᄒᆞ니'(5-6행)로 오각한 것이 그 예이다. 또한 제17장의 판심제 역시 '삼셜긔하二'를 '삼셜긔三'으로 수정하여 번각한 것도 확인할 수 있다.

결국 오한근 소장본인 〈상17장본〉〈이18장본〉〈삼18장본〉은 〈상27장본〉〈이26장본〉의 판목을 그대로 가져다가 이를 부분적으로 수정하고 분권 체재를 달리하여 인행한 것이라 하겠다. 〈상17장본〉은 〈상27장본〉의 제1장 이하 제17장까지의 판목을 가져다가 조금도 수정하지 아니하고 그대로 간행한 것이며, 〈이18장본〉 역시 〈이26장본〉의 제1장 이하 제18장까지의 판목을 가져다가 조금도 수정하지 아니하고 그대로 간행한 것이다. 반면에 〈삼18장본〉은, 〈상27장본〉의 제18장 이하 제27장까지의 판목을 가져다가 제18장의 처음 4행을 개각, 〈삼18장본〉

의 제1장 이하 제10장으로 삼고, 또한 〈이26장본〉의 제19장 이하 제26장까지의 판목을 가져다가 제11장 이하 제18장으로 삼아 간행하려 하였으나 어떤 이유인지 명확하지는 아니하나[27] 제18장에 해당하는 노처녀가의 마지막장만은 기존의 인행본을 판하본으로 삼아 번각하여 간행한 것으로 보인다. 이때 기존 판목의 판심에 새겨져 있던 판심제와 장차표시를 모두 수정하였다.

결국 동양어학교본 삼설기 체재에서 오한근소장본 삼설기 체재로의 변모는 권당 26장 또는 27장이라는 체재에서 권당 17장 또는 18장이라는 체재로의 변모로서, 두 권의 책을 세 권의 책으로 분권 체재를 변모시켜 킨 것이라 하겠다. 이러한 분권 체재의 변모는 궁극적으로 매권의 장수를 줄인다는 의미를 지니며, 매권의 장수를 축소하려는 노력은 당대의 경제적 여건의 변화에 적극적으로 대응하는 과정에서 나타나는 현상이라고 하겠다.

---

27) 대영박물관본 〈하26장본〉과의 관계에서 보면 이 부분은 대영박물관본의 제26장에 해당한다. 〈이26장본〉의 제26장이 훼손 또는 분실로 인하여 떨어져 나가게 됨에 따라서 이 부분을 번각한 것으로 추정된다. 이때 판목의 앞뒤에 각 1장을 새겨 판목 한 장에 두 장 분량의 내용이 새겨진다는 기본 전제를 수용한다면 제26장만의 독립을 생각하기가 어렵다. 왜냐하면 이것의 뒷면에 제25장의 내용이 새겨져 있기 때문이다. 따라서 분실 등으로 인한 번각이 나타난다면 제26장만이 아닌 제25장 역시 번각해야만 하는 부분이다. 그러나 앞서 언급한 것처럼 〈이26장본〉의 제1장이 각자체A로 새겨져 있다는 점을 고려하면 제1장의 내용은 원래 두 장에 해당하는 내용을 축약하여 한 장으로 새긴 것으로 보인다. 이렇게 본다면 〈이26장본〉의 제2장과 제3장이 두번째 판목에, 제24장과 제25장이 열세번째 판목에, 그리고 번각된 부분인 제26장이 열네번째 판목에 해당한다 하겠다.

4. 대영박물관본 삼설기 : 〈하26장본〉

〈하26장본〉의 권수제 및 권차표시는 '삼셜긔 권지하'로 나타나며, 판식은 반엽 14행, 상화문어미이다. 판심제는 '삼셜긔'(황시결송 부분), '삼셜긔三'(녹쳐ᄉ연회 부분), '삼셜긔하'(노섬상좌긔 부분)로 나타난다. 판심제가 '삼셜긔三'으로 나타나는 곳은 '녹쳐ᄉ연회'가 수록되어 있는 부분이다.[28] '황시결송'이 제1장 전엽 2행부터 제10장 전엽 5행까지 서술되고, '녹쳐ᄉ연회'가 제10장 전엽 6행부터 제20장 후엽 3행까지 지속되고 있으며, 이하 '노섬상좌긔'가 수록되어 있다. 그 가운데 제21장이 누락되고, 대신 제22장 이하에 해당하는 부분을 각각 제21장 이하의 순서로 장차표시를 수정하고 있다.[29] 마지막 장인 제26장 역시 전엽만으로 끝나고 있는데, 이것도 노섬상좌기의 마지막 장이 아닌 노처녀가의 마지막장(〈삼18장본〉의 마지막장이 아닌 〈이26장본〉의 마지막장)을 가져다 사용하였다. 그리고 노처녀가의 마지막 장을 가져다 사용한 이 곳의 판심제는 '삼셜긔하二'가 아닌 '삼셜긔하'로 나타나고 있다.

〈삼27장본〉과 〈하26장본〉을 대조하여 살펴보면 〈하26장본〉은 〈삼27장본〉의 판목을 가져다가 일부 수정하여 간행한 것으로 보인다. 〈삼27

---

28) 공교롭게도 〈삼27장본〉의 판심제 가운데 붓으로 가필하지 아니한 이 부분만이 '三'으로 나타나고 있다는 점에 주목할 필요가 있다. 또한 녹처사연회 부분만이 매 행 22자의 모습을 보이고 있으며, '〈녹처사연회〉는 〈황새결송〉과 〈노섬상좌기〉의 가운데에 비집고 들어온 작품으로 추정'되며 '1848년 이후의 어느 시기에 덧붙여진 것으로 판단하는 것이 자연스럽다'는 지적(민 찬, 조선후기 우화소설의 다층적 의미구현 양상, 서울대 박사학위논문, 1994, 61-62면 참조)은 이 부분의 판심제만이 뚜렷하게 '三'으로 표시된 이유에 대한 해결의 가능성을 보인 것이라 하겠다.

29) 21장이 누락되어 있기에 전체는 27장이라고 할 수 있으나, 누락된 부분을 대신하여 다음 장부터 계속하여 장차표시를 고치고 있기에 〈하26장본〉이라 지칭한다.

장본〉과 달리 권차표시를 '권지삼' 대신 '권지하'로 수정하고 있는 점, 제1장부터 제9장까지와 제21장부터 제25장의 판심제를 '삼셜긔三' 대신 '삼셜긔'로 수정(이는 〈삼27장본〉 부분이 '삼셜긔'에 '三'을 붓으로 가필한 것이기에 수정한 것이 아니라 본래의 판목에 새겨진 모습이라고 하겠다)하고 있는 점, 〈삼27장본〉의 제21장을 누락시키고 제22장 이하를 제21장 이하로 장차표시를 수정하고 있는 점, 그리고 〈이26장본〉의 제26장을 가져다가 판심제만을 '삼셜긔하二' 대신 '삼셜긔하'로 수정하여 〈하26장본〉의 제26장으로 사용하고 있는 점 등이 〈하26장본〉과 〈삼27장본〉의 다른 점이라 하겠다.

결국 〈상27장본〉〈이26장본〉의 판목을 가져다가 일부를 수정하거나 번각하여 〈상17장본〉〈이18장본〉〈삼18장본〉의 판목으로 삼아 분권 체재를 달리하여 인행하고, 그 결과 남게 된 〈삼27장본〉의 판목을 가져다가 인행한 것이 〈하26장본〉이다. 이때 〈이26장본〉의 제26장에 해당하는 노처녀가의 마지막 장을 〈하26장본〉에 사용하게 됨에 따라서 〈삼18장본〉의 제18장을 새로 번각하여서 간행한 것이다.

그렇다면 〈하26장본〉을 간행할 때 누락된 〈삼27장본〉의 제21장의 내용이 수록된 판목은 어떻게 된 것일까? 이는 매우 심하게 훼손된 것으로 보인다. 제21장의 내용이 수록된 판목의 훼손은 결국 그 앞의 온전한 부분이라 할 수 있는 '황시결송'과 '녹쳐스연회'만을 독립시킨 새로운 분권을 가능하게 하였으며, 이러한 결과 나온 것이 현재의 금수전이다. 또한 제21장의 훼손은 토생전에 '노섬샹좌긔'를 수용할 때 해당 부분을 번각하도록 한 것으로 보인다.

문제는 〈하26장본〉에 나타나지 않고 있는 〈삼27장본〉의 제27장 판목의 훼손 여부이다. 이는 토생전의 인행에 사용되었기에 훼손되거나 분실되지는 아니하였다. 다만 〈하26장본〉의 인행에 이를 사용하지 아니한 것뿐이다. 이에 대하여는 토생전을 다루는 부분에서 다시 논의하도록 하겠다.

5. 금수전 〈20장본〉의 검토

금수전 〈20장본〉의 권수제 및 권차표시는 '금슈젼 권지단'으로 나타나며, 반엽 14행, 상화문어미, 판심제는 '심'으로 상백구에 위치하고 있다. 판심제 '심'이 무엇을 의미하는지 일견 불명확해 보인다. 하지만 이를 삼설기 〈삼27장본〉 및 〈하26장본〉과 비교하여 살피면 판심제 '삼셜긔' 또는 '삼셜긔三'의 '삼'을 '심'으로 수정 산략한 것임을 알 수 있다. '황시결송'이 제1장 전엽 2행부터 제10장 전엽 5행까지, '녹쳐수연회'가 제10장 전엽 6행부터 제20장 후엽 3행까지 서술되고 있으며 남은 부분은 여백으로 남아 있다. 이는 〈하26장본〉에 사용된 판목을 가져다가 권수제 및 권차표시 부분을 수정하고 아울러 제20장 후엽 4행부터 수록된 '노셥샹좌긔'의 부분을 산략하여 마무리한 것이다. 이러한 산략에 의한 판목의 훼손은 '노셥샹좌긔'를 '토싱전'에 덧붙일 때 훼손된 부분을 번각하도록 하였다.

6. 토생전 〈16장본〉의 검토

토생전 〈16장본〉의 권수제 및 권차표시는 '토싱젼 권지단'으로 나타나며, 반엽 14행, 어미와 판심제는 불명확하다.[30] '토싱젼'이 제9장 후엽 3행까지, '노섬상좌긔'가 제9장 후엽 4행부터 제16장 전엽 6행까지 서술되고, 남은 여백에 두 개의 계선이 있다. 이 두 개의 계선 사이에 '무신십일월일유동신간(戊申十一月日由洞新刊)'이라는 간기가 새겨져 있다.[31]

토생전이 수록된 부분 중 제1장 이하 제8장까지는 침자리가 나타나는 특징을 보인다. 그러나 토생전 마지막 부분이 수록된 제9장의 경우에는 침자리가 나타나지 않고 있다. 이처럼 침자리가 나타나지 아니한 것은 이 부분이 보각되었기 때문에 나타나는 현상이다. 또한 이 부분은 노섬상좌기가 시작하는 부분이기도 하다. 앞서 금수전 〈20장본〉을 검토하는 자리에서 언급한 바와 같이, 녹처사연회의 서술이 끝나고 남는 부분을 이미 산략한 것이기에, 기존의 해당 판목은 이미 훼손되었다. 따라서 여기에서는 노섬상좌기의 시작 부분을 새롭게 번각할 필요가 생기게 된 것이다.

이처럼 토생전의 입장에서 보았을 때 침자리가 없어졌다는 점에서

---

30) 김동욱의 전집에는 이를 상흑어미로 해제하고 있다. 노섬상좌기 부분의 판목 유래를 고려한다면 노섬상좌기 부분의 어미는 상화문어미가 되어야 할 것이다. 실제로 제15장에 일부 나타나고 있는 어미의 모습은 분명한 상화문어미이다.

31) 여기에는 또한 붓으로 '定價金新貨五錢 戊申十一月一由洞新刊 무신 십일월 일 유동신간 定價韓貨十箋'이라 가필되어 있다. 이는 신화와 구화가 1대 2의 비율로 교환되는 화폐개혁인 〈광무9년의 화폐개혁〉과 관련된다. 특히 위에서 新貨라 하지 아니하고 金新貨라고 표현한 것은 처음으로 실행된 금본위제도에 근거한 新貨임을 밝히는 것이라 하겠다. 그 결과 1905년 7월 1일부터 1908년 5월까지 신구화의 교환이 있었다. 여기에서 신화와 구화를 함께 언급하고 있다는 것은 신구화가 동시에 통용되던 기간인 1905년에서 1908년 사이의 책 가격을 살필 수 있는 기록이며, 토생전 〈16장본〉의 인행시기가 20세기에 해당한다는 것을 보여주는 것이다. 崔虎鎭, 韓國貨幣小史, 서문문고 131, 1974, 220-247면; 金玉根, 朝鮮王朝財政史硏究[IV], 一潮閣, 1992, 152-169면 참조.

판형의 변화가 나타난 부분이고, 노섬상좌기의 입장에서 보았을 때 번각이 필요한 부분인 제9장은 결국 원래의 판목을 사용한 것이 아닌 보각된 판목이라 하겠다.

　노섬상좌기의 시작 부분을 비교하여 보면 다음과 같은 차이가 나타난다.

[C1] /(4)○노셤샹좌긔 /(5) 텬하 명산이 ″ 스되 명 왈 화월산이라 긔이흔 ㅂ회와 샌/(6)■■ 믹부리의 긔화요최 무성ㅎ고 스시로 인젹이 업스/(7)믹 오직 온갓 즘싱이 문취ㅎ여 밤이면 경쳐업시 업듸/(8)여 즈며 세 월를 보니더니 그 즁 노루는 본디 산쳔 졍긔롤 /(9)쥰슈ㅎ여 가쟝 비샹ㅎ니 졔슉이 닐으기롤 쟝션싱/(10)이라 ㅎ더니 계족 왈 은거ㅎ긔 심히 훈열ㅎ여 견딘기 실/(11)노 어려오믹 모든 즘싱을 모화 흐르는 폭포 밋히셔 목/(12)욕홀시 션싱 왈 우리들이 ″ 곳의 모히여 놀믹 빗족 모/(13)양은 다르나 졍의는 긴격이 업는지리 이졔 놀기는 조흐/(14)나 되만 군는 쳐쇼롤 졍쪄 못ㅎ여스니 오늘 우연이 만히//(하략) <20장본> [9b](3:373)

[D1] /(4)○노셤샹좌긔 /(5) 텬하 명산이 ″ 스되 명 왈 화월산이라 긔이흔 ㅂ회와 샌/(6)혀난 뫼부리의 긔화요최 무성ㅎ고 스시로 인젹이 업스/(7)믹 오직 온갓 즘싱이 둔취ㅎ여 밤이면 경쳐업시 업듸/(8)여 즈며 세 월롤 보니더니 그 즁 노루는 본디 산쳔 졍긔롤 /(9)퓸슈ㅎ여 가쟝 비샹ㅎ니 졔족이 닐으기롤 쟝션싱/(10)이라 ㅎ더라 일 ″ 은 일긔 심히 훈열ㅎ여 견듸기 실/(11)노 어려오믹 모든 즘싱을 모화 흐르는 폭포 밋히셔 목/(12)욕홀시 션싱 왈 우리들이 ″ 곳의 모히여 놀믹 비록 모/(13)양은 다르나 졍의는 간격이 업는지라 이졔 놀기는 조흐/(14)나 다만 즈는 쳐쇼롤 졍치 못ㅎ여스니 오늘 우연이 만히//(하략) <하26장본> [20b](4:269)[32]

---

32) 이는 <삼27장본>의 [20b]와 동일하다.

결국 토생전에 수록된 노섬상좌기의 해당 부분인 [C1]은 〈하26장본〉의 판목을 가져다가 금수전으로 분권하는 과정에서 산략한 부분이기에 위와 같은 번각의 양상을 보이게 된 것이라 하겠다.33)

또한 〈하26장본〉에 누락되었던 〈삼27장본〉의 제21장과 토생전 〈16장본〉의 제10장은 어떠한 관계에 있는가 하는 점이다. 이 역시 번각으로 보는 것이 타당하다. 실제 〈삼27장본〉의 제21장을 토생전 〈16장본〉의 제10장과 비교하여 보면, 전엽 8행에서 '그곳이 과연 좃타 〃 〃 ㅎ거늘'을 '그곳이 과연 좃타 ■■ ■거늘'로 새긴 것, 후엽 2행에서 '업거니와 ■번'을 '업니■■ ■번'으로 새긴 것에서 번각의 흔적을 찾을 수 있다.

결국 토생전에 수록된 노섬상좌기의 판목은 〈삼27장본〉으로 사용하던 판목을 가져다가 사용한 〈하26장본〉의 판목 가운데 금수전 〈20장본〉을 인행하는 데 사용한 판목을 제외한 남은 판목을 수용하고, 필요한 부분을 번각하여 인행한 것이라 하겠다. 이때 문제가 되는 것은 간기가 새겨진 마지막 장의 번각 여부인데, 이 부분은 〈하26장본〉에 보이지 않던 것이다.34) 〈삼27장본〉의 제27장과 토생전 〈16장본〉의 제16장을 상세히 대조하면 동일한 판목으로 인행한 것을 알 수 있다. 그 근거로는 먼저 변의 훼손 양상이 일치하고 있다는 점, 계선 중간의 단선이 발생하는 곳이 일치하고 있다는 점, 판목의 균열로 인하여 갈라진 글자가 일치하고 있다는 점, 두번째 계선 좌측에 남은 묵흔이 일치하

---

33) 이러한 차이는 민 찬, 조선후기 우화소설의 다층적 의미 구현 양상, 서울대 박사 학위논문, 1994, 54-63면에서 상세히 지적된 바 있다.

34) 앞에서 지적하였듯이 〈하26장본〉에서는 간기가 있는 노섬상좌기의 마지막 장 대신에 노처녀가의 마지막 장인 〈이26장본〉의 제26장을 가져다 사용하고 있다.

고 있다는 점 등을 지적할 수 있다. 허나 간기 부분의 글자체가 조금 다른 느낌을 주는데 이는 인쇄한 지질의 차이--현전 토생전은 한지가 아닌 양지에 인쇄한 것이다--로 말미암아 발생한 것이거나 붓으로 가 필하였기에 나타난 현상으로 보인다. 참고로 〈삼27장본〉의 마지막 부 분을 제시하면 [자료 9]와 같다.

토생전이 수록된 부분에서도 몇 가지 문제가 있다는 것은 이미 지적 된 바 있다. 먼저 제7장과 제9장의 각자체가 매우 다른 모습을 보인다 는 점인데, 이 역시 보각된 부분으로 제7장은 원래 '오봉산 토끼삽화'가 포함되어 있어야 할 부분이며, 제9장은 '용왕의 성대한 장례식 장면'이 포함되어 있어야 할 부분이다. 또한 제6장 후엽에 있어서 '가장 단〃흐 다 흐고 봉흐여 토공을 삼고' 부분에 있어서도 내용상 탈락이 있다는 점이다.[35]

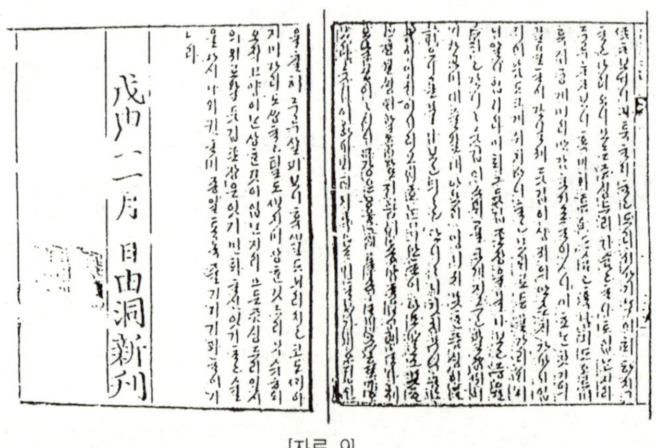

[자료 9]

---

35) 민 찬, 조선후기 우화소설의 다층적 의미 구현 양상, 서울대 박사학위논문, 1994, 205-206면; 정출헌, 조선후기 우화소설의 사회적 성격, 고려대 박사학위논문, 1992, 227-233면; 인권환, 토끼전의 비교고찰, 인문논집 29, 고려대, 1984, 11면 참조.

이러한 사실은 결국 현전하지 아니하는 토생전을 판하본으로 삼아 새롭게 필사하여 개각한 토생전의 판목을 가져다가 이를 부분적으로 수정 또는 보각하고, 삼설기에서 사용하던 노섬상좌기 부분의 남은 판목을 가져다 이를 수정 또는 번각하여 두 작품을 함께 묶어 간행한 것이 바로 현전 '토싱젼 권지단'이라는 권수제를 가진 토생전 〈16장본〉이라 하겠다. 따라서 이 책의 말미에 있는 간기는 '토싱젼 권지단'의 판각 시기를 표시하는 것이 아니라 원래 '노셤샹좌긔'의 말미에 붙어 있었던 것으로 삼설기 〈삼27장본〉의 간행시기--좀더 엄밀하게는 '황시결송' 및 '노셤샹좌긔'의 간행시기--를 의미하는 것이라 하겠다.

7. 결론: 판본의 선후관계

결국 본래적 의미에 있어서 〈삼설기〉라는 명칭은 '매권 3설(每卷 三說)'이라는 의미에서 붙여진 단편소설집의 명칭이라고 하겠다. 그러나 '매권 3설(每卷 三說)'이 아닌 '매권 2설(每卷 二說)'이라는 체재로의 변모가 있음에도 불구하고 즉 3설기(三說記)에서 2설기(二說記)로의 변모가 있음에도 불구하고 이를 "삼설기"라고 지칭하고 있음은 삼설기의 의미가 '세 가지 이야기'에서 '짧은 이야기' 곧 단편소설이라는 의미로 변모한 것이 아닌가 한다. 이 점에서 본다면 여기에서 함께 검토한 금수전과 토생전 역시 '짧은 소설'의 모음이기에 결국 삼설기류(?)라고 할 수 있을 것이다. 이러한 의미의 변모는 결국 활판본 소설에서 사용하고 있는 '삼설기' '별삼설기' 등의 명칭으로까지 확대된다 하겠다.

지금까지 논의된 삼설기의 판본 변모 과정을 요약하면 다음과 같다.

삼설기는 각자체A를 사용하는 방각소와 각자체B를 사용하는 방각소에서 각각 〈상27장본〉〈이26장본〉이라는 상·하 두 권의 체재로 인행되었다. 이때 〈이26장본〉은 〈하27장본*〉의 형태였을 것으로 추정되며, 〈삼27장본〉의 각자체B를 근거로 하여 살핀다면, 〈이26장본〉의 선행본인 〈하27장본*〉은 유동(由洞)이라는 방각소에서 인행되었을 것으로 추정된다.

새로운 삼설기에 대한 독자의 요구는 마침내 유동에서 〈삼27장본〉을 판각――이에 선행하여 제삼권(황새결송과 노섬상좌기 등이 수록된 삼설기)과 제사권(녹처사연회 등이 수록된 삼설기)의 판목이 있었던 것으로 추정되며, 이 판목을 가져다 수정한 것이 현재의 〈삼27장본〉의 판각에 해당한다――하여 이것 역시 삼설기에 포함시키게 되었다. 〈하27장본*〉의 권수제로 추정되는 '권지하'를 '권지이'로 수정하기 위하여 〈하27장본*〉의 제1장과 제2장에 해당하는 내용을 각자체A로 새롭게 판각하여 〈이26장본〉의 제1장으로 삼았다. 이때 〈삼27장본〉은 권수제의 권차를 '권지삼'으로 하여 인행하였다. 이는 기존의 상하 양권본이 존재하고 있는 상황에서 한 권이 추가되는 것이기에, 상－하－삼의 체재로 처리하지 아니하고 상－하－중의 체재로 처리할 수밖에 없었다. 곧 〈삼27장본〉을 상중하 삼권본의 중권에 해당하는 것으로 처리하였다. 이러한 흔적이 동양어학교본의 표지에 표시된 제첨의 권차와 권수제에 표시된 권차의 차이를 가져왔다.

이후 경제적 여건의 변화로 말미암아 이에 대응하기 위하여 〈상27장본〉〈이26장본〉을 〈상17장본〉〈이18장본〉〈삼18장본〉으로 분권 체재를 달리하여 인행하고, 분권 체재의 변모로 인하여 홀로 남게 된[36] 〈삼27장본〉은 판목의 훼손으로 말미암아 〈하26장본〉이라는 불완전한 형태로 인행되기도 하였다. 불완전한 판목인 〈하26장본〉은 앞의 두 작품을 분리하여 금수전 〈20장본〉으로 변모되어 인행되었고, 금수전에 포함되지 않아 남게 된 판목은 기존의 토생전의 남은 판목에 덧붙여져 토생전이라는 이름으로 인행되기에 이르렀다. 이러한 변화의 와중에 필요한 곳을 산략하기도 하고 판목의 보충이 필요한 곳은 번각을 하기도 하여 나름대로 완성된 책자의 형태를 갖추려 한 것이 현재의 토생전 〈16장본〉이다. 🏵

---

36) 그러나 〈상27장본〉 〈이26장본〉을 각권의 장수를 줄인 새로운 삼권본의 체재인 〈상17장본〉 〈이18장본〉 〈삼18장본〉으로 변모시킨 것과 〈삼27장본〉을 금수전 〈20장본〉으로 변모시킨 것, 이 둘 가운데 어느 것이 먼저 이루어졌는지는 현재 명확하지 아니하다. 여기에서는 전자가 먼저 일어난 것으로 가정한다.

〈쌍주기연〉의 판본 변모

1. 서론

방각본으로 간행된 바 있는 〈쌍주기연〉의 서지 사항에 대한 본격적인 언급은 이능우(李能雨)의 '이야기책(古代小說) 판본지략'에서 처음 보인다. 여기에서는 두 종의 쌍주기연을 소개하고 있다.[1]

雙珠奇緣, 2種
京板으로만 2種이 보이니--
1冊, 32葉짜리 : 쌍쥬긔연 권지단, 刊記 無가 있다. <東洋語學校, Paris, 藏>
1冊, 22葉짜리 : 쌍쥬긔연 권지단, 刊記 宋洞新刊이 있다. <가람文庫 藏>

또한 방각본 연구의 토대를 마련한 바 있는 김동욱(金東旭) 역시 쌍주기연의 서지 사항에 대하여 여러 차례 언급하고 있다. 그러나 서지 사항을 언급할 때마다 소개하는 판본의 종류가 각각 달리 나타나는 모습을 보인다. 여기에서는 먼저 김동욱에 의해 언급된 서지 사항을 검

---

1) 李能雨, 이야기책(古代小說) 板本誌略, 古小說研究, 二友出版社, 1980, 251면. 이 것은 淑大論文集 第4輯, 1964에 발표하였던 것을 재록한 것이다.

토하여 쌍주기연의 판본이 각각 어떠한 형태로 존재하고 있는지 살펴
보도록 하겠다.

방각본 전반에 대한 개관과 함께 방각본 목록을 제시하여준 '방각본
에 대하여'에서는 '한글 방각본 일람'이라 하여 방각본의 서지 사항을
정리하고 있다. 여기에 수록되어 있는 쌍주기연의 서지 사항을 살펴보
면 다음과 같다.[2]

　　　○ 雙珠好[Sic]緣　(1)　一冊　32張本
　　　　　　　　　　　(2)　一冊　宋洞新刊　22張本
　　　　　　　　　　　(3)　一冊　16張本

또한 이에 앞서 발표한 '한글소설 방각본의 성립에 대하여'에서는 쌍
주기연에 대하여 어떠한 언급도 없었으나, 이를 춘향전연구에 수정·재
수록하면서, 위의 쌍주기연 3종 이외에 〈18장본〉 쌍주기연을 추가하여
언급하고 있다. 그러나 여기에는 의문부호가 병기되어 있으며, 이 의문
부호가 정확히 어떠한 의미를 지니는 것인지는 명확하지 아니하다.[3]

　20.　○ 雙珠奇緣　　① 一冊 32張本 ② 一冊 宋洞新刊 22張本
　　　　　　　　　　　③ 一冊 十八張本(?) ④ 一冊 16張本

또한 이를 '한글소설 방각본의 성립'이라는 제목으로 개고하여 한국
고소설입문에 재수록할 때에는,[4] 〈16장본〉 쌍주기연을 제외시키고 있

---

2) 金東旭, 坊刻本에 對하여, 東方學志 11輯, 1970, 136면. 이것은 古小說과 坊刻本
　　이라는 제목으로 改稿되어 金東旭·黃浿江, 韓國古小說入門, 開文社, 1985에 재
　　수록되었다.
3) 金東旭, 增補 春香傳研究, 延大出版部, 1976, 388면.

어,5) 같은 책 안에서조차도 쌍주기연의 서지 사항에 대한 정리가 각각 달리 나타나는 모습을 보인다.

○ 雙珠好[Sic]緣　　① 32엽본
　　　　　　　　　② 22엽본 宋洞신간

　동일한 연구자에 의해서 이루어진 언급에서조차도 이처럼 쌍주기연의 서지 사항이 각각 달리 나타나고 있다는 것은 앞으로 방각본에 대한 연구가 지향해야 할 방향의 하나를 암시해주는 것이라 하겠다. 이러한 불일치는 현전하는 방각소설 전반에 대한 자료 수집과 연구 검토를 통하여 계속 수정되고 또한 보완되어야만 할 것이다. 여기에서는 이러한 측면에 주의하여 쌍주기연의 판본을 검토하고 이들이 각각 어떠한 관계에 놓여 있는지 구체적으로 검토하고자 한다.

2. 현전 판본의 종류 : 〈33장본〉 〈32장본〉 〈22장본〉 〈16장본〉

　앞에서 살펴본 바와 같이 이능우와 김동욱에 의해 소개되고 있는 쌍주기연의 판본은 〈32장본〉, 〈22장본〉, 〈18장본(?)〉, 〈16장본〉 모두 4종류이며, 간기가 밝혀져 있는 것은 '송동신간(宋洞新刊)'으로 되어 있는 〈22장본〉뿐이다. 이 가운데 현재 영인되어 있어 주변에서 쉽게 접할 수 있는 쌍주기연으로는 〈32장본〉 쌍주기연과 〈16장본〉 쌍주기연이

---

4) 金東旭・黃浿江, 韓國古小說入門, 開文社, 1985, 327면.

5) <16장본>의 누락이 무엇을 의미하는지 불명확하다. 이것이 곧 <16장본>은 경판 방각소설이 아니라는 것인지, 그렇지 않으면 재수록하는 과정에서 일어난 단순한 착오인지, 또는 후쇄본이기에 누락시킨 것인지 명확한 것은 알 수 없다.

있다.[6] 먼저 〈32장본〉과 〈16장본〉을 대비하여 살펴보면, 〈16장본〉은 〈32장본〉을 저본으로 하여 축약·간행한 것임을 미루어 짐작할 수 있다. 그러나 공교롭게도 〈32장본〉에는 실려있지 아니한 내용이 〈16장본〉에는 실려있다. 이러한 사실은 이들 〈32장본〉과 〈16장본〉 사이의 관련양상을 보다 새롭게 해석해야 한다는 암시를 더해준다.[7] 이를 해결하기 위해서는 무엇보다도 〈22장본〉의 존재를 확인하여야만 하며, 또한 이렇게 함으로써 이들 사이의 관계를 재해석할 수 있을 것이다. 〈22장본〉을 확인해보면 역시 〈32장본〉에는 수록되지 아니한 부분으로 〈16장본〉에는 수록되어 있는 부분이 〈22장본〉에도 수록되어 있다.

이러한 점들은 곧 〈32장본〉보다 선행하는 판본의 존재 가능성을 상정할 수 있게 한다. 왜냐하면 없던 내용을 부연하여서 새로운 판본을 형성한다는 예외적 현상을 인정하기보다는 경판 방각소설 변이의 일반적인 흐름에 오히려 더 접근할 수 있는 방법으로는 선행본의 추정이 오히려 더 타당한 것이기 때문이다. 그리고 실제 선행하는 판본의 존재도 확인된다.

만일 〈32장본〉에 선행하는 판본을 상정하지 않는다면, 〈32장본〉에서는 나타나지 아니하고 있는 내용이 축약본으로 추정할 수 있는 〈22장본〉이나 〈16장본〉에 부연·첨가되어 서술되는 현상은 분명 예외적

---

6) 金東旭(편), 景印古小說板刻本全集 卷一과 卷四에 각각 영인되어 있으며, <32장본>은 巴里東洋語學校本으로, <16장본>은 국립중앙도서관본으로 언급하고 있다. 또한 W.E.Skillend, 古代小說, Univ. of London, 1968, 133면에는 M. Courant과 김동욱을 인용하면서 <32장본>과 <22장본>을 언급하고 있다.

7) 현재까지 필자에 의해 검토된 경판방각소설의 변이양상을 염두에 두고 본다면 이전의 판본에 없던 내용이 추가되는 경우는 매우 예외적인 것으로 보인다. 이창헌, 京板坊刻小說의 商業的 性格과 異本出現에 對한 硏究, 冠嶽語文硏究 12집, 1987; 이창헌, 京板坊刻小說의 變異에 對한 硏究, 仁濟論叢 8권 2호, 1992 참조.

인 현상이 될 것이다. 반면에 〈32장본〉보다 더 긴 판본으로 〈22장본〉이나 〈16장본〉에 수록되어 있는 내용을 포함한 판본이 존재할 수 있다면, 〈32장본〉으로의 변이는 방각소설 변이의 한 양상에 해당하는 것이 될 것이다. 이것은 결코 〈22장본〉과 〈16장본〉의 존재가 경판 방각소설 변이에 있어 예외적인 경우에 해당하는 것이 아니며, 경판 방각소설 변이양상의 일반적인 흐름에도 합치하는 것이 될 것이다. 이러한 추론은, 다행히 〈33장본〉에 해당하는 '경술십일월무교신간(庚戌十一月武橋新刊)'이라는 간기를 지닌 판본이 확인되기에, 단순한 추론에 그치는 것이 아니라 방각소설 변이의 실상이 그러함을 확인하는 또 하나의 방증이 될 것이다. 더군다나 〈33장본〉의 확인은 '경술십일월(庚戌十一月)'이라는 판각 시기가 밝혀져 있기에 쌍주기연의 방각소설로서의 성립 시기를 확인할 수도 있다는 점에서 중요한 의미를 지닌다 하겠다.

결국 현전하는 쌍주기연 판본의 종류는 〈33장본〉, 〈32장본〉, 〈22장본〉, 〈16장본〉의 네 종류이며, 아직 실물은 확인되지 않고 있으나 〈18장본〉[8]의 존재 가능성도 부인할 수는 없을 것 같다.

이제 각각의 판본을 대비하여 살펴봄으로써 이들 판본이 상호 어떤 관계에 놓여 있는지 확인하도록 하겠다.

3. 〈33장본〉과 〈32장본〉의 관련양상

먼저 〈33장본〉 쌍주기연[9]과 〈32장본〉 쌍주기연[10]을 대비하여 살펴

---

8) 〈18장본〉의 존재 가능성은 〈16장본〉의 검토를 통하여 살펴도록 하겠다.

9) 한국정신문화연구원 소장본으로 분류기호는 D7B-127이며, 마이크로필름번호는 R16N-1137-05이다. 필름에는 15b, 16a, 20b, 21a 모두 4면이 누락되어 있다.

보면 이들은 모두 동일한 판목을 사용하여 인행한 것임을 알 수 있다. 다만 〈32장본〉을 인행할 때, 32장 판목의 극히 일부분만을 산략(刪略)·수정(修整)하여 사용하였을 뿐이다. 즉 〈32장본〉의 32장 후엽 마지막행인 14행에서 약간의 변화가 보일 뿐이며, 두 판목은 온전한 동형동판이다. 판식은 반엽 14행, 상화문어미, 판심제는 '썅'으로 되어있다. 따라서 여기에서는 둘 사이에 차이가 있는 부분만을 대비하여 설명하기로 한다.[11)

> 32장본 [32b] /(14)팔십삼세의 기셰ᄒ니라 (이하여백)[12)
> 33장본 [32b-33a] /(14)팔십삼세의 기셰ᄒ니 승샹이 삼샹 맞츤 후 삼공의 거ᄒ여 삼됴을 셤기미 치//(1)국 안민ᄒ며 니음양 순스시ᄒ니 스히 티평ᄒ더라 왕시랑도 쏘흔 벼슬이 니/(2)부샹셔의 거ᄒ여 (中略) / (13) 두고 삼낭의게 각〃 이남일녀를 두어 션〃흔 ᄌ손이 부풍모습ᄒ여 일/(14)문지니 문쟝호걸이 디〃로 연면부졀ᄒ니라 庚戌十一月武橋新刊[13)

〈32장본〉의 판목은 〈33장본〉의 32장 후엽 14행인 '팔십삼세의 기셰ᄒ니 승샹이 삼샹 맞츤 후 삼공의 거ᄒ여 삼됴을 셤기미 치' 가운데서

---

10) 金東旭(편), 景印古小說板刻本全集 卷四, 521-537면. 앞으로 이 책에서 인용하는 경우에는 全集 四, 521-537과 같은 방식으로 표시한다.

11) 여기에서 비교하고 있는 부분을 제외하고 앞으로 〈33장본〉을 언급하는 경우에는 景印古小說板刻本全集에 영인되어 있는 〈32장본〉의 수록 면수를 밝히도록 하겠다. 이는 〈33장본〉과 〈32장본〉이 완전한 동형동판이며, 〈32장본〉이 영인되어 있어 그 인용하는 곳을 명확히 할 수 있다는 편리함 때문이다.

12) 全集 四, 537.

13) 여기에서 사용하고 있는 /은 행구분을, ( )안의 숫자는 해당하는 行次를, //은 葉의 변화를 의미하며, 띄어쓰기와 밑줄 등은 필자에 의한 것이다. 이하 모든 작품 인용에 동일하게 적용한다.

'팔십삼세의 기세ᄒ니' 부분만을 남기고 '승샹이 삼샹 맛츤 후 삼공의 거ᄒ여 삼됴을 셤기미 치'에 해당하는 부분을 산략(刪略)한 후, '팔십삼세의 기세ᄒ니'에 이어서 '라'라는 하나의 글자를 더 새겨 넣음14)으로써 이루어진 것임을 알 수 있다. 그러나 이러한 변화가 이루어진 시기가 정확히 어느 때쯤인지 규명하기는 어려운 것으로 보인다. 다만 한 가지 염두에 두어야 할 것은 이것이 이루어진 곳이 31장이나 29장과 같은 홀수 장이 아니라 32장이라는 짝수에 해당하는 곳이라는 점이다. 경판방각소설 가운데 중간에 판식이 바뀌는 경우를 자주 볼 수 있는데, 이때 이들 판식이 바뀌는 곳은 대부분 홀수장에 해당하는 곳이기 때문이다. 이러한 현상은 여기에서 검토하고 있는 쌍주기연 〈16장본〉에서도 일부 확인할 수 있다.

결국 〈33장본〉은 33장 전엽에서 작품의 서술을 끝내고 있다. 이는 〈32장본〉보다 반 장만큼 더 긴 작품의 서술을 보여주는 것이다. 그리고 여기에 포함된 내용은 원래 옥제의 보배였던 자웅주를 천상으로 회수하는 내용과 승상 부부의 기세에 해당하는 내용이다. 이 부분은 곧 고전소설 일반이 보여주고 있는 주인공의 일대기적 구조를 완결하는 부분이기도 하다.

그렇다면 〈33장본〉에서 〈32장본〉으로의 변화를 어떻게 파악할 것인가 하는 점이다. 먼저 생각해볼 수 있는 것은 작품의 짜임새 등과 관련한 의도적인 산략(刪略)일 가능성이다. 즉 〈32장본〉과 같은 형태로의 결말이 〈33장본〉과 같은 형태로의 결말에 비하여 작품의 짜임새 또는 미적 특질에 있어서 더 우월할 수 있다는 것이다. 물론 이러한 논의를

---

14) 이것이 새겨 넣은 것인지 혹은 붓으로 덧쓴 것인지는 명확하지 아니하다.

위하여는 쌍주기연의 작품 내용에 대한 좀더 세밀한 연구가 필요할 것이다. 허나 여기에서 주의해야 할 것은 변화가 이루어진 부분이 고전소설 일반이 보여주고 있는 주인공의 일대기적 구조를 완결하는 부분과 매우 흡사하다는 것이다. 주인공의 죽음은 비록 아니지만 주인공의 부모인 위공과 태부인의 죽음에 해당하는 부분으로 주인공의 죽음과 유사한 서술이라는 점이다. 이러한 유사성은 〈32장본〉으로 작품의 결말을 삼아도 독자가 어색하게 여기지는 아니할 것이라는 기대를 전제로 하고 있는 것이다.

그러나 이러한 변화의 원인을 작품 내적 요소에서 찾는 것보다는 작품 외적 요소에서 찾는 것이 더 타당한 것으로 보인다. 그것은 이들이 바로 방각소설(坊刻小說)이기 때문이다. 방각이라는 명칭 자체가 지니고 있는 상업적 성격을 무시하고서 이러한 변화를 이해한다는 것은 불가능한 것으로 보이기 때문이다. 더군다나 이와 유사한 변화가 다른 작품들에서도 역시 발견된다[15]는 사실과 아울러서 상품으로서의 소설 유통 자체가 지니고 있는 상업적 성격을 고려할 때, 작품 외적인 측면에서의 설명이 더욱 타당한 것으로 여겨지기 때문이다. 만약 〈33장본〉이 아닌 〈34장본〉의 체재를 갖추었다면 이러한 변화는 일어나지 않았을지도 모른다. 그러나 이것이 〈33장본〉이라는 사실, 그리고 33장 전엽에서 작품의 서술이 마무리되고 있다는 사실은 33장에 해당하는 부분을 누락시킴으로써 곧 〈32장본〉을 인행함으로써 한장의 인행에 필요한 생산비를 절감할 수 있을 것이라는 추정을 가능하게 한다.

그러나 이 경우에 있어서는 비록 이러한 의도가 있었다 하더라도 이

---

15) 이러한 예를 심청전, 장풍운전, 전운치전 등에서 확인할 수 있으나 이에 대한 논의는 생략한다.

것보다는 오히려 판목의 분실 혹은 훼손이라는 측면이 더 크게 작용한 것으로 보인다. 가령 판목의 앞면과 뒷면에 각각 이를 새겼다고 가정한다면[16] 33장이 새겨진 판목은 여타의 다른 판목에 비하여 훼손 혹은 분실될 가능성이 더욱 크기 때문이다. 32장까지 새겨진 16개의 판목과 33장이 새겨진 17번째의 판목은 분명 달리 취급될 수 있다. 17번째 판목은 경우에 따라 그 뒷면에 다른 작품(홀수장으로 끝나는 작품의 마지막 장에 해당하는 부분)을 새길 수도 있으며, 그러한 경우 이 판목은 어느 작품을 인행하느냐에 따라 분실 혹은 훼손이라는 변화가 생길 개연성을 지니게 될 것이다.

변이의 원인이 구체적으로 어떠한 것인지 명확하지 않지만, 이러한 사실은 곧 〈32장본〉이 〈33장본〉의 의도적인 변이형이라기보다는 단순한 변이형에 해당한다는 추정을 부정하지는 않을 것이다.[17]

4. 〈33장본〉과 〈22장본〉의 관련양상

〈32장본〉과 〈22장본〉의 대비는, 앞서 언급한 것처럼 동형동판에 해당하기에, 위에서 예시한 부분을 제외한다면 〈33장본〉과 〈22장본〉의 대비를 통하여 함께 이루어지기에 생략하기로 한다. 먼저 〈22장본〉은

---

16) 이러한 가정은 실제 경판방각소설의 판목을 직접 확인하여야 가능하겠지만, 현재 전하고 있는 여타의 다른 판목들, 가령 해인사 소장 판목이나 서원 소장 판목들의 상태를 염두에 둔다면 가능할 것이다. 徐首生, 八萬大藏經板 硏究, 韓國學報 9집, 1977 참조.

17) 여타의 다른 판본과의 대비에 있어서 <32장본>의 대비는 <33장본>의 대비를 통하여 함께 이루어진다 하겠다. 따라서 앞으로 <33장본>과의 대비를 언급하는 것은 <32장본>과의 대비를 함께 아우르는 것임을 밝힌다.

고려대학교 도서관에 소장되어 있는 박성의 선생 기증본으로, '송동신
간(宋洞新刊)'이라는 간기를 가지고 있다.[18) 판식은 반엽 15행을 기준
으로 판각하였으며, 상화문어미, 판심제는 '쌍'으로 되어 있으며, 김동
욱과 이능우에 의해 이미 소개된 '송동신간 22장본'과 같은 판이다.

먼저 〈33장본〉과의 관계를 확연히 하기 위하여 〈33장본〉의 32장 14
행 이하와 〈22장본〉의 이에 해당하는 부분을 전재하면 다음과 같다.

> 33장본 [32b-33a] /(14)팔십삼세의 기세ᄒ니 승샹이 삼샹 맛츤 후 삼공의
> 거ᄒ여 삼됴을 셤기미 치//(1)국안민ᄒ며 <u>니음양 슌스시ᄒ니</u> 스히 틱평
> ᄒ더라 왕시랑도 쏘흔 벼슬이 니/(2)부샹셔의 거ᄒ여 국스를 승샹게 샹
> 의ᄒ니 죠졍이 <u>쏘</u> 쳥슉ᄒ고 만민이 층송/(3)ᄒ니라 셰월이 무졍ᄒ여 승
> 샹 부뷔 나히 팔순이 나마ᄂ지라 일〃은 승샹/(4)이 일몽을 어드니 금
> 관 홍포 입은 션관이 나려와 읍왈 인간 팔십년 영/(5)욕이 엇더ᄒ<u>더뇨</u>
> 녯일을 싱각ᄒᄂ냐[Sic] 즈웅쥬ᄂ 옥뎨게 잇ᄂ 보비라 그뒤/(6)의게 빌
> 내[Sic]믄 후인<u>으로</u> 텬되 명〃ᄒ여 일동일졍을 하늘이 다 술피시/(7)믈
> 알게 ᄒ고 그뒤 낭인의 일뒤 환쟝을 숨으미니 너게 젼ᄒ라 ᄒ고 금/(8)
> 낭의 든 구슬을 <u>닉여</u> 가지고 가거눌 승샹과 부인이 경각ᄒ여 구슬을
> /(9)츠즈니 금낭쁜이라 승샹부뷔 셰샹연분이 진ᄒᄒ쥬를 알고 즈손을 불
> /(10)너 경계 왈 닉 셰샹의 이실 날이 오리지 아니ᄒ니 <u>녀등은</u> 권위와
> 부 셩ᄒ믈 /(11)즈긍 말고 조심익〃ᄒ여 츙효공검을 힘쓰리[Sic] ᄒ고
> 기셰ᄒ니 일기 발샹/(12)거이ᄒ고 텬지 비감히 너기샤 친님문죠ᄒ시니
> 라 왕부인은 삼즈일녀를 /(13)두고 삼낭의게 각〃 이남일녀를 두어
> 션〃흔 즈손이 부풍모습ᄒ여 일/(14)문지니 문쟝호걸이 디〃로 연면부
> 결ᄒ니라 庚戌十一月武橋新刊

---

18) 현재 표지를 보면 斥邪輪音이라 題簽되어 있다. 한국정신문화연구원의 마이크로
필름번호는 R35N-3043-13이며, 분류기호는 C15-A139로 되어 있다. 이능우의 언
급에 따르면 가람문고본이 있다고 하나 확인하지 못하였다.

22장본 [22a] /(2)(이 여류ᄒ여 위공이 팔십오셰의 기셰ᄒ고 티부인은) 팔
십삼셰의 기셰ᄒ니 승샹이 /(3)삼샹 맛친 후 삼공의 거ᄒ미 치국안민ᄒ
니 ᄉ히 티평ᄒ더라 왕시랑도 쏘ᄒ 벼/(4)슬이 니부샹셔의 거ᄒ여 국ᄉ
를 승샹게 상의ᄒ니 조졍이 쳥슉ᄒ고 만민이 츙송/(5)ᄒ더라 셰월이 무
졍ᄒ여 승샹 부뷔 나히 팔슌이 나마ᄂ지라 일〃은 승샹이 일몽/(6)을
어드니 금관 홍포 입은 션관이 나려와 읍 왈 인간 팔십년 영욕이 엇더
/(7)ᄒ뇨 녯일을 싱각ᄒᄂ냐 ᄌ웅쥬는 옥계게 잇는 보비라 그디의게 빌
니믄 후인으/(8)로 텬되 명〃ᄒ여 일동일졍을 하늘이 다 슬피시믈 알
게 ᄒ고 그디 냥인의 /(9)일더 환장을 솜으미니 너게 젼ᄒ라 ᄒ고 금낭
의 든 구술을 가지고 가거늘 승/(10)샹과 부인이 경각ᄒ여 구술을 ᄎ지
니 금낭뿐이라 승샹부뷔 셰샹 연분이 진/(11)ᄒ줄 알고 ᄌ손을 불너 경
게 왈 셰샹의 잇슬 놀이 오러지 아니ᄒ니 권위와 부 /(12)셩ᄒ믈 ᄌ긍
말고 조심익〃ᄒ여 츙효공검을 힘쓰라 ᄒ고 기셰ᄒ니 일/(13)긔 발상
거인ᄒ고 텬지 비감이 녀기ᄉ 친님문조ᄒ시니라 왕부인은 삼ᄌ일/(14)
녀를 두고 삼낭의게 각〃 이남일녀를 두어 션〃ᄒ ᄌ손이 부풍모습ᄒ
/(15)여 일문지니 문쟝호걸이 디〃로 연면부졀ᄒ니라 宋洞新刊

일단 위의 인용문만을 보아도 〈22장본〉은 〈33장본〉을 저본으로 하
여 이를 부분 부분 축약하면서 〈22장본〉으로 신각(新刻)한 것임을 알
수 있다. 그리고 축약의 비율은 위의 인용에서 살필 수 있는 것과 유사
한 비율을 보인다.19)

한편 이러한 축약의 과정에서 문맥의 이해를 어렵게 하는 잘못된 축
약도 발견할 수 있다. 이들은 결국 작품 내용의 이해에 장애를 가져오
는 부분으로, 다음과 같은 경우를 예로 들 수 있다.

---

19) 〈33장본〉에서 〈22장본〉으로의 축약이 보여주는 구체적인 양상은 〈22장본〉과
    〈16장본〉을 대비하는 인용문에 병기하여 표시하도록 하겠다.

33장본 [25a-b] /(13) (前略) 쇼졔 견필의 디경 왈 의 튝스는 존고의 지으신비라 첫/(14)튝스는 상공 비러 나으신 거시오 후 튝스는 도젹의게 봉변ᄒ신 후의 지으신 거시//(1)니 심히 고이ᄒ도다 혹 존괴 스지를 버셔 이곳의 와 계시던가 보면 즈연 알니/(2)라 ᄒ고 뎨승ᄃ려 왈 혜영이 잇ᄂ 방을 가르치라 ᄒ고 츠자 가니라 츠시 니부/(3)인이 혜영의 구ᄒ믈 입어 망월스의 머무를시 날마다 (下略)[20]

22장본 [17b] /(9) (前略) 쇼졔 견필의 디경 왈 혹 존괴 스지를 버셔 이곳의 와 /(10)게시던가 ᄒ고 졔승더러 왈 혜영이 잇ᄂ 방을 츠져 가니라 츠시 니부인이 혜/(11)영의 구ᄒ믈 입어 날마다 (下略)

위의 '뎨승ᄃ려 왈 혜영이 잇ᄂ 방을 가르치라 ᄒ고 츠자 가니라'에서 밑줄친 부분을 축약하는 과정에서 없앰으로써 〈22장본〉에서는 이것이 '졔승더러 왈 혜영이 잇ᄂ 방을 츠져 가니라'와 같이 되어 문맥에 어긋난 표현이 나타나게 된 것이다. 이 부분은 또한 〈16장본〉이 어느 것을 저본으로 삼았는가를 살필 때에도 중요한 판단의 기준이 되기도 한다.

5. 〈16장본〉의 검토와 〈18장본〉의 추정

〈16장본〉은 영인되어 있어 쉽게 확인할 수 있는 판본이다.[21] 여기에서는 〈16장본〉이 〈33장본〉을 저본으로 하여 축약된 것인지, 그렇지 않으면 〈22장본〉을 저본으로 하여 축약된 것인지 하는 점을 먼저 살펴야 한다.

〈16장본〉은 매엽마다 판각된 행수에 변화가 보인다. 먼저 16행으로

---

20) 全集 四, 533.

21) 全集 一, 535-542.

판각된 곳은 1장부터 8장까지, 17행으로 판각된 곳은 9장과 10장, 19행으로 판각된 곳은 11장부터 13장까지와 14장 후엽, 그리고 20행으로 판각된 곳은 14장 전엽과 15장부터 16장 작품의 끝까지이지만 16장 후엽은 18행에서 작품이 끝나고 남은 2행은 계선(界線)과 함께 여백으로 처리하고 있기에 역시 20행을 기준으로 삼아 판각한 것임을 알 수 있다. 따라서 매엽마다 새겨야 하는 행수가 많아진다는 것은 곧 각각의 각자체가 갈수록 작아진다는 것을 의미하는 것으로 파악하기 쉬우나 매 행당 차지하는 글자수의 변화는 일률적으로 말하기는 어려워 보인다. 판식은 반엽 부정행이며, 상흑어미, 판심제는 '쌍' 또는 '쌍'으로 되어 있다.

〈16장본〉이 과연 〈33장본〉을 저본으로 한 것인지 혹은 〈22장본〉을 저본으로 하는 것인지 하는 문제는 〈33장본〉과 〈22장본〉에서 나타나는 문장과 어휘의 변화를 중심으로 확인하면 쉽게 알 수 있다. 우선 그 대체적인 모습을 말한다면 〈16장본〉은 〈22장본〉을 저본으로 하여 신각(新刻)한 것이라 하겠으며, 군데 군데 일부 어휘가 달라지거나 문장이 누락된 곳이 있을 뿐이다. 〈22장본〉의 20b, 21a, 21b에 걸쳐 약 16행 정도에 해당하는 분량이 〈16장본〉의 15,16장에서 누락된 것이 보이며, 어휘가 달라진 곳은 〈16장본〉의 12a, 14a 등에서 확인할 수 있다. 물론 여기에는 오각에 따른 어휘의 변화, 판저본의 필사자에 의해 나타나는가 표기법 차이 또는 변화 역시 보이고 있으나 여기에서는 꼭 필요한 경우가 아니라면 논외로 한다.

먼저 작품의 서두에 해당하는 부분을 살펴보도록 하자.

33장본 [1a] /(1) 쌍쥬긔연 권지단 /(2)디명 셩화년간의 소쥐 화계촌의 일위 명환이 잇스니 셩은/(3)셔오 명은 경이오 즈는 경옥이니 디〃 명문 거족이라 위국공 셔/(4)달의 휘오 문연각 틱학스 문형의 지라 위인이 공검인후ᄒ/(5)고 문쟝이 당셰에 독보ᄒ며 쇼년의 등과ᄒ여 벼술이 니부/(6)샹셔참 지졍스의 니르니 부귀영춍이 일셰에 혁〃ᄒ더라 /(7)부인 니시ᄂ 간의틱우 니츈의 녀오 한국공 션쟝의 휘라 화/(8)용월틱와 뇨죠슉덕이 겸비ᄒ나 슬하의 남녀간 일졈 혈육/(9)이 업셔 미양 슬허ᄒ더니 (下略)22)

22장본 [1a] /(1) 쌍쥬긔연 권지단 /(2)딕명 셩화년간의 소쥬 화계촌의 일위 명환이 잇스되 셩은 셔요 명은 경이요/(3)ᄌᄂ 경옥이니 딕〃명문 거족이라 위국공 셔달의 휘요 문연각 틱학스 문형/(4)의 지라 우인이 공검ᄒ고 문쟝이 유에ᄒ며 소년등과ᄒ여 벼술이 니부샹셔춈/(5)지졍스의 이르니 부귀 영춍이 일셰의 혁〃ᄒ더라 부인 니씨ᄂ 간의틱우 니츈이/(6)녀오 한국공 션쟝의 휘라 화용슉덕이 겸비ᄒᄂ 슬하의 혈육이 업셔 미/(7)양 슬허ᄒ더니 (下略)

16장본 [1a] /(1) 쌍쥬긔연 권지단 /(2)딕명 셩화년간의 소쥬 화계촌의 일위 명한이 잇스되 셩은 셔요 명은 경이요 ᄌᄂ 경/(3)옥이니 딕〃명문 거족이라 위국공 셔달의 휘요 문연각 틱학스 문형의 지라 외인이 /(4)공검ᄒ고 문쟝이 유예ᄒ며 소년등과ᄒ여 벼술이 니부샹셔춈지졍스의 이르니 부귀 /(5)영춍이 일셰의 혁〃ᄒ더라 부인 니씨ᄂ 간의틱우 니츈의 녀오 한국공 션쟝의 휘라 /(6)화용슉덕이 겸비ᄒᄂ 슬하의 혈육이 업셔 미양 슬허ᄒ더니 (下略)23)

위의 인용에서 알 수 있는 바와 같이 〈22장본〉과 〈16장본〉은 표기법 및 어휘의 차이를 제외하고 본다면 동일한 내용을 보여주는 것이다. 즉 〈16장본〉과 〈22장본〉은 행당 차지하는 글자수에 있어서 차이가 있

---

22) 全集 四, 521.

23) 全集 一, 535. 〈16장본〉의 인용문 중 밑줄 친 부분은 〈22장본〉과 표기법 등등에 있어서 차이가 있는 부분이다. 이하 〈16장본〉의 인용문에 나타나는 밑줄은 모두 이를 표시한 것이다.

을 뿐 동일한 것이라 할 수 있다. 이러한 사실들은 다음과 같은 추론을 가능하게 해준다.

먼저 생각해볼 수 있는 가능성은 〈33장본〉을 저본으로 하여 〈22장본〉으로의 축약이 나타나고, 또한 〈33장본〉을 저본으로 하여 〈16장본〉으로의 축약이 나타나는 것이다. 또다른 가능성은 〈22장본〉을 저본으로 하여 〈16장본〉이 형성되거나, 혹은 〈16장본〉을 저본으로 하여 〈22장본〉이 형성되거나 하는 것이다.[24] 이러한 논의는 곧 하나의 판본 〈가〉를 저본으로 하여 축약이 이루어진 2개의 판본 〈나〉와 〈다〉가 있다고 가정하였을 때, 축약된 두개의 판본 〈나〉와 〈다〉가 동일하다면 〈가〉, 〈나〉, 〈다〉 사이의 관계를 어떻게 추론할 수 있는가 하는 점이다. 만약 〈가〉에서 〈나〉로의 축약과 〈가〉에서 〈다〉로의 축약이 각각 독립하여 이루어졌을 경우, 〈나〉와 〈다〉가 동일할 수 있는 개연성은 거의 없다. 만약 〈나〉와 〈다〉가 동일하다면 축약된 두개의 판본 〈나〉와 〈다〉 사이의 관계는 〈가〉와는 상관없이 〈나〉가 〈다〉를 저본으로 삼았거나 〈다〉가 〈나〉를 저본으로 삼았을 때 가능한 현상이다. 이것은 곧 〈16장본〉이 〈22장본〉을 저본으로 삼았거나 〈22장본〉이 〈16장본〉을 저본으로 삼았을 개연성을 말해준다.

그렇다면 〈16장본〉을 저본으로 하여 〈22장본〉이 성립하였다고 한다면 〈33장본〉을 토대로 하여 〈16장본〉이 형성되고, 다시 〈16장본〉을 저본으로 하여 〈22장본〉이 형성되었다는 결론에 이르게 된다. 그러나 이러한 개연성은 없다. 왜냐하면 〈33장본〉에서 〈16장본〉으로의 축약이 이루어졌다면 이후 나타나는 판본은 〈16장본〉보다 장수가 적은 판본

---

[24] 여기에서 〈32장본〉과의 관계를 언급하지 않는 것은 〈22장본〉과 〈16장본〉 모두 〈32장본〉에서는 刪略된 부분을 포함하고 있기 때문이다.

으로의 변화가 일어나야만 자연스러운 변화의 방향이라 할 수 있기 때문이다. 결국 이는 〈33장본〉에서 〈22장본〉으로의 변화가 나타나고, 다시 〈22장본〉을 저본으로 하여 〈16장본〉으로의 변화가 나타났다고 설명하는 것이 더욱 설득력을 지닐 수밖에 없음을 보여주는 것이다.

이제 실제로 〈22장본〉을 저본으로 하여 〈16장본〉으로의 변화가 일어났다는 것을 확인하여 보자.

먼저 〈22장본〉에는 나타나고 있으나, 〈16장본〉에서는 축약되어 나타나지 않고 있는 부분을 확인하는 것이 필요할 것이다.

> 33장본 [27a-b] /(14) (前略) 즈시 왈 니 너를 살//(1)닐거시니 네 <u>능히</u> 기과쳔션홀다 고션이 복 〃 스죄ᄒ니 즈시 구녀를 불너 <u>고션</u>/(2)을 뵈이고 왈 고션이 긔과ᄒ마 ᄒ니 네 죽지 말고 ᄒ가지로 <u>살되 네 고션을</u> /(3)<u>권ᄒ여 어진디 나아가게 ᄒ라</u> 구네 무슈 스례ᄒ눈지라 즈시 뎨젹을 죄지경/(4)즁더로 쳐치ᄒ고 구녀의 부 〃 를 불너 스환ᄒ게 ᄒ니 <u>소계 쏘ᄒ</u> <u>깃거ᄒ니라</u> /(5)츠셜 (下略)[25]
>
> 22장본 [18b-19a] /(13)(前略) 즈시 왈 너를 살닐거시니 네 긔과쳔션홀 /(14)다 고션이 복 〃 스죄ᄒ니 즈시 구녀를 불너 션을 뵈고 왈 고션이 긔과ᄒ마 ᄒ니 네 죽/(15)지 말고 ᄒ가지 살ᄂᄒ니 구네 무슈 스례ᄒ눈지라 즈시 졔젹을 쳐치ᄒ고 구녀의 부 〃 //(1)로 스환ᄒ게 ᄒ니라 츠셜 (下略)
>
> 16장본 [15a] /(4) (前略) 즈시 왈 너를 살닐거시니 네 긔과쳔션홀다 고션니 복지스죄/(5)ᄒ니 즈시 구녀를 불너 션을 뵈고 왈 고션이 긔과ᄒ마 ᄒ니 네 죽지 말고 ᄒ가지로 살ᄂᄒ니라 /(6)츠셜 (下略)[26]

---

25) 全集 四, 534. 〈33장본〉의 인용문 중 밑줄 친 부분은 〈22장본〉에 누락되거나 변화가 있는 부분을 표시한 것이다. 〈33장본〉의 인용문에 나타나는 밑줄은 모두 이를 표시한 것이다.

26) 全集 一, 542.

〈22장본〉의 밑줄친 부분이 〈16장본〉에서는 탈락된 모습을 보이고
있다. 이러한 양상은 이하 몇 군데에서 더 나타나고 있다.

> 33장본 [28b-29a] /(1) (前略) 남만을 항복밧고 회/(2)군코져 ᄒᆞᄂᆞ 표문을
> 보시고 디희ᄒᆞ샤 만왕을 ᄉᆞᄒᆞ시고 왕ᄌᆞ로 왕을 본ᄒᆞ/(3)고 ᄉᆞ속히 회군
> ᄒᆞ라 ᄒᆞ시니라 이[illegible] 장삼이 양쥐 잇다가 올나와 본부의 잇/(4)더니 원
> 슈의 셔간이 오거늘 장삼이 ᄯᅩ 셔간을 가지고 양쥐로 갈ᄉᆡ 일변으로
> /(5)장삼이 원슈의게 글월을 올녀 쇼져의 환난과 (中略) 부지 상봉ᄒᆞ니
> 신ᄌᆞ의 쾌ᄉᆡ로다 /(14)장지라 경의 쟝냑이여 십칠세 쇼ᄋᆞ이 능히 상쟝이
> 되여 강셩ᄒᆞ 남만을 항복//(1)바드니 경은 ᄉᆞ직지신이오 짐의 고굉이라
> 경부ᄂᆞ 졀ᄉᆡ의 풍상고쵸를 감심/(2)ᄒᆞ여 십여년을 지니다가 도라오니
> 쇼무후일인이라 엇지 아름답지 아니리오 만/(3)왕의 죄ᄂᆞ 사치 못ᄒᆞᆯ 거
> 시로되 기지 현쳘ᄒᆞ다 ᄒᆞ니 만왕을 삼고 기부ᄂᆞ 죄를 ᄉᆞ/(4)ᄒᆞ여 티샹
> 왕을 삼고 무릇 디쇼ᄉᆞᄂᆞ 경이 아라ᄒᆞ고 쥬문은 다시 말지여다 경부/(5)
> 로 위국공을 봉ᄒᆞ고 경으로 츙녈빅을 봉ᄒᆞ고 우승샹을 시기ᄂᆞ니 샐니
> 회/(6)군ᄒᆞ라 ᄒᆞ엿더라(下略)27)
>
> 22장본 [19b-20a] /(12) (前略) 남남[Sic]을 항복밧고 회군/(13)코져 ᄒᆞᄂᆞ
> 표문을 보시고 디희ᄒᆞ시다 이[illegible] 쟝ᄉᆞᆷ이 양쥐 잇다가 본부의 잇더니 원
> 슈의 셔/(14)간이 오거늘 쟝ᄉᆞᆷ이 셔간을 가지고 양쥐로 갈ᄉᆡ 일변 쟝ᄉᆞᆷ
> 이 원슈의게 글월을/(15)올녀 쇼져 환난과 (中略) 부지 상봉ᄒᆞ니 경은
> ᄉᆞ직지/(5)신이라 뎡부ᄂᆞ 십여년 고초를 지나다가 도라오니 엇지 아름
> 답지 아니리오 만왕의 죄ᄂᆞ/(6)ᄉᆞ치 못ᄒᆞᆯ 거시로되 기ᄌᆞ 현쳘타 ᄒᆞ니 만
> 왕을 ᄉᆞᆷ고 기부ᄂᆞ 죄를 ᄉᆞᄒᆞ여 티샹왕을 삼/(7)고 경부로 위국공을 봉ᄒᆞ
> 고 경으로 츙녈빅을 봉ᄒᆞ고 우승샹을 시기ᄂᆞ니 샐니 회/(8)군ᄒᆞ라 ᄒᆞ엿
> 더라 (下略)

---

27) 全集 四, 536.

16장본 [15b] /(9) (前略) 남만을 항복밧고 회군코져 ᄒᆞᄂᆞᆫ 표문을 보시고 디희ᄒᆞ/(10)시다 이쩌 쟝슘이 양쮜 잇다가 원슈의 셔간이 오거늘 쟝슘이 셔간을 가지고 양쮜로 갈식 일변 쟝/(11)슘이 원슈의게 글월을 올녀 쇼져 환난과 (中略) 부지 샹봉ᄒᆞ니 경은 ᄉᆞ직지신이라 경부ᄂᆞᆫ 츙녈빅을 /(16)봉ᄒᆞ고 유승샹을 시기ᄂᆞ니 ᄲᆞᆯ니 회군ᄒᆞ라 ᄒᆞ엿더라 (下略)28)

〈22장본〉의 밑줄 친 부분이 역시 〈16장본〉에는 누락되어 있으며, 이러한 누락은 충렬백에 봉해지는 인물이 누구인지 그리고 우승상은 누가 되는지 등에 있어서 의미 변화를 가져오는 것이다. 이러한 누락 중에서 가장 많은 누락이 나타나는 곳은 다음과 같다.

33장본 [31a-b] /(13) (前略) 공이 왈 ᄋᆞ즈의 영귀ᄒᆞ무로 부즈부뷔 샹봉ᄒᆞ미 다 현부의 은이라 엇/(14)지 감은치 아니리오 쇼졔 손ᄉᆞᄒᆞ여 불감ᄒᆞ믈 고ᄒᆞ더라 ᄎᆞ셜 원슈 양신쳥을 //(1)진중의 ᄃᆞ리고 힝군ᄒᆞ민 운남의 니르니 졀도시 영졉ᄒᆞ여 디연을 비셜ᄒᆞ여 삼군/(2)을 호궤홀시 원슈 평싱 한ᄒᆞ던 바를 풀민 의긔양 〃 ᄒᆞ지라 권ᄒᆞᄂᆞᆫ 술을 통음/(3)ᄒᆞ고 쟝즁의 도라와 신쳥의게 몸을 의지ᄒᆞ고 촉을 밝혀 몽농ᄒᆞᆫ 취안으로 신/(4)쳥의 셰락ᄒᆞᆫ 용모를 보니 진짓 졀디가인이라 신쳥의 소민를 줍고 쇼왈 너갓/(5)ᄒᆞᆫ 녀ᄌᆞ 이시면 뉘 아니 혹ᄒᆞ리오 ᄒᆞ고 팔을 어로만지다가 일졈홍광이 비상의 찬/(6)연ᄒᆞᆫ지라 원슈 은근이 문왈 너 너를 본후로 심즁의 〃 혹이 잇더니 네 비홍을 /(7)보니 졍영ᄒᆞᆫ 녀지라 실진무은ᄒᆞ라 신쳥이 츔괴ᄒᆞ믈 참아 염용 유체 왈 종젹/(8)이 발각ᄒᆞ여 노야의 힐문ᄒᆞ시믈 당ᄒᆞ오니 엇지 긔망ᄒᆞ오릿가 쳡은 본디 남계/(9)현의 ᄉᆞᄂᆞᆫ 양평의 녀지라 부뫼 무즈ᄒᆞ여 다만 쳡ᄲᅮᆫ이라 본읍 셔산의 잇ᄂᆞᆫ 오이/(10)랑이라 ᄒᆞᄂᆞᆫ 도젹이 동뉴를 ᄃᆞ리고 쳡의 모를 겁취ᄒᆞ랴ᄒᆞ고 아비를 죽이오니 /(11)어미ᄂᆞᆫ 할일업스와 그 압강물의 익ᄉᆞᄒᆞ고 쳡은 그쩌 나히 뉵셰

---

28) 全集 一, 542.

라 일가집이 /(12)길니여 나히 졈 〃 ㅈ라미 보슈ᄒ올 마음이 간졀ᄒ여
남복을 ᄒ고 검술ᄒᄂ 스/(13)승을 맛나 검술을 비옵더니 스승이 죽ᄉ
오미 시쳬를 거두어 엄토코자 ᄒ옵/(14)다가 원슈의 틱산갓흔 은혜를
닙ᄉ와 장즁의 모시고 잇습더니 금일 본형이 //(1)탈노ᄒ여ᄉ오니 복원
노야ᄂ 부모의 원슈를 갑하쥬옵시고 긔망흔 죄를 다/(2)ᄉ리옵쇼셔 원
쉬 왈 니 힘써 보슈ᄒ여 쥬리니 넘녀 말나 ᄒ고 옥슈를 다시 쥐/(3)고
보니 쇼년 남ㅈ의 호탕풍뉴지심을 억졔치 못ᄒᆯ지라 부모 실니흔 쩍의ᄂ
일/(4)편지심이 부모 샹봉ᄒ기 젼의ᄂ 왕쇼져갓튼 졀념으로도 오히려
관 〃 흔 낙/(5)을 모로더니 부모샹봉ᄒ고 몸이 후빅의 거ᄒ미 경국가인
을 더ᄒ여 엇지/(6) 츈흥을 금ᄒ리오 이쩍 밤이 깁헛ᄂ지라 촉을 물니고
금니의 나아가니 원앙/(7)이 녹슈의 놀고 비취 연니지의 깃드림갓더라
날이 식미 원쉬 쇼왈 죠운모우ᄂ 잇거니/(8)와 밤이면 녀ㅈ요 낫이면
남ㅈᄂ 엇진 일고 신쳥이 ᄯ흔 미쇼ᄒ더라 인군ᄒ/(9)여 황셩의 니르니
텬ㅈ 폐신 거ᄂ리시고 마ㅈ실시 원쉬 졔쟝을 거ᄂ리고 산호/(10)만세ᄒ
오니 상이 삼년만의 원슈를 보시니 (下略)29)

22장본 [20b-21a] /(7) (前略) 공 왈 아ㅈ 영귀ᄒ미 /(8)다 현부의 은이라
엇지 감은치 아니리오 쇼졔 불감ᄒ믈 고ᄒ더라 츠셜 원쉬 양신/(9)쳥을
진즁의 드리고 힝군ᄒ여 운남의 이르니 졀도시 영졉ᄒ여 디연을 비셜ᄒ
/(10)여 슴군을 호궤홀시 원쉬 평싱 흔ᄒ든 바를 풀고 의긔양 〃 흔지라
권ᄒᄂ 슐를 /(11)통음ᄒ고 쟝즁의 도라와 신쳥의게 몸을 의지ᄒ고 취안
으로 촉하의 신쳥의 쇄/(12)락흔 용모를 보니 졀디가인이라 원쉬 쇼왈
너갓튼 녀ㅈ 잇시면 뉘 아니 혹ᄒ리오 ᄒ/(13)고 팔을 어로만지다가 은
근이 문왈 니 너을 본후로 의혹이 잇더니 네 비홍을 보니 졍영/흔 녀ㅈ
라 실진무은ᄒ라 신쳥이 유쳬 왈 죵젹이 발각ᄒ여 노야의 힐문ᄒ시/믈
당ᄒ오니 엇지 긔망ᄒ오리가 쳡은 본디 남게현 ᄉᄂ 양평의 녀ㅈ라 본
읍셔 /(1)/산의 잇ᄂ 오이랑이란 도젹이 동뉴를 드리고 쳡의 모를 겁취
ᄒ랴ᄒ고 아비를 죽/(2)이오니 어미 할일업시 압강의 익ᄉᄒ고 쳡은 그

---

29) 全集 四, 536–537.

써 칠셰라 일가집의 길니여 졈〃 즈라미 /(3)보슈홀 마옴이 간결ᄒ여 남
복으로 검슐ᄒ는 스승을 맛ᄂ 검슐을 비옵더니 /(4)스승이 쥭ᄉ오미 신
쳬를 엄토코져ᄒ다가 원슈의 은혜를 입ᄉ와 진즁의 모시고 잇/(5)숩더니
금일 본형이 탈노ᄒ엿ᄉ오니 복원 노야는 부모의 원슈를 갑하쥬옵/(6)쇼
셔 원쉬 왈 닉 힘써 보슈ᄒ여 쥬리라 ᄒ고 옥슈를 다시 쥐고 보니 쇼년
남즈의 /(7)호탕지심을 억졔치 못ᄒ여 촉을 물니고 금니의 나가니 원앙
이 녹슈의 놀고 비취/(8)연니지의 깃드림갓더라 원슈 쇼왈 조운모우는
잇거니와 밤이면 녀지요 낫지면 남즈/(9)ᄂ 엇진 일고 신쳥이 쏘ᄒ 미쇼
ᄒ더라 인군ᄒ여 경셩의 이르니 텬지 졔신 거ᄂ리/(10)고 마조실시 원
쉬 졔쟝을 거ᄂ리고 산호만셰ᄒ오니 샹이 삼년만의 원슈를 보/(11)시
니 (下略)

16장본 [16a] /(9) (前略) 공 왈 아즈 영귀ᄒ미 다 현부의 은이라 엇지 감
은진 아니/(10)리오 소졔 불감ᄒ믈 고ᄒ더라 츠셜 원쉬 인군ᄒ여 경셩
의 이르니 텬지 졔신 거ᄂ리고 마즈/(11)실시 원쉬 졔쟝을 거ᄂ리고 산
호만셰ᄒ오니 샹이 삼년만의 원슈를 보시니 (下略)30)

이러한 축약은 〈22장본〉의 21장 후엽 이하에서도 나타난다.

33장본 [32a-b] /(6) (前略)라 이날 텬지 직칩을 나리와 니부인은 뎡녈부
/(7)인을 봉ᄒ시고 왕부인은 효녈부인을 봉ᄒ시며 최단금빅을 샹ᄉᄒ
시니 텬/(8)은의 더옥 감격ᄒ더라 일〃은 승샹이 왕시랑으로 더브러 통
음ᄒ고 즐길시 양신/(9)쳥의 일을 셜파ᄒ니 시랑이 더쇼 왈 구녀는 미졔
를 남즈로 알고 ᄯ라왓다가 실망ᄒ/(10)엿더니 일션은 신쳥을 남즈로 알
고 두엇다가 총희를 삼아스니 너의 부〃의/(11)게ᄂ 이샹ᄒ 일 만토다
ᄒ고 희롱ᄒ더라 이ᄯ 샹이 졔왕의 불쵸ᄒ믈 근심ᄒ샤 /(12)위공을 틱
즈틱부를 삼으시고 졔왕을 교훈케 ᄒ신딕 위공이 슈명ᄒ고 졔왕궁의
/(13)드러가 셩현지도로 교훈ᄒ온딕 졔왕이 기과쳔션ᄒ미 젼후무도ᄉ

---

30) 全集 一, 542.

를 <u>다시</u> 싱각/(14)ᄒ고 쥬야우탄ᄒ고 정도를 힝ᄒ니 위공의 인덕을 가
히 알너라 션시의 고션이 왕//(1)샹셔의 지셩지은을 닙고 구녀로 더브
러 <u>낙창지검이 부합ᄒ여 긔과쳔션ᄒ고</u> /(2)어진듸 나아가믈 왕부인이
긔특이 너겨 지물을 후히 쥬어 졔곳으로 보너니 <u>고/(4)션이 착ᄒᆫ 스롬
이 되여 일읍의 유명ᄒ니라</u> (中略) 쇼 왈 이ᄂᆞᆫ 부인이 아라ᄒ쇼셔 부인
이 깃거ᄒ더라 ᄎᆞ후로 각〃 별당/(9)을 지워 쳐ᄒ게ᄒ니 월츄양 삼낭
이 부인의 은덕을 감축ᄒ여 ᄒ더라 승샹/(10)이 남계현의 관문을 보
여 오이랑의 무리를 줍아올여 국문ᄒᆫ즉 긔〃 즉/(11)쵸ᄒ니 <u>이 ᄯᅩᄒᆫ 티
부인 겁탈ᄒ랴 ᄒ던 놈이라</u> 다시 <u>취쵸홀</u> 것업시 져지의 쳐참ᄒ/(12)니
라 승샹이 장삼부〃의 은공을 싱각ᄒ고 속냥ᄒ고 슈만금을 쥬니 <u>장삼
의/(13)ᄯᅩᄒᆫ 거부가 되니라</u> 세월이 여류ᄒ여 위공이 팔십 오세의 긔세
ᄒ고 티부인은/(14)(下略)³¹⁾

22장본 [21b-22a] /(3)라 이놀 텬지 직쳡을 나리와 니부인은 졍녈<u>부인</u>을
봉ᄒ시고 왕부인은 효/(4)녈부인을 봉ᄒ시며 <u>금빅을 후이³²⁾ 샹ᄉᄒ시
니 텬은을 감축ᄒ니라</u> 이ᄯᅥ 샹이 졔왕/(5)의 불초ᄒᆯ믈 <u>근심ᄒᄉ 위공을
티ᄌᆞ티부를 삼으시고 제왕을</u> 교훈케 ᄒ시니 /(6)위공이 슈명ᄒ고 왕궁
의 드러가 성현지도로 <u>교훈ᄒᆫ듸</u> 졔왕이 긔과쳔션ᄒ미 젼/(7)후ᄉᆞ를 싱
각ᄒ고 쥬야우탄ᄒ고 정도를 힝ᄒ니 위공의 인덕을 가히 알너라/(8)션
시의 고션이 왕샹셔의 지셩지은을 입고 구녀로 더부러 어진듸 나아가
믈 왕부/(9)인이 긔특이 너겨 <u>진물을 후이 쥬어</u> 졔곳으로 보너다 (中
略) /(13)소왈 부인이 아라 ᄒ쇼셔 <u>부인이 깃거ᄒ더라 ᄎᆞ후로 각〃 별
당을 지워 쳐ᄒ/(14)게 ᄒ니</u> 월츄양 삼낭이 부인 은덕을 감축ᄒ더라 승
샹이 남계현의 관문을 보/(15)너여 오이랑의 무리를 줍아 국문ᄒᆫ즉 긔〃
<u>즉초ᄒ니</u> 다시 물을 것업시 져지의 쳐참ᄒ니//(1)라 승샹이 쟝슴부〃의
은공을 싱각ᄒ고 속냥ᄒ고 슈만냥을 쥬니라 세월/(2)이 여류ᄒ여 위공
이 팔십오세의 긔세ᄒ고 티부인은 (下略)

---

31) 全集 四, 537.

32) 〈33장본〉에 없던 어휘가 〈22장본〉에 추가된 예이다.

16장본 [16a-b] /(18)더라 이늘 텬지 직쳡을 나리와 니부인은 정널을 봉ㅎ시고 왕부인은 효녈부인을 /(19)봉ㅎ시고 이쩌 샹이 졔왕의 불초ㅎ믈 교훈케ㅎ시니 위공이 슈명ㅎ고 왕궁의 드러가 셩/(20)현이 기과쳔션ㅎ고 졍도를 힝ㅎ니 위공의 인덕을 가히 알너라 션시의 고션이 왕샹셔//(1)의 지셩지은을 입고 구녀로 더부러 어진더 나아가믈 왕부인이 긔특이 녀겨 졔곳으로 보니다 / (中略) /(5)쇼왈 부인이 아라ㅎ쇼셔 승샹이 쟝슴부〃의 은공을 싱각ㅎ고 속냥ㅎ고 슈만냥을 /(6)쥬니라 셰월이 여류ㅎ여 위공이 팔십오셰의 기셰ㅎ고 틱부인은 (下略)33)

이처럼 〈22장본〉의 밑줄친 부분이 〈16장본〉에는 누락되고 있다는 점은 〈22장본〉이 〈16장본〉에 선행하고 있다는 것을 말해준다 하겠다.

또한 〈22장본〉에서는 축약되어 나타나지 않고 있는 〈33장본〉의 문장들 역시 〈16장본〉에 나타나지 않고 있다는 점도 〈16장본〉이 〈22장본〉을 저본으로 하여 형성된 것임을 말해주는 하나의 근거가 될 것이다. 더군다나 〈33장본〉에서 〈22장본〉으로의 축약 과정에서 나타나고 있는 오류를 〈16장본〉이 그대로 답습하고 있는 다음과 같은 경우도 그 근거가 될 것이다.

33장본 [25a-b] /(13) (前略) 쇼졔 견필의 디경 왈 이 튝스는 존고의 지으신비라 쳣/(14)튝스는 상공 비러 나으신 거시오 후 튝스는 도젹의게 봉변ㅎ신 후의 지으신 거시//(1)니 심히 고이ㅎ도다 혹 존괴 슈지를 버셔 이곳의 와 계시던가 보면 즈연 알니/(2)라 ㅎ고 데승드려 왈 혜영이 잇는 방을 가르치라 ㅎ고 츠자 가니라 츠시 니부/(3)인이 혜영의 구ㅎ믈 입어 망월스의 머무를싀 날마다 (下略)34)

---

33) 全集 一, 542.
34) 全集 四, 533-534.

22장본 [17b] /(9) (前略) 쇼졔 견필의 디경 왈 혹 존괴 스지를 버셔 이곳
의 와 /(10)게시던가 ᄒ고 졔승더러 왈 혜영이 잇는 방을 츠져 가니라
츳시 니부인이 혜/(11)영의 구ᄒ믈 입어 날마다 (下略)

16장본 [14a] /(12) (前略) 쇼졔 견필의 디경 왈 혹 존괴 스지를 버셔 니곳
/(13)의 와 게시던가 ᄒ고 졔승더러 왈 <u>부인이</u> 잇는 방을 츠져 가니라
츳시 니부인이 혜영/(14)의 구ᄒ믈 입어 날마다 (下略)35)

　여기에서 한 가지 더 검토해야할 사항은 〈18장본〉의 설정 가능성이
다.36) 위에서 살펴본 〈16장본〉의 누락현상은 공교롭게도 이들이 모두
15장과 16장에서 집중적으로 나타나고 있다는 점이다. 그리고 〈16장
본〉의 15장과 16장에서 보여주는 판심제의 위치가 앞의 14장까지에서
보여주는 판심제의 위치와는 달리 상흑어미로부터 좀더 위쪽에 자리잡
고 있다는 점도 함께 고려해야 할 것이다. 더군다나 15장과 16장의 판
식이 반엽 20행을 기준으로 판각되고 있다는 점도 고려해야 할 것이다.
　이러한 모습은 곧 위에서 언급한 누락된 부분이 〈16장본〉의 체재로
계산하면 어느 정도의 행수를 차지할 것인가 추정하여볼 필요가 있다
는 것을 말해준다. 〈22장본〉을 기준으로 하여 누락된 행수를 계산하면
대략 27행 정도에 해당한다. 이를 누락시키지 아니한 전체 곧 〈22장
본〉에 해당하는 분량을 〈16장본〉의 1장에서 8장까지와 같은 체재로 곧
16행의 체재로 판각한다면 어느 정도의 판각본이 이루어질 수 있을 것
인가 하는 점이다.
　이를 계산하여 보면, 〈16장본〉의 1장에서 8장까지의 본문(총 255행)

---

35) 全集 一, 541.
36) 실물을 확인할 수 없지만 김동욱이 의문부호와 함께 언급하고 있는 〈18장본〉의
　　존재를 염두에 둔다면 이러한 가능성은 분명하다 하겠다.

에 해당하는 〈22장본〉의 본문은 곧 287행이 된다. 287행이 255행의 비율로 판각되기에 〈22장본〉 전체의 본문인 644행은 16장본의 573행과 같은 비율로 판각되는 것이며, 이를 반엽 16행의 판식을 적용한다면 573행의 판각은 곧 17.9장 곧 18장에 해당하는 것이 된다. 결국 여기에서 계산해본 〈18장본〉은 〈16장본〉에서는 누락된 부분을 포함한 것이라 하겠다. 비록 이것이 단지 산술적 계산에 의한 〈18장본〉의 추정에 불과하지만 그 개연성은 여전히 존재한다 하겠다. 따라서 〈18장본〉을 설정하여 〈18장본〉과 〈16장본〉 사이의 관련양상을 추정한다면, 〈18장본〉의 1장에서 8장까지는 그대로 번각하고 9장이하 18장까지를 엽당 행수의 변화와 앞서 인용한 부분의 누락을 통하여 〈16장본〉을 형성한 것이라 하겠다.[37]

6. 결론 : 판본 변이의 과정과 의미

위에서 살펴본 바와 같이 쌍주기연의 판본 변이는 세 방향으로 나아간 것으로 보인다.

첫번째의 방향은 기존의 판목에 부분적인 수정을 가하여 새로운 판목을 만들어내는 것이다. 이는 엄밀한 의미에서는 새로운 판목이라고 하기는 어려운 것이다. 그러나 기존의 판목을 부분적으로 산략(刪略)하거나 수정하여 나타난 것이기에 변이의 한 방향임에는 틀림없다 하

---

37) 그러나 이러한 형태의 〈18장본〉은 아직 발견되지 않고 있으며, 다만 김동욱에 의하여 그 존재 가능성만이 제시되어 있는 실정이다. 이러한 점에 있어서 방각소설의 판본 연구는 아직 보고되지 아니한 판본의 추정과 이에 해당하는 판본의 확인이라는 미완결의 작업이기도 하다.

겠다. 이러한 경우에는 판목의 대부분이 기존의 판목을 활용하는 것이기에 이들 판본의 형성은 곧 기존 판목의 훼손을 의미하는 것이기도 하다. 따라서 이들은 많은 부분이 동형동판(同形同板)의 모습을 보일 수밖에 없다. 쌍주기연의 경우에 있어서는 처음에 〈33장본〉의 체재로 판각·인행되었던 판목의 일부인 32장에 해당하는 판목을 부분적으로 수정하고 33장에 해당하는 판목은 누락시킨 것이 바로 〈32장본〉이다. 결국 〈32장본〉 체재로의 변화는 산락이라는 과정을 통하여 기존 판목인 〈33장본〉을 변형하는 것이다.[38]

또하나의 방향은 기존의 판목이 지니고 있는 형태와는 달리 이를 아주 새롭게 판각하는 것이다. 이러한 경우에 있어서는 그 장수를 축소하기 위하여 저본으로 삼을 수 있는 선행하는 판본을 전제로 하는 것이다. 이 경우에 형성된 판본은 주로 저본보다는 축약된 모습을 보이며, 대개 이형이판(異形異板)의 형태를 보인다.[39] 쌍주기연의 경우는 〈33장본〉을 저본으로 하여 판저본을 필사하는 〈22장본〉의 필사자에 의하여 부분적인 축약이 이루어지는 것으로 보인다. 또한 〈16장본〉을 근거로 설정한 〈18장본〉의 존재를 염두에 둔다면, 〈18장본〉의 경우도 역시 〈22장본〉을 저본으로 하여 판저본을 필사하는 〈18장본〉의 필사자에 의하여 부분적인 축약이 이루어지는 것으로 보인다.

끝으로 생각해볼 수 있는 가능성은 기존의 판목으로 인쇄한 판본을 판저본으로 삼아 이를 다시 복각(覆刻)하는 것으로 대부분 동형이판의

---

38) 이러한 변화의 모습은 여러 작품에서 살필 수 있다. 필자가 '分卷에 依한 異本出現'이라 언급한 작품들이 모두 여기에 해당하는 것이다.

39) 이러한 양상에 대하여 '張數 縮小에 依한 異本出現'이라 하여 검토한 바 있다. 이창헌, 京板坊刻小說의 商業的 性格과 異本出現에 對한 硏究, 冠嶽語文硏究 12집, 1987 참조.

모습을 보이는 것이 일상적이다. 그러나 쌍주기연의 경우, 이에 해당하는 판본은 확인할 수 없다. 다만 이의 응용이 이루어진 것으로 보이는 〈16장본〉에서 그 흔적의 일부를 살필 수 있을 뿐이다. 이는 〈18장본〉이 확인되는 시점에서 논의할 수 있을 것이다.[40]

〈18장본〉이 확인되지 아니한 지금에 있어, 여기에서는 일단 〈16장본〉은 〈22장본〉을 저본으로 하여 판저본을 필사하는 〈16장본〉의 필사자에 의해 부분적인 축약이 이루어진 것으로 잠정적인 결론을 삼고자 한다.

이제 〈33장본〉에서 〈22장본〉으로 다시 〈16장본〉으로의 변화가 구체적으로 언제쯤 일어났는지 그 가능성을 살펴보기로 한다.

경판방각소설의 변화가 보여주는 일반적인 추이는 대략 다음과 같이 정리된다. 먼저 1848년으로 알려진 삼설기로부터 시작하여 1864년으로 추정되는 '갑자(甲子)'라는 간기를 가진 울지경덕전에 이르는 시기에는 여러 작품들이 판각 인행된 것을 쉽게 확인할 수 있으나, 이후 20여년이라는 기간에 해당하는 간기를 지닌 판본들은 보이지 아니한다. 또한 울지경덕전에 이르는 시기 사이에 인행된 방각소설의 권당 장수가 대략 30장을 전후한 모습을 보여주고 있다. 1887년 이후의 간기를 보여주는 구운몽, 임장군전, 임진록 등의 작품은 구운몽을 제외한

---

40) 그러나 여기에서는 그 가능성만을 언급하도록 하겠다. 즉 〈16장본〉의 1장부터 8장까지는 〈18장본〉의 1장부터 8장까지를 판저본으로 삼아 覆刻한 것이며, 〈16장본〉의 9장 이하는 〈18장본〉의 9장 이하를 축약하여 새로운 판저본을 필사, 이를 토대로 판각한 것이라 하겠다. 이러한 가정이 맞는 것이라면 〈16장본〉은 앞서 언급한 판본 변이의 세 방향 가운데 두번째와 세번째가 혼용된 것이라 하겠다. 실제로 다른 작품을 살펴보면 이러한 양상을 확인할 수 있으나 이에 대한 논의는 別稿로 미룬다.

다면 대략 20장을 전후하여 인행된 것으로 보인다. 그리고 16장 정도
의 분량을 지닌 판본들 가운데 1905년에 해당하는 간기가 나타나는 정
수정전을 주목하여 본다면, 16장 내외의 방각소설이 나타나는 것은 대
략 20세기 초기로 추정할 수 있다.[41]

이러한 사실을 근거로 하여 쌍주기연의 이후 변화 과정과 시기를 추
정하면, 일단 〈33장본〉의 간기가 지시하고 있는 '경술(庚戌)'은 1850년
으로 추정된다는 점에서 경판방각소설의 일반적인 변화의 추세에서
크게 벗어나지 않고 있다. 더군다나 30장 내외에서 20장 내외로, 다시
17장 또는 16장으로의 변이라는 3단계의 변화를 염두에 둔다면,[42] 쌍
주기연의 판본 변이 역시 이에서 크게 벗어난 것은 아니라 하겠다. 따
라서 〈22장본〉은 1880년대에, 그리고 〈16장본〉은 20세기 초에 나타난
것으로 추정된다.

그리고 〈33장본〉에서 〈32장본〉으로의 변화는 결국 〈33장본〉이 인행
된 시점인 1850년 이후 〈22장본〉이 출현하기 이전의 어느 시기에 나타
난 것으로 추정할 수 있겠다. 🦋

---

41) 이창헌, 京板坊刻小說의 變異에 對한 硏究, 仁濟論叢 8권 2호, 1992.
42) 필자는 이를 각각 1차인행, 2차인행, 3차인행이라 표현한 바 있다.

경판 〈조웅전〉의 판본 변모

1. 서론

여기에서는 서울지역에서 간행한 조웅전뿐만 아니라 안성지역에서 간행한 조웅전을 포함하여 경판방각소설 조웅전이라고 지칭하려 한다. 경판방각소설에 안성지역에서 간행한 방각소설을 포함시켜서 논의하려는 까닭은, 안성지역의 방각소설을 안성판방각소설이라고 독립시켜 논의하는 것보다 경판방각소설을 간행한 방각소 가운데 일부가 안성지역에 위치하였다고 보고 논의하는 것이 판본 사이의 변모 양상을 살핌에 있어서 더 효과적이라는 판단 때문이다. 물론 안성지역에서 간행한 방각소설을 대상으로 삼아서 이를 중점적으로 검토할 필요가 있을 때 이를 안성판방각소설 또는 안성판본이라고 지칭하는 것이 타당하다는 점을 부인할 수는 없다.

그러나 안성지역에서 간행한 방각소설의 경우, 작품의 말미에 방각소를 밝혀주는 간기--가령 '안성동문이신판'과 같은 간기가 남아 있어야 이것이 안성지역에서 간행한 방각소설임을 알 수 있으며, 1909년 출판법이 공포된 이후에 발행한 작품인 경우, 작품에 첨부한 판권지--가령 '북촌서포'의 판권지나 '박성칠서점'의 판권지가 있어야 비로소 이들이 안성지역에서 간행한 방각소설임을 알 수 있다. 따라서 작품의 말미에 간기가 남아 있지 아니한 작품이나 판권지가 첨부되지 아니한 작품 중에서 경판본은 어느 것이며 안성판본은 어느 것인지를 구별하는 일은 현실적으로 거의 불가능한 일이다. 경판방각소설과 안성판방각소설을 구별하기가 힘들 뿐만 아니라, 안성과 관련된 간기나 판권지가 있는 작품만을 안성판방각소설이라고 따로 구분하여 논의를 전개하는 것보다 이를 경판방각소설에 포함시켜 논의를 전개하는 것이 판본 사이의 관계[1] 또는 판본의 선후, 그리고 이에 따른 본문의 변모 양상 등을 더 명확하게 보여줄 수 있다는 그 동안의 연구 결과[2] 등을 고려할 때, 이를 경판방각소설에 포함시켜 함께 검토하는 것이 판본 사이의 관계에 대한 원활한 논의를 가능하게 한다 하겠다. 더군다나 이를 구분하여 논의하다 보면, 마치 경판본과 안성판본 사이의 일반적인 관계가 그러한 것으로 오해할 수도 있다는 점에서 안성판방각소설 조웅전을 경판방각소설 조웅전에 포함시켜 논의를 진행하도록 하겠다.

조웅전의 이본에 대한 검토[3]는 여러 차례 있었다. 그러나 이본에 대한 검토는 처음부터 논의 자체가 완성된 것이 아니라 미완성의 논의라는 점을 분명히 할 필요가 있다. 그것은 '새로운 자료의 출현에 따라 새로운 논의가 항상 가능하다'는 점에서 '현재까지 확인된 자료에 의하

---

1) 작품에 따라서 경판본과 안성판본 사이의 관계가 각각 다른 양상으로 나타나기 때문에, 이들 사이의 관계를 일률적으로 규정하려고 하는 것은 부질없는 일이 되기 쉽다.

2) 이창헌, 경판방각소설 판본 연구, 태학사, 2000.

3) 조웅전 이본에 대한 개관은 다음을 참조할 것. 조희웅, 趙雄傳 異本考 및 校注補, 이야기문학 모꼬지, 박이정, 1995, 183-205면.

면 이러하다'라는 미완성의 논의로서 완성된 것이라 하겠다. 이를 경판 방각소설 조웅전으로 한정하여도 결과는 마찬가지이다. 이점에 있어서 지금까지 필자가 진행해온 판본에 대한 검토 작업의 대다수가 미완성의 것임을 부정할 수 없다. 그리고 이 글에서 진행하고자 하는 논의 역시 이에서 예외가 될 수 없음은 분명하다.

경판방각소설 조웅전의 판본에 대한 보고는 시간이 지날수록 계속되고 있으며, 이러한 양상은 앞으로도 지속될 것이다. 나손(羅孫) 김동욱(金東旭)선생의 고소설판각본전집(古小說板刻本全集)에 영인된 자료 5종--두 종의 30장본, 20장본, 17장본, 16장본--을 포함하여, 정양완(鄭良婉)선생이 서지 사항과 함께 작품의 일부를 소개[4]한 20장본에 대한 필자의 논의가 있은 이후, 국립중앙도서관에 소장된 30장본과 20장본을 포함한 성치경님의 새로운 논의[5]가 있었다.

최근에 필자는 '안셩동문이신판'이라는 간기를 가진 일본동양문고소장(日本東洋文庫所藏) 20장본과, 국립중앙도서관소장 30장본 및 20장본을 검토할 기회가 있었다. 이에 기존 논의에서 이들 20장본이 번각 관계에 있다고만 지적한 것을 보충하면서, 새롭게 보고된 국립중앙도서관소장본 30장본과 20장본을 포함한 새로운 논의가 필요하기에, 경판방각소설 조웅전의 판본 8종(세 종의 30장본, 세 종의 20장본, 17장본, 16장본) 사이의 관계를 재정리하게 되었다.

---

4) '안셩동문이신판'이라는 간기를 가지고 있는 이 자료의 제1장 전엽 및 제20장 후엽을 영인하여 소개하였다.

5) 성치경, 경판 조웅전 문헌변용의 문예학적 해석, 부산대학교 교육대학원 석사학위 논문, 1997.

2. 경판방각소설 조웅전 자료 개관

경판방각소설 조웅전의 판본은 현재 8종을 확인할 수 있다. 이를 장수에 따라 차례로 살펴보면, 30장본이 세 종, 20장본이 세 종, 17장본과 16장본이 각각 한 종이다.

먼저 세 종의 30장본을 구분하여 이를 각각 〈30장본A〉, 〈30장본B〉, 〈30장본C〉라 지칭한다.

〈30장본A〉[6]의 권수제 및 권차표시는 '됴웅젼단'으로 나타난다. 〈30장본A〉는 반엽 15행, 상화문어미라는 모습을 보이며, 판심제는 '됴'로 상백구 상단에 위치한다. 작품서술은 제30장 전엽 8행에 그치고, 남은 여백의 끝에 '홍수동중간(紅樹洞重刊)'이라는 간기가 있다.

〈30장본B〉[7]의 권수제 및 권차표시는 '됴웅젼다'로 되어 있다. 〈30장본A〉의 권차표시인 '단'의 받침 'ㄴ'이 훼손되어 '다'의 형태만 남은 것이다. 간기가 누락되었다는 점이 〈30장본A〉와 다르며, 마지막 장인 제30장 전엽을 비롯한 일부에서 매목(埋木)을 통한 보각이 이루어졌음을 확인할 수 있다. 한남서림의 판권지가 첨부되어 있으며, 판권지의 내용을 보면 편집 겸 발행자를 백두용으로 인쇄자를 조명천으로 기록하고 있으며, 백두용의 주소를 경성부 인사동 170번지로 기록하고 있다.

〈30장본C〉[8]는 〈30장본B〉와 온전히 일치한다. 다만 마지막 장인 제

---

6) 金東旭 편, 古小說板刻本全集 五, 869-883면(파리동양어학교소장본). 이하 이 전집에서 인용하는 경우에는 '전집 오, 869-883(파리동양어학교소장본)'과 같은 방식으로 표시한다.

7) 전집 삼, 79-93(김동욱소장본). 동일한 판본이 영남대학교 도남문고에 소장되어 있다.

8) 국립중앙도서관소장본으로 현재 두 권이 남아 있다. 도서청구기호는 고한48-75 및 고한48-75-2이다.

30장의 말미에 '홍수동중간(紅樹洞重刊)'이라는 간기가 남아 있다는 점만이 유일한 차이라 하겠다. 역시 한남서림의 판권지가 첨부되어 있으며, 판권지의 내용을 보면 편집 겸 발행자를 백두용으로 인쇄자를 조명천으로 기록하고 있으나, 백두용의 주소를 경성부 관훈동 18번지로 가필한 것을 볼 수 있다.[9]

세 종의 20장본을 구분하기 위하여 이를 각각 〈20장본A〉, 〈20장본B〉, 〈20장본C〉라 지칭한다.

〈20장본A〉[10]의 권수제 및 권차표시는 '됴웅젼 단'으로 나타난다. 〈20장본A〉는 반엽 15행, 상화문어미라는 모습을 보이며, 판심제는 '됴'로 상백구 어미 바로 위에 위치한다. 작품서술은 제20장 후엽 13행에 그치고, 간기는 없다.

〈20장본B〉[11]의 경우, 제1장 전엽과 제20장 후엽이 영인된 바 있는 자료이다. 권수제 및 권차표시는 '됴웅젼 단'으로 나타난다. 〈20장본B〉는 반엽 15행, 상화문어미라는 모습을 보이며, 판심제는 '됴'로 상백구 어미 바로 위에 위치한다. 작품서술은 제20장 후엽 13행에 그치고, 두 행에 걸친 크기로 '안셩동문이신판'이라는 간기가 남아 있어, 안성지역

---

9) <30장본B>와 <30장본C>는 모두 편집 겸 발행자를 백두용으로 인쇄자를 조명천으로 기록한 판권지를 가지고 있으나 백두용의 주소가 다르게 기록되어 있다. 백두용의 주소를 경성부 인사동 170번지로 기록한 판권지와 경성부 관훈동 18번지로 가필한 판권지를 구별하기 위하여, 전자를 '백두용/조명천 판권지(1)'이라고 지칭하고, 후자 곧 가필한 판권지를 '백두용/조명천 판권지(2)'라고 지칭한다.

10) 전집 오, 857-867(대영박물관본). 이는 기존의 논의에서 <20장본>이라고 지칭하였던 것이지만, 두 종의 <20장본>을 추가하여 검토해야 하기에 이들과 구분하기 위해서 <20장본A>라고 개칭한다.

11) 鄭良婉, 日本東洋文庫本古典小說解題, 國學資料院, 1994, 126-130면에 제1장 전엽과 제20장 후엽이 영인되어 있다. 일본동양문고의 도서청구기호는 Ⅶ-4-235이다.

에서 간행한 방각소설임을 알 수 있다.

〈20장본C〉12)의 권수제 및 권차표시는 '됴웅젼단'으로 나타난다. 〈20장본C〉는 반엽 15행(제1장 이하 제4장까지) 또는 16행(제5장 이하 제20장까지), 상흑어미라는 모습을 보이며, 판심제는 보이지 아니한다. 작품 서술은 제20장 전엽 12행에 그치고, 간기는 없다. 뒤에 '박성칠서점'의 판권지가 첨부되어 있으며, 판권지의 내용을 보면 발행자를 박성칠로 인쇄자를 예일성으로 기록하고 있다.13) 박성칠서점의 판권지가 첨부되어 있기에 안성지역에서 간행한 방각소설임을 알 수 있다. 특히 제4장까지는 반엽 15행으로, 제5장 이하는 반엽 16행으로 판면을 구성하였다는 점에서, 뒤에서 언급할 〈16장본〉과 마찬가지로, 혼합판식을 사용하였다는 것을 알 수 있다. 또한 판심제가 나타나지 않고 있다는 점 역시 특이하다.

〈17장본〉14)의 권수제 및 권차표시는 '됴웅젼 단'으로 나타난다. 〈17장본〉은 반엽 15행, 상하흑어미라는 모습을 보이며, 판심제는 '됴'로 상백구 중간에 위치한다. 작품서술은 제17장 전엽 15행에 그치고, 간기는 없다. 특이한 점은 권수제와 본문 사이에 계선이 하나 들어가 있다는 것인데, 이는 임진록 〈상25장본〉 및 심청전 〈21장본〉에서도 볼 수 있었던 외양적(外樣的) 특징이다.

---

12) 국립중앙도서관소장본으로 두 권이 남아 있다. 도서청구기호는 고한48-31-4 및 고한48-31-9.

13) 필자가 기존의 논의에서 예일성의 주소를 경기도 안성군 보개면 기좌리 393번지로 기록한 것을 593번지로 정정한 성치경의 지적이 옳기에 여기에서 바로잡는다. 성치경, 경판 조웅전 문헌변용의 문예학적 해석, 부산대학교 교육대학원 석사학위 논문, 1997, 9면 참조.

14) 전집 오, 1095-1103(김동욱소장본).

〈16장본〉15)의 권수제 및 권차표시는 '됴웅전 단'으로 나타난다. 〈16
장본〉은 반엽 15행 또는 반엽 16행(12-16), 상흑어미(1-6,9-10) 또는 상하
흑어미(7-8,11-16)라는 모습을 보이며, 판심제는 '됴'로 상백구 중간 부분
에 위치한다. 작품서술은 제16장 후엽 12행에서 그치고 계선이 한 개
있다. 계선 이후의 여백에 무엇인가를 산략한 듯한 흔적이 보이는데,
이것이 간기를 산략한 것인지는 알 수 없다.

3. 〈30장본A〉 〈30장본B〉 〈30장본C〉의 검토

〈30장본A〉 〈30장본B〉 〈30장본C〉는 모두 동일한 판목을 사용하여
인행한 것이라고 할 수 있다. 물론 〈30장본B〉와 〈30장본C〉의 제29장
후엽과 마지막 장인 제30장 전엽을 인행하는 데 사용한 판목은 보각한
판목이라는 점에서 다른 판목이라고도 할 수 있다. 그러나 이는 〈30장
본A〉의 제30장 전엽을 인행하는 데 사용한 판목의 일부분인 제3행 이
하 제7행까지의 하단 부분이 훼손되었기 때문에 훼손된 행문을 매목이
라는 방식으로 보각한 판목이다16). 따라서 매목하지 아니한 부분은
〈30장본A〉의 해당 판목이다. 매목하여 보각하는 과정에서 일부 행문
의 변화가 있었다는 점에서 본다면 이는 〈30장본A〉의 판목과는 다른
판목이라고 할 수 있으나, 기존의 판목인 〈30장본A〉의 판목을 가져다
가 매목이라는 방법을 사용하여 수정하였다는 점에서 본다면 〈30장본

---

15) 전집 삼, 95-102(김동욱소장본).

16) 이처럼 매목이 이루어진 부분은 제29장 후엽의 제13행(도 늙근) 및 제14행(부인
　　과 위)에서도 나타나지만, 여기에서는 제30장 전엽만을 대상으로 하여 논의한다.
　　제29장과 제30장은 하나의 판목의 앞과 뒤에 새기는 것이 일반적이기 때문이다.

B)와 〈30장본C〉를 인행하는 데 사용한 판목은 〈30장본A〉와 동일한 판목이라고 할 수 있다.

이를 좀더 구체적으로 확인하기 위하여 〈30장본A〉[자료 1]와 〈30장본B〉[자료 2]의 해당 부분을 행을 단위로 하여 보이면 다음과 같다.[17]

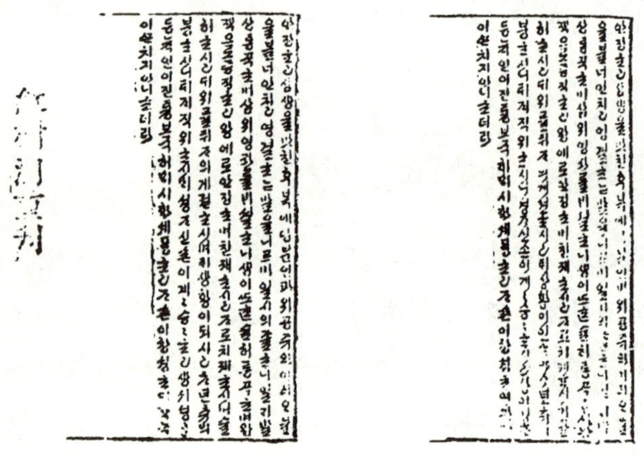

[자료 1] 〈30장본A〉의 제30장 전엽   [자료 2] 〈30장본B〉의 제30장 전엽

(30A-3) 상통곡ᄒ머 삼위 영좌를 비셜ᄒ니 샹이 쏘흔 슬허 통곡ᄒ며 왕

(30B-3) 상통곡ᄒ미 삼위 영좌를 비셜ᄒ니 샹이 쏘흔 슬히 통곡ᄒ사 왕

(30A-4) 쟉으로 증직ᄒ고 왕에로 안장ᄒ며 친제ᄒ시고 ᄌ로 치졔ᄒ며 슬

(30B-4) 쟉으로 증직ᄒ고 왕에로 안장ᄒ머 친제ᄒ시고 ᄌ로 치졔ᄒ시기를

---

17) 고딕으로 처리한 부분이 매목에 의한 보각이 이루어진 부분으로 각자체가 다르다는 것을 알 수 있다. 띄어쓰기는 필자가 하였다. 매목하지 아니한 부분 중에서 글자의 가로획의 일부가 떨어져 나간 경우, 가령 'ㅕ'의 형태가 'ㅓ' 또는 'ㅣ'의 형태처럼 바뀐 경우(이는 인행이 거듭되면서 자연적으로 발생하는 현상이다)에는 밑줄을 그어 이를 표시하였다. 특히 제6행의 '직위ᄒ시니' 부분의 경우 'ᄒ'의 'ㆍ'에 해당하는 부분부터 매목이 이루어진 것으로 보인다.

(30A-5) 허ᄒ시고 더위를 티ᄌ의게 젼ᄒ시며 티샹황이 되시고 츠년 츄의
(30B-5) 허ᄒ시고 더위를 티ᄌ의게 젼ᄒ시고 <u>티샹황이 인ᄒ야 스년 츄의</u>
(30A-6) 붕ᄒ시니 티지 직위ᄒ시미 셩ᄌ 신손이 계 〃 승 〃 ᄒ고 상셔 셩훈
(30B-6) 붕ᄒ시니 티지 직위ᄒ시니 셩ᄌ 신손이 게 〃 승 〃 ᄒ시고 <u>상이 셩훈</u>
(30A-7) 등 뉵인이 진튱보국허미 시화셰풍ᄒ고 ᄌ손이 창셩ᄒ여 작녹
(30B-7) 등 뉵인이 진튱보국허미 시화셰풍ᄒ고 ᄌ손이 창셩ᄒ여 <u>관쟉</u>

〈30장본B〉와 〈30장본C〉의 해당하는 행문은 온전히 일치하고 있으며, 단지 차이가 나타나는 것은 '홍수동중간(紅樹洞重刊)'이라는 간기가 있느냐 없느냐이다. '홍수동중간(紅樹洞重刊)'이라는 간기가 남아 있다는 점에서 보면, 〈30장본C〉가 〈30장본B〉보다 먼저 인행되었으며, 〈30장본C〉의 간기를 산략하여 인행한 것이 〈30장본B〉라고 할 수 있다. 그러나 문제는 그리 간단하지 아니하다. 첨부된 판권지의 내용을 고려한다면 〈30장본B〉가 〈30장본C〉보다 먼저 인행되었을 가능성도 남아 있기 때문이다.

한남서림에서 사용한 판권지는 모두 세 종이다. 제일 먼저 사용한 판권지의 내용을 살펴보면 다음과 같다. 편집 겸 발행자는 백두용으로, 인쇄자는 조명천으로, 백두용의 주소는 경성부 인사동 170번지로 기록한 '백두용/조명천 판권지(1)'이다. 두 번째로 사용한 판권지는 첫 번째로 사용한 판권지와 같은 것이지만, 백두용의 주소를 '경성부 <u>인사동 170번지</u>'에서 '경성부 <u>관훈동 18번지</u>'로 수정·가필한 '백두용/조명천 판권지(2)'이다. 그리고 마지막으로 사용한 판권지는 인쇄자를 김현수로 기록한 판권지이다.[18]

판권지를 사용한 순서를 고려한다면 〈30장본B〉가 인행되고 난 뒤에

---

18) 李昶憲, 한남서림 간행 경판방각소설 연구, 한국문화 21, 1998, 70-77면 참조.

〈30장본C〉가 인행되었다고 보아야만 한다. 〈30장본B〉에는 간기가 나타나지 아니하고 〈30장본C〉를 인행할 때에는 간기가 나타난다는 점을 고려한다면, 〈30장본B〉를 인행할 때에도 판목에는 간기가 남아 있었지만 간기가 있는 부분을 인출시에 일부러 누락시킨 상태로 인행하였다고 해야 할 것이다. 즉 간기를 판목에서 완전히 산략한 것이 아니라, 인출시에 단순히 누락시킨 것일 뿐이다. '홍수동중간(紅樹洞重刊)'이라는 간기가 남아 있는 부분과 행문의 서술이 종결되는 부분 사이에는 이러한 작업을 하는 데 어려움이 없을 정도로 충분한 여백이 있기에 '홍수동중간(紅樹洞重刊)'이라는 간기 부분을 인출시에 쉽게 누락시킬 수 있다는 것은 분명하다([자료1]참조). 더군다나 이를 인출시에 누락시킴으로써 인출 작업과 관련된 여러 가지 편리함이 있었을 것이라는 점을 고려한다면 그 가능성은 더욱 커진다.

　간기의 유무에 대하여 이같은 논의가 가능하다는 점에서 본다면, 동일한 판목을 사용하여 인출할 때에 간기 부분을 판목에서 산략한 상태에서 인출한 것인지, 아니면 간기 부분은 판목에 남아 있음에도 불구하고 이를 인출 작업의 대상 범위에서 제외시켜 누락시킨 상태로 인출한 것인지를 판단하는 일은 여전히 연구자의 몫으로 남아 있다 하겠다.[19]

　〈30장본B〉와 〈30장본C〉의 인행에 대한 또다른 해석의 가능성은 여전히 남아 있다. 그것은 〈30장본C〉를 인행하고 난 뒤에 판목의 간기를

---

[19] 판목을 직접 확인할 수 없다는 점에서 이를 확언하기는 어렵다. 다만 간기가 판목에서 산략된 것인가 아니면 인출시에 간기가 누락된 것인가 하는 점은 판목 자체를 확인해야만 결정할 수 있기에 이를 동일한 판본으로 처리하기는 어렵다 하겠다. 그러나 판목은 동일한 판목이다.

산락한 상태에서 〈30장본B〉를 인행하였을 수도 있다는 것이다. 판목만을 염두에 두고 살핀다면 이러한 추정이 더 타당성을 갖는다. 그러나 이같은 설명에서 문제가 되는 것은 판권지의 선후 문제이다. 앞서 언급한 바와 같이 한남서림에서 두 번째로 사용한 백두용/조명천 판권지(2)는 첫 번째로 사용한 백두용/조명천 판권지(1)과 완전히 다른 판권지인가 하는 문제이다. 판권지를 인출하는 데 사용한 판목을 염두에 두면, 이는 동일한 판목을 사용하여 인출한 동일한 판권지이다. 다만 인출한 판권지를 그대로 사용하는가, 아니면 수정·가필하여 사용하는가 하는 문제일 뿐이다. 대개 수정·가필한 판권지를 사용한 경우를 살펴 보면, 납본용으로 사용한 경우(국립중앙도서관에 소장된 방각소설 자료의 상당수는 납본용으로 전하던 것이다)가 대부분이라는 것을 알 수 있다. 이 점을 고려한다면, 납본용으로 사용한 경우에만 백두용의 주소를 수정한 것이 아닌가 하고 추정해보기도 하지만, 이는 국립중앙도서관에 소장된 납본 자료의 면밀한 검토가 있어야 정확히 논의할 수 있을 것으로 보인다. 저간의 사정이 어찌되었건 여기에서 생각할 점은 인출이 끝나고 제본이 모두 이루어진 이후에도 판권지를 첨부할 수 있다는 점이다.[20) 〈30장본C〉가 〈30장본B〉보다 먼저 인출되었다가 여러 가지 사정으로 판권지의 첨부만이 〈30장본B〉보다 늦게 이루어졌을 가능성도 남아 있기 때문이다.

　이제 〈30장본A〉와 〈30장본B〉, 그리고 〈30장본C〉 사이의 선후 관계

---

20) 이러한 현상은 요즈음의 출판물에서도 확인할 수 있다. 여러 가지 사정에 따라, 판권지가 인쇄된 부분에 판권지만을 다시 인쇄하여 덧붙이는 경우, 또는 기존에 부착된 판권지를 떼어내고 새로 인쇄한 판권지를 부착하는 경우 등이 여기에 해당한다. 사소한 경우에는 책의 가격 부분만을 덧붙이거나 고무인으로 가격을 수정한 경우도 볼 수 있다.

를 설명하면 다음 두 가지 가운데 하나라고 하겠다.

첫 번째의 설명은 다음과 같다. 〈30장본A〉의 판목이 홍수동에서 새겨지고 이 판목을 이용한 인행이 계속되었다. 일정한 시간이 경과하여 〈30장본A〉의 판목 가운데 제30장 전엽이 수록된 판목이 훼손되어 이를 매목이라는 방법으로 일부분을 보각하였다. 이 때 간기를 판목에서 산략하지 아니하였다. 이 판목을 가지고서 간기 부분을 인출 과정에서 누락시킨 상태로 인행한 것이 〈30장본B〉이다. 그리고 이 판목을 가지고서 간기 부분까지 포함하여 인행한 것이 〈30장본C〉이다. 인행의 순서는 〈30장본B〉가 〈30장본C〉보다 앞선다. 이같은 설명에는 〈30장본A〉의 판목, 〈30장본B〉의 판목, 그리고 〈30장본C〉의 판목에 모두 간기가 남아 있었다는 가정이 필요하며, 〈30장본B〉를 인출할 때에 간기 부분을 작업 대상에서 누락시킨 것이라는 설명이 가능하다.

두 번째의 설명은 다음과 같다. 〈30장본A〉의 판목이 새겨진 이후, 일정한 시간이 경과하여 훼손된 부분을 매목이라는 방법으로 일부분을 보각한 것이 〈30장본C〉이다. 이 때 판목의 간기는 산략하지 아니하였다. 이후 판목에 남아 있는 간기를 산략하고 인행한 것이 〈30장본B〉이다. 따라서 인행의 순서는 〈30장본C〉가 〈30장본B〉보다 앞선다. 이같은 설명에는 판권지의 선후와 판목의 선후는 별개의 것이라는 가정이 필요하며, 경우에 따라서는 한남서림의 판권지에 나타나는 백두용의 주소를 수정·가필한 흔적이 인행의 선후와는 무관하다는 가정이 필요하다.

판권지의 선후 관계를 중시하는 입장에서 보면, 두 가지 설명 가운데 첫 번째 설명, 곧 각각의 판목에 '홍수동중간(紅樹洞重刊)'이라는 간기가 모두 남아 있었으며, 다만 〈30장본B〉를 인출하는 과정에서 간기

부분을 작업 대상에서 누락시켰다는 설명이 더 타당하다 하겠다. 따라서 여기에서는 각각의 판본을 인행한 순서를 〈30장본A〉가 제일 먼저, 〈30장본B〉가 그 다음, 그리고 〈30장본C〉가 맨 나중이라고 추정한다.

4. 〈20장본A〉 〈20장본B〉 〈20장본C〉의 검토

〈20장본A〉와 〈20장본B〉를 비교 검토한 결과, 이들은 번각 관계에 있음을 확인할 수 있다. 이러한 번각의 와중에 잘못된 표기를 일부 고친 경우도 있으며, 경우에 따라서는 오각한 경우도 나타난다. 탈획처럼 보이는 부분은 제외하고, 주목할 만한 몇몇 경우를 간략히 정리하면 다음과 같다.[21]

구분	〈20장본A〉	〈20장본B〉	출전	구분	〈20장본A〉	〈20장본B〉	출전
(1)	아니되랴	아니되라	4a	(4)	남그로	남노로	16a
	츠야의	츠이의/츠아의	4a		불향좌익	불향좌의	17a
	산중의	신중의	5b	(5)	텬시	텬지	1b
	야심ᄒᆞ믈	아심ᄒᆞ믈	8a		산쳔슈괴를	산쳔슈괴를	1b
(2)	시지	시긔	13a		궁녀되 지	궁녀된 지	12b
	쳥의동지	쳥의동긔	13b		장찻	차마	3b
(3)	놀는 스슴	놀는 스슴	4b		눈신	간신	3b
	터지	티치/터지	3b	(6)	잡으짜	잡을짜	18a
(4)	붉으면	브리으면/붉으면	4a		느라를	니라를	19a
	댱부로	방부로	11a		왕작	앙작	19a

---

21) /은 두 가지로 모두 읽을 수 있는 형태로 새겨진 경우를 표시하기 위해 사용하였다.

'ㅏ'의 형태를 새길 때에 세로획 부분을 제대로 반영하지 못하여 'ㅣ'의 형태로 새긴 경우(1)가 있는가 하면, 'ㅚ' 형태를 'ㅟ' 형태로 세로획을 길게 새긴 경우(2)도 있으며, 경우에 따라서는 'ㅡ'를 'ㆍ'처럼 짧게 새긴 경우(3)도 있다. 그리고 글자를 어색하게 새겨서 마치 다른 글자를 새긴 것처럼 보이는 경우(4)도 나타난다. 〈20장본A〉에 잘못 표기된 부분을 고쳐서 바로잡은 경우(5)도 있으며, 〈20장본A〉에 사용된 어휘 자체를 다른 어휘로 새기거나 잘못 새긴 경우(6)도 있다. 〈20장본B〉는 번각하는 도중에 〈20장본A〉의 오류를 일부 수정하기도 했지만 〈20장본A〉의 내용을 잘못 새긴 경우가 더 많았다.

이러한 차이점 가운데 특히 받침이 있는 'ㅏ'의 형태를 'ㅣ'의 형태처럼 새기는 경우가 번각본에서 자주 나타난다는 점을 고려할 때, 〈20장본A〉를 모본으로 삼아 번각한 것이 〈20장본B〉임을 알 수 있다.

〈20장본A〉와 〈20장본C〉의 관계를 살피면, 이는 직접적이라기보다는 간접적이라 하겠다. 행문에 있어서 동일한 부분이 나타나는 것은 이들의 선행본이 가진 공통점 때문에 나타나는 현상이며, 행문이 서로 다른 부분이 많다는 점은 선행본을 각각 다르게 축약하였기 때문에 나타나는 현상이다. 다만 〈20장본A〉를 번각한 〈20장본B〉가 안성지역에서 방각되었고, 〈20장본C〉 역시 안성지역에서 방각되었다는 점에서 〈20장본B〉와 〈20장본C〉 사이의 관계를 추정할 수 있다.

〈20장본C〉가 이미 안성지역에서 방각되었다면 〈20장본B〉는 번각본으로 방각되지 아니하였을 것이다. 〈20장본A〉를 번각한 〈20장본B〉가 안성지역에서 방각되었다는 것은, 〈20장본C의 모본*〉이 안성지역에서 방각되고 있었기 때문에, 이보다 장수가 줄어든 〈20장본B〉를 번각하여 〈20장본C의 모본*〉과 경쟁하게 되었다는 상황을 말해준다. 이에 기존의 〈20장본C의 모본*〉을 변형시켜 나온 판본이 〈20장본C〉이다. 이러한 가능성은 〈20장본C〉가 복합판식으로 판면을 구성하고 있다는 점에서 찾아볼 수 있다. 결국 안성지역에서는 〈20장본B〉와 〈20장본C〉라는 두 종의 조웅전이 공존하게 되었고, 1909년 출판법의 공포 이후 안성지역에서 등록한 출판사에서는 이들 두 종 가운데 하나를 선택해 조웅전으로 출판해야만 하였을 것인데, 이때 선택한 것이 고본(古本)의 모습을 더 갖춘 〈20장본C〉였다고 하겠다. 물론 고본을 선택할 수 있었던 이유는 두 종이 모두 20장짜리 조웅전이었기 때문이다.

〈20장본A〉 및 〈20장본C〉의 모본이 어느 것인가 하는 점은 명확하지 아니하다. 이는 〈20장본A〉의 말미에 나타나는 구운몽 결말과 유사한 형태로 부연된 행문을 어떻게 설명할 것인가, 그리고 일부 장면 묘사에서 부연되는 행문을 어떻게 설명할 것인가 하는 문제와 관련된다.[22] 뒤에서 다시 검토하겠지만, 〈20장본C〉에 부연된 행문을 어떻게 설명할 것인가 하는 문제 역시 모본의 설정 문제와 관련된다.

〈20장본C〉의 판식에 따르면, 초간본인 〈30장본A의 모본*〉을 모본으로 하여 한 번의 판각이 더 있었던 것을 추정할 수 있는데, 이것이 〈20장본C의 모본*〉[23]에 해당한다. 바로 이 〈20장본C의 모본*〉을 모본으

---

22) 성치경은 이에 대하여 "[자료 67]과 [자료 148]의 부연부분만을 놓고 볼 때 전집 20장본의 모본이 30장본 외에 더 있었을 것으로 추정할 수도 있지만 작품 전체의 성향이 경판 30장본의 축약임을 말하기에는 무리가 없다고 할 수 있다."라고 밝히고 있다(성치경, 경판 조웅전 문헌변용의 문예학적 해석, 부산대학교 교육대학원 석사학위논문, 1997, 23면). 현전 자료의 한계 때문에 이렇게 설명하는 것이 옳지만, <30장본A>가 중간본이라는 점을 고려한다면 초간본과의 관계를 설정할 필요가 있다.

23) 이를 <20장본A의 모본*>이라고 하지 아니하고 <20장본C의 모본*>이라고 한 이유는 <20장본C>의 판면이 복합판식으로 구성되어 있기에 <20장본C>에 선행하는

로 하여 〈20장본A〉와 〈20장본C〉가 판각된 것으로 보인다. 이때 〈20장 C의 모본*〉은 〈30장본A〉의 행문과 일부 차이가 있었던 것으로 추정되며, 이 차이가 〈30장본A〉의 행문에 비하여 〈20장본A〉의 후반부 행문에서 부분적인 부연이 있는 것처럼 보이게 한 원인으로 작용한 것이다. 그리고 〈20장본C의 모본*〉을 모본으로 하여 〈20장본C〉가 나타난 결과, 뒤에서 검토하는 바와 같이 〈30장본A〉와 〈20장본C〉가 서로 다른 행문을 일부 지니게 된 것으로 추정된다.

이때 〈20장본A〉와 〈20장본C〉의 선후 관계는 명확하지 아니하다. 다만 〈20장본C〉가 복합판식이라는 점에서 〈20장본C의 모본*〉의 성립 이후, 이를 축약한 〈20장본A〉가 등장하고, 이를 번각한 〈20장본B〉까지 나타나게 되자, 〈20장본C의 모본*〉을 일부 번각(또는 차용)하고 남은 부분을 개각한 〈20장본C〉가 등장한 것으로 보인다.

5. 〈30장본A〉와 〈20장본C〉의 검토

〈30장본A〉와 〈30장본B〉 그리고 〈30장본C〉 사이의 관계는 일부 매목에 의한 본문 변이가 있으며 간기를 인출 범위에서 누락시키거나 산락하였다는 차이가 있으나 동일한 판목을 사용하여 인행한 것이기에 〈30장본B〉 및 〈30장본C〉를 〈20장본C〉와 비교하는 작업은 〈30장본A〉를 〈20장본C〉와 비교하는 작업을 통하여 자연스럽게 이루어진다. 그리고 〈30장본A〉와 〈20장본A〉를 비교하는 작업이 필요하지만, 번다함을 피하기 위해 필자의 기존 논의[24]에 미루도록 하겠다. 따라서 여기

단일판식의 모본이 존재할 가능성이 더 크다고 판단하여 명칭을 붙였기 때문이다.

에서는 〈30장본A〉와 〈20장본C〉만을 비교·검토하도록 하겠다.

〈30장본A〉가 초간본(初刊本) 또는 개간본(開刊本)[25]이 아님은 분명하다. 작품 말미에 남아 있는 '홍수동중간(紅樹洞重刊)'이라는 간기가 분명하게 밝히고 있는 것처럼, 이는 중간본(重刊本)이다. 〈30장본A〉가 중간본임을 먼저 언급하는 까닭은, 〈20장본C〉에 나타나는 행문 가운데 일부는 〈30장본A〉에서 찾아볼 수 없는 행문이기 때문이다. 이들 부분을 제외한다면 〈20장본C〉의 행문은 〈30장본A〉의 행문을 부분적으로 축약하면서 행문을 변개시킨 것이다.

〈30장본A〉의 행문을 부분적으로 축약하면서 변개시킨 것이 〈20장본C〉의 행문이라는 것, 그리고 〈30장본A〉의 행문에 비하여 부연이 이루어진 행문이 〈20장본C〉에 나타난다는 것을 살피기 위해, 비록 장황하지만 〈20장본C〉가 아직까지 영인된 바 없다는 점을 고려하여, 연속되는 행문으로 예시하도록 하겠다.[26] 기호 ♣은 주로 이에 대응하는 행문이 없다는 것을 보이는 기능을 수행하는 한편, 행문의 위치를 고정시켜 행문 대조의 편의를 기하기 위해 사용하였다.

---

24) 이창헌, 경판방각소설 판본 연구, 태학사, 2000, 323-330면(여기에서는 〈20장본A〉를 〈20장본〉이라고 지칭하여 논의하였다). 하나 더 언급할 사항은, 축약된 행문이 일치하는 어느 정도 일치하는가 하는 점을 살펴 본다면, 〈20장본C〉가 〈20장본A〉에 비하여 〈30장본A〉와 더 밀접한 관계에 있다는 점이다.

25) 특별히 '開刊'이라고 밝히지 아니하고 사용한 '개간'은 '改刊'이라는 의미를 갖는다. '개각'이라는 표현 역시 '開刻'이라고 밝히지 아니한 경우에는 '改刻'이라는 의미를 갖는다.

26) 〈30장본A〉의 행문과 〈20장본C〉의 행문의 관계를 예시하기 위해서 〈30장본A〉의 행문은 (30-)의 형식으로, 〈20장본C〉의 행문은 (20-)의 형식으로 표시한다. - 이하의 숫자는 단순히 행문의 순서를 구별하기 위해 첨가한 것이다. 〃은 오리 문자를 표시하기 위해 사용하였다.

(30-1) 신물을 두고 가쇼셔 공지 올히 녀겨 션즈를 니여 일슈 시를 지이
쇼졔를 쥬니 기셔의 왈 단쇼 일곡으로 기문고를 화답ㅎ니 졍막 <u>스창의</u>
탐화 광졉이 나라도다 장시의 곳다온 인인은 됴응일시 분명허♣다 시
벽밤의 두이 말노 ♣♣♣♣ 하직ㅎ니 ♣♣ 쇼식이 묘연허♣다 ㅎ엿
더라 ○ 공지 하직고 나오니 쇼졔의 졍회 겨연ㅎ더라

(20-1) 신물을 두고 가쇼셔 공지 올히 여겨 션즈를 니여 일슈 시를 지여
♣♣♣ 쥬니 기시의 왈 단쇼 일곡으로 거문고♣ 화답ㅎ니 젹막 <u>공쟝의</u>
탐화 광졉♣ 나랏도다 장씨의 곳다온 인연은 됴응일시 분명ㅎ도다 무
인심냐 두어 말의 눈물지여 하직ㅎ니 쳥조 쇼식♣ 묘연ㅎ도다 글을
뼈 쇼져를 쥬고 연〃히 작별ㅎ 후 말긔 올ㄴ 힝ㅎ니라

(30-2) 츠야의 위 부인이 녀○를 위ㅎ여 공즈를 ♣♣♣ 싱각ㅎ고 ♣♣ 번
뇌ㅎ더니 ♣♣ 외당의셔 황뇽이 니러나 별당의♣ ♣♣♣ 쇼져로 ♣♣
♣ 희롱ㅎ거늘 놀나 씨♣♣니 흔♣♣쑴이라 날이 발그미 별당의 나아
가니 쇼졔 금〃의 누어거늘 ♣♣ 놀나 ♣ ♣♣♣♣♣ 위로ㅎ더니 ♣♣
시비 드러와 외당의 ♣♣ 손님이 ♣♣♣ 가♣를 고ㅎ거늘 부인이 ♣탄
왈 니 팔지 무상ㅎ여 영웅을 만나도 무심이 지니도다 ♣♣♣ ♣♣♣
ㅎ더라

(20-2) 츠냐의 위 부인이 녀아를 위ㅎ여 공즈롤 은근이 싱각ㅎ고 심히 번
뇌ㅎ더니 믄득 외당의셔 쳥뇽이 〃러나 별당으로 드러가 쇼져로 더부
러 희롱ㅎ거늘 놀나 씨다르니 침상일몽이라 날이 발근후 별당의 ㄴ가
본즉 쇼졔 금〃의 누엇거늘 부인 놀ㄴ 그 심병잇ㄴ가 위로ㅎ더니 믄득
시비 드러와 외당의 즈던 스람이 무단이 갓시믈 고흔디♣ 부인이 장탄
왈 내 팔지 무상ㅎ여 영웅을 맛ㄴ도 무심이 지니치니 진실노 츠홉다
ㅎ더라

(30-3) 각셜 왕 부인이 웅♣을 보니고 ♣♣ 근심ㅎ더니 월졍 부인긔 고
왈 빈승이 간밤의 일몽을 어더 졈복ㅎ니 공지 보비를 엇다 ㅎ거늘 부인

이 디희 왈 그디 말 갓틀진디 무슴 근심이 되리오 ᄒ더라 일〃은 공지
말을 타고 ♣♣와 비알ᄒ거눌

(20-3) 각셜 왕 부인이 아즈를 보닌후 쥬냐 근심ᄒ더니 ♣♣ ♣♣♣ ♣
♣ ♣♣♣ ♣♣♣ ♣♣♣ ♣♣ ♣♣♣♣ ♣♣ ♣♣♣ ♣♣ ♣♣♣ ♣♣
♣ ♣♣ ♣ ♣♣ ♣ ♣♣♣♣ ♣♣ ♣♣♣ ♣♣♣ ♣♣♣ 일〃은 웅이
♣♣ ♣♣ 드러와 뵈♣♣거눌

(30-4) 부인이 반기며 슬허 ᄒ거눌 웅이 젼후 스연을 고ᄒ니 부인이 디희
ᄒ더라

(20-4) 부인이 반기며 집슈유체 왈 네 그 스이 어디를 가셔 어미의 〃려
지망을싱각지 아니ᄒ나냐 웅 왈 쇼지 모친 슬ᄒ를 쩌는 지 슴년의 존후
를 모로와 스모ᄒ옵는 마음이 지극ᄒ오나 강호의 가 노인을 맛ᄂ 보검
을 엇습고 광산의 도스를 맛ᄂ 슐법을 비호며 말를 엇노라 즈연 지체되
엿ᄂ니다 ᄒ고 다시 장쇼져 취ᄒ 말슴을 고ᄒ니 부인이 디희ᄒ여 왈 네
이러틋 ᄒ믈 아지 못ᄒ엿노라 ᄒ고 깃부믈 마지 아니ᄒ더라 웅이 슈일
을 머물너 모부인을 위로ᄒ다가 다시 ᄒ직ᄒ고 광산으로 갈시 슈일만
의 득달ᄒ여 도스긔 뵈온디 도시 반겨 왈 네 얼고를 보니 분명 슉녀를
맛ᄂ 조혼 인연을 미졋도다 웅이 청파의 장씨 취ᄒ믈 고ᄒ니 도시 왈
이는 ᄒ날이 졍ᄒ신 비라 ᄒ더라

(30-5) 일〃은♣♣ 월졍이 ♣♣ ♣♣♣ ♣♣♣ ♣♣♣ ♣♣♣♣ ♣♣
♣♣♣ 공다려 왈♣♣ ♣♣ 빙가의 익회 급ᄒ♣ ♣♣♣ ♣♣♣ ♣♣니
〃 약을 가지고 급히 가 구허라 공지 말긔올나 ♣♣ ♣♣♣ 급히 ♣♣
♣♣ 장부의 니르니 곡셩이 은〃 ᄒ거눌

(20-5) 여러눌만의 도시♣ 웅을 다리고 텬문과 병셔를 강논ᄒ다가 문득
놀ᄂ며 ♣♣♣ 닐오디 너의 빙가의 익회 급ᄒ여 스싱이 죠셕의 잇스니
〃 약을 가지고 밧비 가 구ᄒ라 웅이 슈명ᄒ고 약을 가지고 급히 말을
달여 장부의 이르니 곡셩이 들니ᄂ지라

(30-6) 놀나 시비다려 무르니 시비 니윽히 보다가 젼일 자고 ♣♣♣♣ 가
던 공지쥴 알고 왈 ♣♣ 쇼졔의 병환이 위급ᄒ니 ♣♣♣♣ ♣♣♣♣ ♣♣♣♣
♣♣♣♣ 다를 곳의 가♣♣ ♣쉬쇼셔 공지 왈 너♣ 자고져 ᄒ미 아니
라 쇼져의 병을♣ 회츈코져 ᄒ여 왓스니 ♣♣ 〃 디로 ♣♣♣ 고ᄒ라
(20-6) ♣♣ 시비다려 무르니 시비 이윽히 보다가 젼일 ᄒ직 아니ᄒ고 가
던 공진쥴 알고 왈 우리 쇼졔♣ 병환이 위즁ᄒ여 셰상을 바리게 되엿스
니 공ᄌᄂ 다른 곳의 쥬인을 졍ᄒ쇼셔 공ᄌ 왈 나의 옴은♣ ♣♣♣ ♣♣♣
♣ 쇼져의 병환을 구ᄒ려♣ ♣♣ 왓ᄂ니 너ᄂ 이디로 드러가 고ᄒ라

(30-7) 시비 ♣♣♣♣ 밧비 드러가 ♣♣♣ ♣♣♣ 고ᄒ니 부인이 즉시
♣♣♣ ♣♣♣ ♣♣♣ ♣♣♣♣ 공ᄌ을 쳥ᄒ니 공지 ♣♣♣ ♣♣♣ ♣
환약을 드리 ♣♣♣♣ ♣♣ ♣거늘 부인이 바다 급히 ♣♣ 님의 홀니
〃 이윽고 ♣♣ 복즁이 쳥열ᄒ고 졍신이 쳥아ᄒ지라
(20-7) 시비 디희ᄒ여 ♣♣ ♣♣♣ 부인게 셜화를 고ᄒ니 부인이 ♣♣
우름을 긋치고 긱실를 쇄쇼ᄒ여 공ᄌ를 쳥ᄒ미 공지 드러가 좌졍ᄒ 후
♣약을 드려 여ᄎ 〃〃 쓰라 ᄒ거늘 ♣♣♣ ♣♣ 급히 가라 입의 홀이
니 〃 윽고 쇼졔 복즁이 쳥열ᄒ고 졍신이 샹활ᄒ지라

(30-8) 부인이 디희ᄒ여 외당의 나가 공ᄌ의 숀을 닛끌고 너당의 드러가
스례 왈 그디 져격의 쉬고 ♣♣♣ 간후♣ ♣♣ 근심ᄒ엿더니 오날♣
와 죽은 ᄌ식을 살니〃 그 은혜 ♣♣난망이라 너♣♣ 다만 그 녀식 ᄲᆞᆫ
이라 ♣♣지덕은 업스나♣ ♣♣ 그디의 비위♣ 되리이♣♣ 공ᄌᄂ ♣
♣♣ ᄉ양치 말나♣♣
(20-8) 부인이 디희ᄒ여 ♣♣♣ 즉시 공ᄌ를 ♣♣ ♣♣♣ 너당의 쳥ᄒ여
스례 왈 그디 져격의 ♣♣ 무단이 갓스미 가장 창연ᄒ♣더니 오날〃
♣ 죽은 자식을 살니〃 그 은혜 빅골난망이라 노쳡이 다만 ♣ 녀식 ᄲᆞᆫ
니〃 용모지덕은 업거니와 족히 군ᄌ의 건즐을 밧들거시니 그디로 동
상을 삼으미 엇더ᄒᄂ뇨

(30-9) 공지 스례 왈 부운갓튼 스람을 ♧♧♧♧ ♧♧♧♧♧ 천금 옥녀로 히ᄒ
　시니 ♧♧ 감스ᄒ여이다 ♧♧♧ ♧♧♧♧ ♧♧♧♧♧♧♧♧ ♧♧♧ ♧♧ ♧♧
　♧♧ ♧♧♧ ♧♧♧ ♧ ♧♧♧♧♧

(20-9) 웅이 스 〃 왈 싱의 부운종젹을 드럽다 아니시고 천금 옥녀로 허코
　져 ᄒ시니 ♧♧♧♧♧♧ 엇지 존명을 스양ᄒ리잇고마는 노친이 계시
　미 도라가 품고ᄒ 후 통ᄒ리이다

(30-10) 부인이 슈히 셩녜ᄒ믈 당부ᄒ디 공지 쇼져를 보지 못ᄒ고 가믈
　한ᄒ며 부인긔 하직ᄒ고

(20-10) 부인이 그 언시 당연ᄒ믈 아ᄂ 셰상 유무고를 몰ᄂ 진쥬 일기를
　쥬며 왈 그디ᄂ 이를 간슈ᄒ여 의를 잇지 말ᄂ ᄒ고 츠과를 시여 강권
　ᄒ거눌 웅이 진쥬를 금낭의 감초고 하직을 고ᄒ고

(30-11) 말긔 올나 ♧♧♧♧ 광산의 니르니 도시 반기며 왈 네 능히 쟝
　시를 구힌다♧♧ 네 이졔 쟝셩ᄒ여스니 엇지 셩관치♧ 아니ᄒ리오 ᄒ
　고 틱일 관녜ᄒ니 위풍이 늠 〃 ᄒ더라 도시 왈 이졔 시졀이 요란ᄒ♧
　셔번이 위국을 침노허미 위티히미 조셕의 잇는지라 밧비 가 공을 닐우
　라 웅이 하직고 강션암의 가 모친긔 뵈오니 부인이 일변 반기고 일변
　슬허 ᄒ거눌 웅이 쏘 쟝시 구헌 일과 츌젼ᄒ는 스연을 고ᄒ디 부인 왈
　젼쟝은 스디라 부디 조심허라 웅이 하직고 힝ᄒ니 진짓 일디 영웅이라
　날이 져믈미 흔 집을 어더 밤을 지닐시 심경은 ᄒ여 흔 쟝군이 미인을
　다리고 드러와

(20-11) ♧♧ ♧♧ 슈일만의 광산의 이르니 도시 반겨♧ 왈 네 능히 쟝
　씨를 구ᄒ엿는다 네 임의 쟝셩ᄒ여스니 ♧♧ 셩관ᄒ미 올타♧♧♧ ᄒ
　고 틱일 관녜ᄒ니 위풍이 늠 〃 ᄒ더라 도시 왈 이졔 시졀이 요란ᄒ여
　셔번이 위국을 침노허미 위티호미 조셕의 잇는지라 밧비 가 공을 이루
　라 웅이 ᄒ직고 강션암의 가 모친긔 뵈오니 부인이 ♧♧ 반기며 쏘♧
　슬허 ᄒ거눌 웅이 ♧ ♧♧ ♧♧ ♧♧ 츌젼ᄒ는 스연을 고ᄒ디 부인 왈

젼장은 스디라 보디 죠심ᄒ라 웅이 ᄒ직고 힝ᄒ니 진짓 일디 영웅이라
날이 져물미 ᄒ 집을 어더 밤을 지닐시 슘경의 ♣♣ ᄒ 장쉬♣ ♣♣♣
♣♣♣ 드러와

(30-12) 갑쥬를 드리며 왈 우리는 관셔 스람으로 ♣♣♣ 이곳의셔 익미이
죽어스니 장군은 셜원ᄒ여 쥬쇼셔 쇼댱의 분묘는 이 집 뒤히 잇ᄉ오니
셩공후 도로 묘 압히 무더쥬쇼셔 ᄒ고 간 디 업거늘 잇튼날 살펴보니
과연 분묘 둘이 잇고 비를 각〃 세워스니 광셔쟝군 황강지묘라 ᄒ고 위
국 월양지묘라 ᄒ엿더라 됴웅이 갑쥬를 닙고♣ 말긔 올나 여러날만의
위국의 니르러 진셰를 살펴보니 위왕이 ᄌ로 피ᄒ여 싸홀 장쉬 업고
(20-12) 갑쥬롤 드리며 왈 나는♣ 관셔 스람 황강디러니〃곳의♣ 익미이
죽어스니 장군은 셜원ᄒ여 쥬쇼셔 ♣♣♣ ♣♣♣ ♣ ♣ ♣♣ ♣♣♣♣
♣♣♣ ♣♣ ♣ ♣♣ ♣♣♣♣♣ ᄒ고 간 디 업거늘 잇흐늘 ♣♣♣♣
♣♣ ♣♣ ♣♣ ♣♣ ♣♣ ♣♣ ♣♣ ♣♣♣♣ ♣♣♣♣♣ ♣♣ ♣
♣ ♣♣♣♣♣ ♣♣♣♣ ♣♣♣ 갑쥬를 가초고 말긔 올나 ♣♣♣♣
위국의 이르러 진셰를 술펴보니 위진은 ᄌ로 피ᄒ고 ♣♣ ♣♣ ♣♣

〈30장본A〉와 〈20장본C〉의 행문을 비교하면, 대부분의 경우 〈20장본
C〉에 기호 ♣가 집중되어 있다는 것을 알 수 있으며, 〈30장본A〉의 행
문을 부분적으로 축약한 것이 〈20장본C〉의 행문임을 알 수 있다. 이러
한 모습을 보여주는 좋은 예가 (20-11)이다. 특히 축약이 더 심해져서
행문을 누락시킨 경우는 (20-3)이나 (20-12)와 같은 방식으로 나타나기
도 한다. 〈30장본A〉의 행문을 그대로 가져다가 사용한 경우에도 일부
어휘에서는 차이가 생기는데, 이러한 예에 적합한 것이 (20-1)이다.

그리고 〈30장본A〉에서 보이지 아니하던 행문으로 〈20장본C〉에 나
타나는 행문으로는 (20-2) (20-4) (20-5) (20-6) (20-7) (20-8) (20-9) (20-10)

이 나타난다. 여기에는 단순히 기존의 행문을 변형시킨 것처럼 보이는 경우와 이를 부연한 것처럼 보이는 경우가 있다. (20-6) (20-7) (20-8) (20-9)가 전자에, (20-2) (20-4) (20-5) (20-10)이 후자에 해당한다고 할 수 있다.

특히 위의 예문에 보이는 (20-4)와 같은 장황한 행문은 작품의 서사적 전개에 있어서 합리성을 가져다 준 부분이기도 하다.[27] 그리고 이 행문은 다른 경판본에서는 볼 수 없던 부분이기도 하다. 그렇다면 이 부분은 〈20장본C〉에만 나타나는 독특한 부분인가 하는 의문이 생긴다. 그리고 (20-10)과 같은 행문 역시 이러한 의문을 가지게 한다.

여기에서 〈30장본A〉가 중간본이라는 사실에 다시 주목할 필요가 있다. 〈20장본C〉의 해당 행문이 〈30장본A〉의 선행본에서 또는 이 선행본에서 비롯된 다른 판본에서부터 왔을 가능성이 있기 때문이다. 특히 〈20장본C〉는 반엽 15행으로 구성된 판면(제1장 이하 제4장)과 반엽 16행으로 구성된 판면(제5장 이하)으로, 곧 복합판식으로 구성되었다는 점도 함께 고려할 필요가 있다. 전체가 반엽 15행으로만 구성된 단일판식의 판본--이를 〈20장본C의 모본*〉이라고 할 수 있다--이 〈20장본C〉의 모본이 될 수도 있기 때문이다. 그리고 〈20장본C의 모본*〉이 모본으로 삼은 것이 〈30장본A〉가 아니라 〈30장본A의 모본*〉[28] 곧 초간본

---

27) 성치경, 경판 조웅전 문헌변용의 문예학적 해석, 부산대학교 교육대학원 석사학위 논문, 1997, 24-32면 참조.

28) 초간본인 <30장본A의 모본*>의 실존이 증거되지 않은 상황에서 이를 논의하는 것이 성급할 수도 있다. 그러나 이본에 대한 검토는 처음부터 논의 자체가 완성된 것이 아니라 미완성의 논의라는 점을 분명히 할 때, 현전하지는 아니하지만 분명 존재하였을 자료--<30장본A>가 중간본이기에 이에 선행하는 초간본이 존재하였 을 것이라고 추정하는 것은 결코 무리가 아니다--를 상정하고 논의를 진행하는 작 업도 필요하다 하겠다. 그리고 '새로운 자료의 출현에 따라 새로운 논의가 항상 가

또는 개간본(開刊本)일 수 있기 때문이다.

이 점에서 본다면 〈30장본A의 모본*〉을 출발점으로 하여 〈30장본A〉가 보여주는 행문을 중심으로 한 본문변이의 연장선에 놓이는 판본들이 한 계열을 이루고, 〈20장본C〉가 보여주는 행문을 중심으로 한 본문변이의 연장선에 놓이는 판본들--지금은 이에 해당하는 판본으로 〈20장본C〉 하나만을 언급할 수밖에 없다는 한계가 있다--이 한 계열을 이룰 수 있다는 설명이 가능할 것이다. 이때 〈30장본A〉 계열은 〈30장본A의 모본*〉의 행문을 축약하는 과정에서 특히 〈20장본C〉에서 부연된 것처럼 보이는 부분의 행문을 지나치게 축약하면서 사건의 서사적 전개에 있어서 부자연스러움을 초래한 것이라고 할 수 있다.

물론 위에서 예시한 부분을 제외한 〈20장본C〉의 행문이 보여주는 여러 이문(異文)들을 살펴보면, 〈30장본A〉의 행문을 기본으로 삼고 이를 축약하는 과정에서 나타난 것이 〈20장본C〉의 행문이라는 점은 분명하다. 이 점에서 본다면 〈30장본A〉의 행문이 〈30장본A의 모본*〉의 행문으로부터 완전히 자유로운 것이 아님을 짐작할 수 있다. 〈30장본A〉의 행문이 〈30장본A의 모본*〉의 행문을 비교적 충실히 따르고 있다는 일반적인 추정이 가능할 것이다. 다만 〈20장본C〉의 행문을 통하여 부분적으로 부연된 것처럼 나타나는 행문인 (20-4) (20-5) (20-10)은 〈20장본C의 모본*〉이 〈30장본A〉를 따른 것이 아니라 〈30장본A의 모본*〉을 따른 것이기 때문에 나타나는 현상이라는 추정을 가능하게 한다.

더군다나 경판방각소설 조웅전과 완판방각소설 조웅전을 비교한 결과 나타나는 다음과 같은 차이, 곧 "완판본에 들어 있는 대목이 경판에

능하다'는 개방적 태도를 취할 필요가 있다 하겠다.

서 누락된 몇 가지 예들"29) 역시 이를 잘 설명해주는 것이라고 할 수 있다.

1. 조웅과 모부인이 도망하던 중 월경(정)대사를 만났을 때, 지녔던 화상의 뒷면에 써 있던 예언문의 징험을 보게 됨.
2. 조웅이 강선암에서 모부인과 상봉한 3년 후 스승을 뵈러 관산으로 감.
3. 서번을 패주시킨 조웅이 회군 도중 번양에 유진하였다가 야습을 계획하는 번군을 오히려 급습하여 번왕을 사로잡음.
4. 강호자사의 억혼에 자결하려던 장소저가 부친의 유서를 떼어보니 강선암으로 피신하라 되어 있음.
5. 게양도로 향하던 조웅이 항장군의 묘를 수쇄하고 넋을 위로해 줌.
6. 조웅이 태자를 모셔 위국으로 들어가니 그곳에 있던 모부인이 태자를 배알함.
7. 번왕이 등창이 나 죽자 그 아들이 즉위함.

특히 "2. 조웅이 강선암에서 모부인과 상봉한 3년 후 스승을 뵈러 관산으로 감"에 대한 각주에서 밝힌 다음과 같은 언급, 곧 "조웅과 헤어진 후 장소저가 중병으로 위급하자, 완판본에서는 관산의 스승인 철관도사의 지시에 의하여 조웅이 달려 가 구완하는 것으로 되어 있으나, 경판본에서는 강선암의 월정대사의 지시로 구완하는 것으로 되어 있다"는 언급은 〈30장본A〉 계열의 조웅전에는 적절할 수 있으나, 〈20장본C〉 계열의 조웅전에는 적절하지 아니하다는 것을 알 수 있다.30) 이는

---

29) 조희웅, 趙雄傳 異本考 및 校注補, 이야기문학 모꼬지, 박이정, 1995, 190-191면.

30) 〈30장본A〉계열에 속하는 〈20장본A〉에도 '갑쥬 엇든 집을 ᄎᄌ 촌인을 ᄉ 두 분묘를 슈츅ᄒ고 쥬과를 갓초아 치졔ᄒ고 도라와'(제20장 전엽 5-7행, 전집 오, 866면)라는 행문이 나타나고 있는데, 이것 역시 위에서 언급한 '5. 게양도로 향하던 조웅이 항장군의 묘를 수쇄하고 넋을 위로해 줌'에 해당하는 서술이라고 하겠다.

곧 이러한 지적이 있기까지 보고된 자료가 〈30장본A〉계열의 자료에 한정되었기에 나타나는 현상이다.

〈20장본C〉에 부연된 행문은 바로 경판본과 완판본의 차이라고 지적한 사항에 대한 재검토가 필요하다는 것을 암시한다. 물론 〈20장본C〉가 완판본의 영향 때문에 발생한 것이라고 할 수도 있다. 그러나 이는 완판본의 영향이라기보다는 〈30장본A의 모본*〉에 포함되어 있던 내용일 수 있으며, 이는 앞으로 〈30장본A의 모본*〉에 해당하는 판본(初刊本 또는 開刊本) 내지는 이를 모본으로 하여 필사한 필사본이 나타남으로써 해결할 수 있을 것이라는 점을 지적해 둔다.

〈30장본A〉와 〈20장본C〉를 비교한 결과 다음과 같은 잠정적인 결론을 얻을 수 있다. 〈30장본A의 모본*〉의 흔적을 〈20장본C〉에서 확인할 수 있으며, 이는 〈20장본C〉에 부연된 것처럼 서술된 행문이라는 것이다. 그리고 이러한 잠정적인 결론이 맞다면 〈30장본A〉의 행문은 〈30장본A의 모본*〉의 행문을 필요에 따라 적절히 축약하였을 가능성을 확인할 수 있다.

또한 〈30장본A〉에서는 여타의 경우와 달리 '~흐다'의 형태가 '~허다'의 형태로 기록된 경우가 매우 많다는 점도 함께 지적해 두어야 할 것이다. 물론 이것이 판하본을 필사한 필사자의 개인방언에서 비롯된 현상일 수도 있겠으나 〈30장본A의 모본*〉에서 〈30장본A〉로 변화하는 시간적 거리 때문에 나타난 현상일 수도 있기 때문이다.

6. 〈20장본A〉〈17장본〉〈16장본〉의 검토

〈20장본A〉와 〈20장본B〉는 번각 관계에 있기에, 〈20장본A〉를 비교함으로써 〈20장본B〉의 검토 역시 자연스럽게 이루어진다. 그렇기에 〈20장본A〉와 〈17장본〉의 검토 과정을 통하여 〈20장본B〉와 〈17장본〉의 검토는 자연스럽게 이루어진다.[31]

〈20장본A〉와 〈17장본〉의 행문 비교, 그리고 〈17장본〉과 〈16장본〉의 행문 비교는 필자의 기존 논의인 "〈20장본〉과 〈17장본〉의 검토" 그리고 "〈17장본〉과 〈16장본〉의 검토"라는 항목과 중복되기에 번다함을 피하기 위해 그 구체적인 내용은 여기에서 언급하지 않기로 한다.[32]

다만 〈30장본A〉에서 〈20장본A〉로의 변화, 〈20장본A〉에서 〈17장본〉으로의 변화, 그리고 〈17장본〉에서 〈16장본〉으로의 변화가 보여주는 공통점만 간단히 요약하면 다음과 같다.

누락 또는 축약이 집중적으로 이루어지는 부분은 주로 군담과 관련된 내용이라는 것이다. 이는 시간이 갈수록 각권의 장수가 줄어드는 경향을 보임에 있어 행문을 축약하는 방향이 어디를 향하고 있었는가에 대한 해답이기도 하다. 이러한 축약의 배경에는 군담적 요소에 대한 독자들의 무관심이 자리잡고 있음을 보여주는 것이라 하겠다.[33]

---

31) <17장본>의 모본이 <20장본A>인가 아니면 <20장본B>인가 하는 점은 <20장본A>와 <20장본B>의 행문에서 차이가 나는 부분을 <17장본>과 비교함으로써 확인할 수 있다. <17장본>의 행문이 <20장본B>의 '차마'와 '간신'을 따르지 않고 <20장본A>의 '장찻'과 '는신'을 따라 '장촛'과 '난신'으로 나타나고 있다는 점에서 <20장본A>를 모본으로 삼고 있음을 알 수 있다.

32) 이창헌, 경판방각소설 판본 연구, 태학사, 2000, 330-336면 참조.

33) 이는 영웅소설의 변모를 검토하는 과정에서 언급되는 투쟁적 영웅에서 애정적 영웅으로의 변모와도 밀접한 관련을 지니는 것으로 보이는데, 이에 대해서는 별도의 구체적인 검토가 필요할 것이다.

7. 결론

현전하는 경판방각소설 조웅전의 판본을 살펴보면 〈30장본A〉〈30장본B〉〈30장본C〉라는 세 종의 30장본, 〈20장본A〉〈20장본B〉〈20장본C〉라는 세 종의 20장본, 그리고 각각 한 종의 〈17장본〉과 〈16장본〉이 남아 있어, 모두 8종의 판본을 확인할 수 있다. 이를 현전할 수 있는 판목의 종수로 구분하여 살피면 다음과 같다. 〈30장본A〉 및 〈30장본B〉를 인행하다가 마지막에는 〈30장본C〉를 인행하는 데 사용한 30장본의 판목이 1종, 〈20장본A〉와 〈20장본B〉 그리고 〈20장본C〉를 인행하는 데 사용한 20장본의 판목이 3종, 그리고 〈17장본〉과 〈16장본〉을 인행하는 데 사용한 판목이 각 1종씩 남을 수 있어, 모두 6종의 판목이 현전할 수 있다.

경판방각소설 조웅전의 판본 상호간의 관계를 요약하면 다음과 같다. 〈30장본A〉의 간기에서 중간본이라고 스스로 밝히고 있는 바와 같이, 〈30장본A〉에 선행하는 판본으로 〈30장본A의 모본*〉이 있었던 것으로 추정된다. 이것의 뒷부분을 일부 축약하면서 〈30장본A〉가 나타난 것으로 보인다. 일정한 시간이 경과한 후, 〈30장본A〉의 제29장 후엽과 제30장 전엽에 해당하는 판목이 일부 훼손되었다. 이 판목에다가 매목이라는 방법을 사용하여 몇몇 행문을 다시 새긴 보각판 〈30장본B〉가 인행되었다. 이때 '홍수동중간'이라는 간기가 남아 있는 부분을 산략하여 없앤 것이 아니라, 인출과정에서 간기 부분을 누락시킨 상태로 인행한 결과물이 현재의 〈30장본B〉이다. 그리고 '홍수동중간'이라는 간기가 남아 있는 부분까지를 인출한 결과물이 현재의 〈30장본C〉이다.

또한 〈30장본A의 모본*〉을 모본으로 하여 판하본을 새롭게 필사한 후 판각한 개각판이 있었던 것으로 추정되는데, 이것이 〈20장본C의 모본*〉에 해당한다. 바로 이 〈20장본C의 모본*〉을 모본으로 하여 판하본을 새롭게 필사한 후 개각한 판본이 〈20장본A〉와 〈20장본C〉이다. 이때 〈20장C의 모본*〉은 〈30장본A〉의 행문과 일부 차이가 있었던 것으로 추정되며, 이 차이 때문에 〈30장본A〉의 행문에 비하여 〈20장본A〉의 후반부에 행문의 부분적인 부연이 있는 것처럼 보인 것이다. 그리고 〈20장본C의 모본*〉을 모본으로 하여 판하본을 새롭게 필사한 후 개각(제1장 이하 제4장까지는 기존의 판본을 판하본으로 삼아 번각)한 판본이 〈20장본C〉이다. 이때 〈20장본A〉와 〈20장본C〉의 선후 관계는 명확하지 아니하다. 다만 〈20장본C〉가 복합판식이라는 점에서 〈20장본C의 모본*〉의 성립 이후, 이를 축약한 〈20장본A〉가 등장하고, 이를 번각한 〈20장본B〉까지 나타나게 되자, 〈20장본C의 모본*〉을 일부 번각하고 일부 개각한 〈20장본C〉가 나타난 것으로 보인다는 점에서 〈20장본A〉 〈20장본B〉 〈20장본C〉의 순서로 판본이 나타났다 하겠다.

이후 〈20장본A〉를 모본으로 판하본을 새롭게 필사한 후 개각한 〈17장본〉이 나타났으며, 〈17장본〉을 일부 번각하고 남은 부분을 개각한 〈16장본〉이 가장 늦게 나타난 것으로 보인다.

그러나 〈30장본A〉에 선행하는 판본인 〈30장본A의 모본*〉에 해당하는 실물을 확인할 수 없고, 〈20장본C〉와 〈20장본A〉에 선행하는 판본인 〈20장본C의 모본*〉에 해당하는 실물을 확인할 수 없기에, 현전하는 판본만을 중심으로 선후 관계를 정리하면 다음과 같다.

먼저 〈30장본A〉가 인행되었다. 일정한 시간이 경과한 후 〈30장본B〉와 〈30장본C〉가 인행되었다. 〈30장본A〉 또는 〈30장본B〉를 모본으로 하여 〈20장본A〉와 〈20장본C〉가 새롭게 개각되었다. 그리고 〈20장본A〉

을 모본으로 하여 번각한 것이 〈20장본B〉이며, 〈20장본A〉를 개각한 것이 〈17장본〉이다. 〈17장본〉의 일부를 번각하고 남은 부분을 개각한 판본이 〈16장본〉이다.

끝으로 한가지 더 언급해 둘 사항은 안성지역에는 두 종의 조웅전 판목이 있었다는 점이다. 하나는 '안셩동문이신판'이라는 간기가 있는 〈20장본B〉의 판목이고, 다른 하나는 '박성칠서점'의 판권지가 첨부된 〈20장본C〉의 판목이다. 특히 현전하는 〈20장본C〉에 첨부된 박성칠서점의 판권지 내역에 따르면, 이것이 1판이 아닌 2판이라고 밝히고 있다. 이들의 관계를 해명하기 위해서는 안성지역에서 간행한 방각소설을 검토하는 작업이 필요하다.[34] ❧

---

[34] 이를 검토하기 위하여 필자는 서울대학교 한국문화연구소 제10회 학술토론회 (1998. 10. 30.)에서 '안성지역의 소설 방각 활동에 대한 연구'라는 주제로 그 개략을 발표한 바 있으며, 이창헌, 안성지역의 소설 방각활동 연구, 한국문화 24, 1999. 12. 99-140면으로 그 일부를 수록하였다. 이에 대해서는 추후 자료를 보충하여 논의를 계속할 생각이다.

20세기초 방각소설의 변모

1. 서론

중세에서 근대로의 이행기를 대표하는 문학 양식으로 등장한 소설은 허구로서의 담론이라는 형식을 통하여 당대의 모순을 직접 드러낼 수 있으며 아울러 미래에의 전망을 가능하게 한다는 점에 있어서 여타의 문학 양식에 비하여 당대인들에게 큰 호소력을 가질 수 있었다. 이러한 소설이 독자층에게 보다 가까이 다가갈 수 있는 통로를 방각업자가 마련한 것은 18세기의 일이었다. 방각에 의한 출판은 세책가(貰冊家)에 비하여 더 많은 자본이 들고, 보다 복잡한 영업의 형태를 취할 수밖에 없는 것이었다. 원고를 구하여 이를 목판에 새기도록 하고, 종이를 구입하여 인쇄를 하도록 하고, 책의 형태로 제본을 하도록 하고, 완성된 상품의 형태로 출판된 소설책을 판매하는 등의 일련의 과정에 참여함으로써 일정한 이윤을 추구하는 이들이 방각업자들이다. 이때 어떠한 소설을 인행할 것인가를 결정하는 일은 온전히 방각업자 스스로의 판단에 의존할 수밖에 없었던 것으로 보인다. 이러한 판단의 근저에는 이들 작업에 투자한 비용의 온전한 회수와 일정한 이윤의 보장이라는 요소가 자리잡고 있었다. 그러나 이들 요소는 실현되지 아니한 상태에서 판단해야 하는 요소라는 점에 있어서 방각업자들은 스스로 모든 것을 책임져야만 하였다.[1]

현전 자료를 중심으로 하여 이들 방각소설의 간행 양상을 살펴보면, 18세기 말부터 방각소설의 간행이 시작되었으며,[2] 19세기 중반에 그 전성기를 맞이하였던 것으로 보인다. 특히 방각소설로 간행되어 독자층으로부터 대대적인 인기를 얻은 작품은, 투자비용의 온전한 회수와 일정한 이윤의 보장을 보다 구체적으로 예견할 수 있다는 점에서, 다른 방각업자들에 의하여 중복 출판되는 경우도 허다하였다. 또한 방각소설 역시 시장에서의 거래 대상이 되는 상품이라는 점에 있어서 경제적 여건의 변화에 따라 방각업자들 역시 나름대로의 적응을 위한 노력을 기울일 수밖에 없었으며, 그 결과 한 권을 구성하는 장수가 차츰 줄어드는 경향을 보이기까지 하였다.

현재 확인이 가능한 자료를 중심으로 하여 서울 및 경기지역에서 출판된 방각소설을 정리하면 모두 52종의 소설이 간행된 것을 확인할 수 있다.[3] 이 가운데에는 단 1회만 방각소설로 출판된 것도 있는데, 이는

---

1) 趙東一, 韓國小說의 理論, 知識産業社, 1977, 412-413면.

2) 낙장본인 임경업전의 卷尾에 판각된 간기인 '歲庚子孟冬京畿開板'의 庚子年의 하한선이 1780년에 해당하는 것이기에 18세기의 방각소설 자료라 할 수 있다. 이창헌, 경판방각소설 판본연구, 태학사, 2000, 228-257면 참조.

3) 이들 작품의 제목을 살펴보면 다음과 같다. 구운몽, 금방울전, 금향정기, 남정팔난기, 당태종전, 백학선전, 사씨남정기, 삼국지, 삼설기(금수전은 삼설기에 수록된 단편 두 작품만을 독립시켜 인행한 것이기에 삼설기에 포함시켜 계산한다.), 설인귀전, 소대성전, 숙영낭자전, 숙향전, 심청전, 쌍주기연, 양풍전(양풍운전이라는 제목으로 인행하기도 하였으나 이는 양풍전을 잘못 표기한 것이다), 용문전, 월봉기, 임장군전(임경업전이라는 이름으로 간행한 것이 있으나 임장군전이라 간행한 판종이 대다수이기에 임장군전을 표제로 삼는다.), 임진록, 장경전, 장풍운전, 장화홍년전,

현전 자료의 한계로 인하여 나타나는 현상이기도 하겠지만, 한편으로 는 방각 시기가 비교적 늦어 방각이라는 방식으로 중복 출판하기보다 는 활판 인쇄의 방식으로 중복 출판하게 된 결과일 수 있으며, 또한 작 품에 대한 당대 독자층의 무관심 때문에 중복 출판이 지닐 수 있는 상 품으로의 가치가 없다는 방각업자 스스로의 판단에 따른 결과일 수도 있다.

19세기 말에 새로 도입한 새로운 인쇄기술 곧 납활자에 의한 활판 인쇄라는 방식을 이용한 소설의 출판이 가능함에도 불구하고, 활판에 의한 인쇄 대신 방각에 의한 인쇄가 여전히 주종을 이루었던 이유는 소설책 내지는 이야기책에 대한 부정적 인식도 있었겠지만 그것보다 는 방각업자들이 공통적으로 지니고 있을 수밖에 없는 규모의 영세성 과 관련이 있는 것으로 보인다.[4]

전운치전(전우치전이라고도 칭하고 있으나 방각소설에는 전우치전이 보이지 않으 며 활판본 간행에 있어서 전우치전이라는 명칭이 나온다. 전운치전이라는 작품이 전우치전이라는 작품으로 표제를 달리하면서 활판본으로 간행하게 된 저간의 사정 은 별도의 고찰이 필요하다.), 정수정전, 제마무전, 조웅전, 진대방전, 춘향전, 홍길 동전, 황운전, 홍부전. (이상 32종은 현재 2종류 이상의 판본이 남아있는 작품이다.) 강태공전, 곽분양전, 김원전, 김홍전, 도원결의록, 서유기, 수호지, 신미록, 양산백전, 옥주호연, 울지경덕전, 월왕전, 이해룡전, 장백전, 장자방전, 장한절효기, 적성의전, 징세비태록, 토생전, 현수문전. (이상 20종은 현재 1종류의 판본만이 남아 있는 작 품이다).

4) 방각업자의 사업 규모가 영세하였다는 언급은 여러 차례 있었다. 비교적 늦은 시 기의 방각업자에 대한 언급이지만 "木版本小說은 15전, 木版을 刻하는데 1장에 20 원이나 받았다 하는데, 小說 한권을 만드는데는 木版本의 경우 400여원이나 들었 다"는 기록(崔喆, 李朝小說 讀者에 關한 研究, 연세어문학 6, 1975, 26면 n.47)을 고려한다면 2,700부 정도를 판매해야만 생산원가에 해당하는 비용을 회수할 수 있 으며, 적정한 이윤을 확보하기 위해서는 이보다는 많은 부수를 판매해야만 방각업 자가 영업을 계속할 수 있다는 추정이 가능하다. 당시의 쌀 한가마가 4원이었다는 점을 고려한다면, 동시에 두 작품 이상을 판각할 수 있는 방각업자는 비교적 큰 규

그러나 20세기에 접어들어서 기존에 이미 방각의 방식으로 간행된 바 있는 소설들이 활판의 방식으로 거듭 간행되고 있는 현상은, 이미 근대문학으로서의 소설이 등장하였음에도 불구하고, 방각의 형태로 간행된 적이 있는 소설들 또는 이와 유사한 내용을 담고 있는 소설들에 대한 독자들의 끝없는 수요가 당대에 현존하고 있었음을 보여주는 것이라 하겠다.

특히 20세기에 갓 접어든 대한제국의 주된 목표가 근대적 독립국가의 건설이라는 점을 염두에 둔다면, 당대의 실천적 과제가 반봉건과 반외세에 있다는 점을 결코 부정할 수는 없다 하겠다. 이때에 반외세는 곧 민족의식의 고취라는 점에 있어서 역사·전기물로서의 소설의 역할을 생각할 수 있으며, 반봉건은 봉건적 요소의 폭로와 비판이라는 점에 있어서 방각소설의 일정한 역할을 생각할 수 있다.5) 물론 봉건적 요소의 폭로와 비판이라 점에 있어서는 방각본으로 간행된 고전소설보다는 이를 개작한 고전소설 또는 신작 고전소설이 그러한 역할을 수행하기가 쉬웠을 것이며, 고전소설보다는 신소설이, 그리고 신소설보다는 근대소설이 오히려 그 역할을 충실히 수행할 수 있었을 것이다. 그러나 20세기 초의 독서층은 여전히 근대소설보다는 신소설을 그리

모의 방각업자였으리라는 추정이 가능하다. 李昶憲, 고전소설의 유통 양상에 대한 일 고찰, 韓國敍事文學史의 研究, 中央文化社, 1995, 1716-1718면 참조.

5) 이 점에 있어서 방각소설의 역할은 방각소설에만 국한되는 것이 아니라 근대적 성격을 지닌 고전소설 전반이 수행하고 있는 역할이라고 하겠다. 그럼에도 불구하고 여기에서 특히 방각소설의 역할을 강조하는 것은, 이들이 시장에서의 거래를 전제로 하여 하나의 상품이라는 형태로 생산되었다는 점, 다른 어떠한 목적보다 우선하여 경제적 이윤의 추구를 목적으로 하여 생산되었다는 점에 있다 하겠다. 이 점에 있어서 여타의 출판물과 구분되는 방각본 출판물만의 독특한 성격을 알 수 있다 하겠다.

고 신소설보다는 고전소설을 더 선호하는 경향을 보였다는 것 역시 부정할 수 없는 사실이라 하겠다.[6]

더군다나 이 시기에 있어서 활발하게 전개된 애국계몽운동이 언론과 출판 그리고 교육이라는 축을 중심으로 하여 나타나고 있었으며, 이에 대한 통감부의 대응은 법적인 강제라는 틀을 통한 철저한 억압과 간섭의 형태로 나타났다고 하겠다. 그 대표적인 것이 신문지법, 출판법, 학회령, 교과용도서검정규정 등이다. 특히 도서의 출판과 관련하여서는 교과용도서검정규정을 통한 규제와 출판법에 의한 규제가 그 대표적인 경우라 하겠다. 교과용도서검정규정을 통한 규제가 비교적 한정된 범위의 도서만을 대상으로 삼은 규제였다고 한다면, 출판법에 의한 규제는 모든 도서를 대상으로 하고 있다.

모든 도서가 규제 대상이라는 점에 있어서, 출판법에 의하여 규제하려 하였던 주된 대상에 방각소설이 포함되지 아니하였음에도 불구하고, 방각소설은 출판법이 요구하고 있는 조건으로 말미암아 여러 가지 면에 있어서 제약을 받게 되었으며, 이러한 제약은 상호 경쟁 관계에 놓여 있던 활판본 소설에 비하여 방각소설을 더욱 열악한 처지로 몰락시키는 결과를 가져온 것으로 보인다.

---

6) 이러한 점은 고전소설을 출판한 서점들이 급격한 성장을 거듭하고 있음에 비하여 근대적인 문학전집을 기획하여 출판한 서점이 몰락하고 있는 현상을 통하여 확인할 수 있다. 더군다나 흔히 "대중화논쟁"이라 지칭하고 있는 일련의 논쟁 가운데 나타나고 있는 독자층의 성향에 대한 언급은 출판계에 있어서 고전소설이 차지하고 있는 비중을 잘 보여주는 것이라 하겠다.

2. 출판법 시행 이전의 방각소설

출판법 시행 이전의 방각소설의 간행 양상을 현전 자료를 중심으로 살펴보면, 20세기에 접어들어서도 새로운 방각소설의 간행이 거듭 이루어지고 있음을 구체적으로 확인할 수 있다.

그 대표적인 경우를 1905년에 방각된 정수정전을 통하여 알 수 있다. 이 작품의 끝에 '대한광무구년중추합동신간(大韓光武九年仲秋蛤洞新刊)'이라는 간기를 뚜렷하게 남기고 있어, '대한광무구년(大韓光武九年)' 곧 1905년에 정수정전 〈16장본〉[7]을 '합동(蛤洞)'이라는 방각소(坊刻所)에서 출판한 것을 알 수 있다. 정수정전은 이것 이외에 2종의 판본이 더 있는데, 하나는 방각소 미상의 정수정전 〈17장본〉(16½장)[8]이며, 다른 하나는 간기는 없으나 한남서림(翰南書林)의 판권지(版權紙)가 뒤에 첨부되어 있는 정수정전 〈16장본B〉[9](이를 합동에서 간행한 〈16

---

7) 〈16장본〉의 권수제 및 권차표시는 '뎡슈졍젼 권지단'으로 나타난다. 매면 15행(1장-11장) 또는 16행(12장-16장)의 체재로 판각하고, 상하내향흑어미 또는 상흑어미(3장-4장,11장-13장)의 모습을 보인다. 판심제는 '뎡'으로 상백구 어미 바로 윗부분에 위치하며, 작품서술은 제16장 후엽 10행에서 끝나고 있다. 남은 여백에 본문보다 큰 글씨로 '大韓光武九年仲秋蛤洞新刊'이라는 간기를 새겼다. 金東旭編, 景印古小說板刻本全集 三, 연세대 인문과학연구소, 1973, 51-58면에 영인되어 있으며, 원본은 김동욱 소장본이다.

8) 〈17장본〉의 권수제 및 권차표시는 '뎡슈졍젼 권지단'으로 나타난다. 매면 15행의 체재로 판각하고, 상하흑어미의 모습을 보인다. 판심제는 '뎡'으로 상백구에 위치하며, 작품서술은 제17장 전엽 13행에서 끝나고 있다. 남은 부분은 여백으로 처리하고 있으며, 간기는 없다. 金東旭編, 景印古小說板刻本全集 三, 연세대 인문과학연구소, 1973, 59-67면에 영인되어 있으며, 원본은 오한근 소장본이다.

9) 〈16장본B〉의 권수제 및 권차표시는 '뎡슈졍젼 권지단'으로 나타난다. 매면 15행(1장-11장) 또는 16행(12장-16장)의 체재로 판각하고, 상흑어미 또는 상하내향흑어미(14장-15장)의 모습을 보인다. 판심제는 '뎡'으로 상백구의 어미 바로 윗부분에 위치하며, 작품서술은 제16장 후엽 10행에서 끝나고 있다. 남은 여백에 6개의 계선

장본)과 구분하기 위하여 〈16장본B〉라고 칭한다)이다.

이들 3종류의 정수정전 판본 사이의 관계를 살피기 위하여 행문을 일부 대조하면 다음과 같은 모습을 보인다. 여기에서는 특히 판식이 바뀌는 부분인 제11장 뒷부분과 제12장 앞부분의 행문을 비교하도록 하겠다.

〈17장본〉[10] /(13)(상략) 츠셜 이씨는 삼츔가졀이라 뎡/(14)휘 시비 등을 다리고 후원의 드러가 풍경ᄒ더니 부용각의 이르니 장후의 홍/(15)희 영츈이 부용각 연못가의 거러안ᄌ 발을 물의 담으고 무릅 우희 단금 //(1)을 안져 곡죠를 희롱ᄒ며 졍후를 보고 요동치 아니ᄒ는지라 경휘 디로ᄒ/(2)여 ᄭ지져 왈 공후장상이라도 나를 감히 만모치 못ᄒ려든 너 갓튼 쳔녜 엇지 /(3)나를 보고 요동치 아니ᄒ는다 ᄒ고 즉시 도라와 환관을 벗고 융복을 갓츈 흐 /(4)진시화를 불너 영츈을 잡아 오라 ᄒ여 디 하의 ᄭ닐ᄂ디 뎡휘 ᄭ지져 왈 네 군/(5)후에 춍을 밋고 방ᄌ무지ᄒ여 쥬 모를 만모ᄒ니 그 죄 가히 머리를 버혀 타인/(6)을 징계헐 거시로디 쥬 군의 낫츨 보와 약간 경칙ᄒ노라 ᄒ고 결곤이십도ᄒ/(7)여 ᄂ치고 침실 노 도라오니 〃씨 티부인이 뎡후의 거오ᄒᄆ를 미안이ᄒ여 ᄒ든 츠의 /(8)이를 듯고 디로ᄒ여 장후를 불너 왈 영츈이 비록 유죄ᄒ나 〃의 신 임ᄒ는 /(9)비ᄌ여늘 뎡휘 니게 품치 아니ᄒ고 임의로 치죄ᄒ니 엇지 네 계가ᄒ는 법되라 ᄒ/(10)리오 장휘 돈슈ᄉᄌ ᄒ고 외당의 나와 뎡후

이 있으며, 간기는 없다. 梨花女子大學校 韓國文化硏究院編, 韓國古代小說叢書 第一, 通文館, 1960, 389-420면. 동일한 판본이 국립중앙도서관(고48-67)에 소장되어 있는데, 인쇄자가 조명천으로 되어 있는 한남서림의 판권지가 붙어 있다.

10) 金東旭編, 景印古小說板刻本全集 三, 연세대 인문과학연구소, 1973, 64면. 인용문에서 사용한 /은 행을 구분한 것이며, //은 면을 구분한 것이다. ( ) 안의 번호는 행의 번호를 표시한 것이며, 〃은 앞의 글자와 같다는 것을 표시한 오리문자이다. 밑줄은 〈16장본〉과 비교하여 행문에 차이가 있는 부분을 표시한 것이다. 이하 동일한 방식으로 표시한다.

의 시비를 잡아다가 슈죄ᄒ여 뎡/(11)후의 ᄌ로 마즈라 ᄒ고 결장ᄒ여
니치니 뎡휘 가장 불쾌이 녁이더라 화셜/

<16장본>[11] /(13)(상략) ᄎ셜 이ᄯᅵ는 삼츕가졀이라 뎡/(14)휘 시비 등을
다리고 후원의 드러가 풍경ᄒ더니 부용각의 이르니 장후의 춍/(15)희
영츈이 부용각 연못가의 거러안ᄌ 발을 물의 담으고 무릅 우희 단구
//(1)을 인져 곡죠를 희롱ᄒ며 뎡후를 보고 요동치 아니ᄒ는지라 뎡휘
디로ᄒ여 ᄭᅮ/(2)지져 왈 공후장상이라도 나를 감히 만모치 못ᄒ려든 너
갓튼 쳔네 잇지 나를 보고 /(3)요동치 아니ᄒ는다 ᄒ고 즉시 도라와 환
관을 벗고 융복을 갓츈 후 진시화를 불/(4)너 영츈을 잡아 오라 ᄒ어
디하의 ᄭᅮᆯ넌디 뎡휘 ᄭᅮ지져 왈 네 군후에 춍을 밋고 방/(5)ᄌ무지ᄒ여
쥬모를 만모ᄒ니 그 죄 가히 머리를 버허 타인을 장계헐 거시로디 쥬
/(6)군의 낫츨 보와 약간 경칙ᄒ노라 ᄒ고 결곤이십도ᄒ여 니치고 침실
노 도라오니 〃 ᄯᅦ /(7)티부인이 뎡후의 거오ᄒᆯ 미안이ᄒ여 ᄒ든 ᄎ
의 이를 듯고 디로ᄒ여 장후를 불너 /(8)왈 영츈이 비록 유죄ᄒ나 〃 의
신임ᄒ는 비ᄌ여늘 뎡휘 니게 품치 아니ᄒ고 임/(9)의로 치죄ᄒ니 엇지
네 계가ᄒ는 법되라 ᄒ리오 장휘 돈슈ᄉ죄ᄒ고 외당의 나와 뎡/(10)후
의 시비를 잡아다가 슈죄ᄒ여 뎡후의 죄로 마즈라 ᄒ고 결장ᄒ여 니치
니 뎡휘 /(11)가장 불쾌이 녁이더라 화셜 (하략)

<16장본B>[12] /(13)(상략) ᄎ셜 이ᄯᅵ는 삼츕가졀이라 뎡/(14)휘 시비 등
을 다리고 후원의 드러가 풍경ᄒ더니 부용각의 이르니 강후의 춍/(15)
희 영츈이 부용각 연못가의 거러안ᄌ 발을 물의 담으고 무릅 우희 단구
//(1)을 언져 곡죠를 희롱ᄒ며 뎡후를 보고 요동치 아니ᄒ는지라 뎡휘
디로ᄒ여 ᄭᅮ/(2)지져 왈 공후장상이라도 나를 감히 만모치 못ᄒ려든 너
갓튼 쳔네 잇지 나를 보고 /(3)요동치 아니ᄒ는다 ᄒ고 즉시 도라와 환
관을 벗고 융복을 갓츈 후 진시화를 불/(4)너 영츈을 잡아 오라 ᄒ여

---

11) 金東旭編, 景印古小說板刻本全集 三, 연세대 인문과학연구소, 1973, 56면.
12) 梨花女子大學校 韓國文化硏究院編, 韓國古代小說叢書 第一, 通文舘, 1960, 410-
411면.

장본〉과 구분하기 위하여 〈16장본B〉라고 칭한다)이다.

이들 3종류의 정수정전 판본 사이의 관계를 살피기 위하여 행문을 일부 대조하면 다음과 같은 모습을 보인다. 여기에서는 특히 판식이 바뀌는 부분인 제11장 뒷부분과 제12장 앞부분의 행문을 비교하도록 하겠다.

〈17장본〉10) /(13)(상략) 추셜 이씨는 삼춤가졀이라 뎡/(14)휘 시비 등을 다리고 후원의 드러가 풍경ᄒ더니 부용각의 이르니 장후의 홍/(15)희 영츈이 부용각 연못가의 거러안ᄌ 발을 물의 담으고 무릅 우히 단금//(1)을 안져 곡죠를 희롱ᄒ며 졍후를 보고 요동치 아니ᄒ는지라 졍휘 디로ᄒ/(2)여 ᄭ지져 왈 공후장상이라도 나를 감히 만모치 못ᄒ려든 너 갓튼 쳔녜 엇지 /(3)나를 보고 요동치 아니ᄒ는다 ᄒ고 즉시 도라와 환관을 벗고 융복을 갓촌 ᄒ /(4)진시화를 불너 영츈을 잡아 오라 ᄒ여 디하의 ᄭ닌디 뎡휘 ᄭ지져 왈 네 군/(5)후에 춍을 밋고 방ᄌ무지ᄒ여 쥬모를 만모ᄒ니 그 죄 가히 머리를 버혀 타인/(6)을 징계혈 거시로디 쥬군의 낫츨 보와 약간 경칙ᄒ노라 ᄒ고 결곤이십도ᄒ/(7)여 니치고 침실노 도라오니 〃씨 티부인이 뎡후의 거오ᄒᄆ믈 미안이ᄒ여 ᄒ든 추의 /(8)이를 듯고 디로ᄒ여 장후를 불너 왈 영츈이 비록 유죄ᄒ나 〃의 신임ᄒ는 /(9)비ᄌ여늘 뎡휘 너게 품치 아니ᄒ고 임의로 치죄ᄒ니 엇지 네 졔가ᄒ는 법되라 ᄒ/(10)리오 장휘 돈슈ᄉᄌᄒ고 외당의 나와 뎡후

이 있으며, 간기는 없다. 梨花女子大學校 韓國文化硏究院編, 韓國古代小說叢書 第一, 通文館, 1960, 389-420면. 동일한 판본이 국립중앙도서관(고48-67)에 소장되어 있는데, 인쇄자가 조명천으로 되어 있는 한남서림의 판권지가 붙어 있다.

10) 金東旭編, 景印古小說板刻本全集 三, 연세대 인문과학연구소, 1973, 64면. 인용문에서 사용한 /은 행을 구분한 것이며, //은 면을 구분한 것이다. ( ) 안의 번호는 행의 번호를 표시한 것이며, 〃은 앞의 글자와 같다는 것을 표시한 오리문자이다. 밑줄은 〈16장본〉과 비교하여 행문에 차이가 있는 부분을 표시한 것이다. 이하 동일한 방식으로 표시한다.

의 시비를 잡아다가 슈죄ㅎ여 뎡/(11)후의 ㅈ로 마즈라 ㅎ고 결장ㅎ여
니치니 뎡휘 가장 불쾌이 역이더라 화셜/

<16장본>[11] /(13)(상략) 츠셜 이쩌는 삼츈가졀이라 뎡/(14)휘 시비 등을
다리고 후원의 드러가 풍경ㅎ더니 부용각의 이르니 장후의 춍/(15)희
영츈이 부용각 연못가의 거러안ㅈ 발을 물의 담으고 무릅 우히 단구
//(1)을 인져 곡죠를 희롱ㅎ며 졍후를 보고 요동치 아니ㅎ는지라 졍휘
디로ㅎ여 쑤/(2)지져 왈 공후장상이라도 나를 감히 만모치 못ㅎ려든 너
갓튼 쳔녜 잇지 나를 보고 /(3)요동치 아니ㅎ는다 ㅎ고 즉시 도라와 환
관을 벗고 융복을 갓촌 후 진시화를 불/(4)너 영츈을 잡아 오라 ㅎ어
디하의 쓸닌디 뎡휘 쑤지져 왈 네 군후에 춍을 밋고 방/(5)ㅈ무지ㅎ여
쥬모를 만모ㅎ니 그 죄 가히 머리를 버허 타인을 장계힐 거시로디 쥬
/(6)군의 낫츨 보와 약간 경칙ㅎ노라 ㅎ고 결곤이십도ㅎ여 니치고 침실
노 도라오니 〃 쩌 /(7)티부인이 뎡후의 거오ㅎ믈 미안이ㅎ여 ㅎ든 츠
의 이를 듯고 디로ㅎ여 장후를 불너 /(8)왈 영츈이 비록 유죄ㅎ나 〃 의
신임ㅎ는 비ㅈ여늘 뎡휘 너게 품치 아니ㅎ고 임/(9)의로 치죄ㅎ니 엇지
네 계가ㅎ는 법되라 ㅎ리오 장휘 돈슈ㅅ죄ㅎ고 외당의 나와 뎡/(10)후
의 시비를 잡아다가 슈죄ㅎ여 뎡후의 죄로 마즈라 ㅎ고 결장ㅎ여 니치
니 뎡휘 /(11)가장 불쾌이 역이더라 화셜 (하략)

<16장본B>[12] /(13)(상략) 츠셜 이쩌는 삼츈가졀이라 뎡/(14)휘 시비 등
을 다리고 후원의 드러가 풍경ㅎ더니 부용각의 이르니 강후의 춍/(15)
희 영츈이 부용각 연못가의 거러안ㅈ 발을 물의 담으고 무릅 우히 단구
//(1)을 언져 곡죠를 희롱ㅎ며 졍후를 보고 요동치 아니ㅎ는지라 졍휘
디로ㅎ여 쑤/(2)지져 왈 공후장상이라도 나를 감히 만모치 못ㅎ려든 너
갓튼 쳔녜 잇지 나를 보고 /(3)요동치 아니ㅎ는다 ㅎ고 즉시 도라와 환
관을 벗고 융복을 갓촌 후 진시화를 불/(4)너 영츈을 잡아 오라 ㅎ여

---

11) 金東旭編, 景印古小說板刻本全集 三, 연세대 인문과학연구소, 1973, 56면.

12) 梨花女子大學校 韓國文化研究院編, 韓國古代小說叢書 第一, 通文館, 1960, 410-
     411면.

디하의 쓸닌디 뎡휘 쑤지져 왈 네 군후에 총을 밋고 방/(5)즈무지흐여 쥬모를 만모흐니 그 죄 가히 머리를 버혀 타인을 장계힐 거시로디 쥬/(6)군의 낫츨 보와 약간 경칙흐노라 흐고 결곤이십도흐여 니치고 침실 노 도라오니 〃 쩌 /(7)티부인이 뎡후의 거오흠믈 미안이흐여 흐든 츠 의 이를 듯고 디로흐여 장후를 불너 /(8)왈 영춘이 비록 유죠흐나 〃 의 신임흐는 비즈여늘 뎡휘 니게 품치 아니흐고 임/(9)의로 치죄흐니 엇지 네 졔가흐는 법되라 흐리오 장휘 돈슈亽죄흐고 외당의 나와 뎡/(10)후 의 시비를 잡아다가 슈죄흐여 뎡후의 죄로 마즈라 흐고 결장흐여 니치 니 뎡휘 /(11)가장 불쾌이 역이더라 화셜 (하략)

　위의 예문을 통하여 알 수 있는 것처럼 〈17장본〉과 〈16장본〉의 서술 내용은 동일하다. 오각으로 인한 부분적인 차이가 나타나고는 있으나 이를 제외한다면 양본은 동일한 내용을 판식을 달리하여 판각한 것임 을 알 수 있다. 이러한 양상은 작품의 끝까지 지속되는 모습을 보인다. 〈16장본〉의 제12장 이하의 행문은 〈17장본〉의 행문을 그대로 전재하 고 있는 것이다. 〈16장본〉은 제12장 이하에서 반엽 15행의 체재가 아 닌 반엽 16행의 체재를 마련하고, 매행에 들어가는 글자 수를 늘림으 로써 〈17장본〉의 내용을 온전히 수용하면서 전체 장수를 17장에서 16 장으로 줄인 것이라 하겠다.13) 이러한 노력은 종이 자체의 절약뿐만 아니라 수작업(手作業)에 의한 인쇄 공정을 줄인다는 점에 있어서 상 품으로서의 경쟁력을 높이는 한 방법이라고 할 수 있다. 이때 〈16장

---

13) 장수를 줄이는 것이 무엇보다도 긴요한 일이었음은 冊價를 결정하는 주요한 요소 가 紙價에 달려 있기 때문이다. 비록 늦은 시기의 기록이지만 1922년 坊刻本『奎 章全韻』의 판권지에서 書目을 나열하고 나서 冊 價格은 白紙時勢의 高低를 隨하 여 一定하지 아니하기에 記載하지 못한다고 附記하고 있다는 점에서 用紙의 時勢 에 맞추어 冊價가 정해졌다는 것을 알 수 있다. 安春根, 坊刻本論攷, 書誌學 創刊 號, 1968, 18면 참조.

본〉은 〈17장본〉의 제1장 이하 제11장까지를 가져다가 판하본으로 삼아 번각하고, 제12장 이하는 반엽 16행이라는 새로운 판식을 활용하여 장수를 한 장 줄이는 방식으로 동일한 내용을 새롭게 필사, 개각한 것이다.

결국 〈17장본〉을 모본으로 삼아서 성립한 것이 〈16장본〉이라는 점에서, '합동(蛤洞)'에서 〈16장본〉을 간행한 1905년 이전에 다른 방각소에서 이미 〈17장본〉을 판각하여 판매하고 있었음을 짐작할 수 있다. 또한 '합동'에서 간행한 〈16장본〉을 가져다가 그대로 판하본으로 삼아 번각한 것이 '한남서림'의 판권지가 붙은 〈16장본B〉에 해당한다. 〈17장본〉의 실질적인 장수가 16½장이라는 점에서 본다면 〈17장본〉 〈16장본〉 〈16장본B〉는 거의 동일한 조건 아래에서 상호 경쟁하고 있었던 것으로 추정된다.

〈16장본B〉의 말미에 한남서림에서 발행하였다는 판권지가 첨부되어 있다는 점에서 출판법 시행 이후뿐만 아니라 이전에도 한남서림이 방각활동을 하고 있었을 것이라는 추정 --출판법 시행 이전의 방각소 명칭이 구체적으로 무엇이었는지는 불명확하다-- 역시 가능하다.

이러한 추정은 한남서림의 판권지가 붙어 있는 춘향전 〈16장본〉이 이에 선행하는 춘향전 〈16장본〉을 판하본으로 삼아 번각한 것이라는 점, 숙영낭자전 〈16장본〉 역시 이에 선행하는 숙영낭자전 〈16장본〉을 판하본으로 삼아 번각한 것이라는 점, 그리고 구운몽 〈32장본〉 역시 이에 선행하는 '효교(孝橋)'라는 방각소에서 간행한 구운몽 〈32장본〉을 판하본으로 삼아 번각한 것이라는 점에서 그러한 개연성을 확인할 수 있다 하겠다.

특히 방각소설의 경우 후대본일수록 각권을 구성하는 작품의 장수

가 점차 줄어간다는 점을 고려한다면, 16장 내지 17장으로 방각된 소설
들은 대개 20세기에 접어들기 직전이거나 아니면 20세기에 접어들면서
새롭게 새겨졌을 가능성을 갖는다는 점에서 1909년의 출판법 시행 이
전까지는 분명 소설의 새로운 방각이 지속적으로 이루어졌다 하겠다.
　참고로 16장 내지 19장의 장수로 각권이 구성된 작품을 살펴보면 다
음과 같다.14)

금방울전(<u>16장본</u>)	남정팔난기(일17장본*, 이17장본*)
당태종전(18장본)	도원결의록(하17장본)
삼설기(상17장본*, 이18장본*, 삼18장본*)	
설인귀전(상17장본*)	소대성전(<u>16장본</u>)
숙영낭자본(16장본, <u>16장본</u>)	쌍주기연(16장본)
월왕전(하19장본*)	임장군전(17장본, 16장본)
장경전(16장본)	장풍운전(19장본*)
장화홍년전(18장본:자암, 18장본:송동)	전운치전(17장본)
정수정전(17장본, 16장본:합동, <u>16장본</u>)	
조웅전(17장본, 16장본)	진대방전(16장본)
춘향전(17장본, 16장본, <u>16장본</u>)	토생전(16장본*)
황운전(일15장본, 이16장본)	

또한 '자암(紫岩)'이라는 방각소에서 간행한 장화홍년전 〈18장본〉 역
시 20세기에 접어들어서 판각되었을 가능성이 높다. '자암'에서 간행한
초천자(草千字) 〈17장본〉의 말미에 '대한광무구년구월일자암신간(大韓
光武九年九月日紫岩新刊)'이라는 간기가 있는데, 이는 1905년에 '자암'

---

14) *은 기존의 판목 자체를 활용하면서 판각하여 인행한 것, 밑줄은 한남서림의 판
　권지가 첨부되어 있는 것을 표시한 것이다.

에서 여전히 방각본을 간행하고 있었다는 것을 말하는 것이며, 아울러 방각소설을 함께 간행하였을 가능성을 보여준다는 점에서 장화홍년전 〈18장본〉의 방각이 20세기에 이루어졌으리라는 추정을 가능하게 해주는 것이라 하겠다.

20세기 초까지 방각활동을 계속하였을 방각소를 살피기 위해서는 무엇보다도 현전 방각본 가운데 유간기본(有刊記本)에 주목할 필요가 있다. 이들 유간기본만을 대상으로 하여 각각의 방각소에서 마지막으로 방각한 자료를 살피면 홍수동(1861년:신미록), 동현(1870년:五言唐音), 서방(1879년:童蒙先習), 유동(1885년:史略), 미동(1885년:方藥合編), 야동(1887년:御定奎章全韻), 포동(1890년:임장군전), 무교(1894년:임진록), 용동(1898년:御定奎章全韻), 자암(1905년:草千字), 합동(1905년:정수정전)에서 방각본의 간행이 있었다는 것을 알 수 있다.15) 이 점에서 본다면 포동(布洞), 무교(武橋), 용동(龍洞), 자암(紫岩), 합동(蛤洞) 등의 방각소는 20세기에 접어들어서도 방각 활동을 계속한 것으로 추정하여도 무방할 것으로 보인다.

3. 출판법의 시행과 이에 따른 방각소설의 변모

광무(光武) 연간인 1909년 2월 23일에 반포된 출판법(出版法)에서는 '機械와 其他如何方法을 勿論ㅎ고 發賣 又는 頒布로 目的삼는 文書와 圖書를 印刷홈을 出版(1조)'이라고 규정하고 있다.16) 이때 기타여

---

15) 御定奎章全韻의 경우 여기에서 언급한 것보다 一周甲 더 앞설 수 있다. 이는 방각으로 간행된 御定奎章全韻 전체에 대한 비교 검토가 있어야 하는 부분이다. 여기에서는 이를 간행한 방각소의 방각 활동 시기와 관련하여 표시하였다.

하방법에 해당하는 출판물의 하나에 방각소설이 해당한다는 것은 너무나 분명하다.

이는 방각소설 역시 출판법의 적용 대상이 되었다는 점에서, 1909년의 출판법 시행은 어떠한 형태로이건 방각업자들에게 커다란 영향을 미칠 수밖에 없었다 하겠다. 더군다나 7조에서 규정하고 있는 '文書圖書의 發行者는 文書圖書를 販賣홈으로 營業삼는 者에만 限홈'이라는 조건(예외적으로 저작자가 발행자를 겸할 수 있도록 함)은 이들 방각업자들에게 일정한 곳에서 매장을 유지하면서 영업을 하도록 하였다. 이에 따라 이전에는 개별적으로 판각만을 담당하고 있던 각수(刻手)들은 별도로 독립된 인쇄자로서의 기능을 담당하거나, 아니면 발행자에게 직접 예속되는 형태를 취하여야만 하였다. 더군다나 출판법은 인쇄자에 대하여도 발행자와 동등한 의무를 요구하고 있어, 인쇄자 자신의 성명, 주소, 인쇄소, 인쇄년월일을 기재하고 인쇄한 문서 및 도서가 문제가 되는 경우에는 발행자와 동일한 처벌을 명시하여 인쇄자의 의무를 강조하고 있다.

출판법에서는 저작자·발행자·인쇄자를 분명하게 규정하고 있으며, 출판을 하기 위해서는 먼저 저작자와 발행자가 연인(連印)하여 고본(稿本)을 첨부하여 허가를 받아야 하고, 출판 이후에는 제본 2부를 납부해야 한다는 점에서 사전 검열과 사후 검열이라는 이중의 구속을 분명히 하고 있다. 더군다나 문서·도서의 말미에 발행자와 인쇄자의 성명과 주소, 발행소, 인쇄소, 발행·인쇄의 연월일을 기재하도록 강제하고 있다는 점에서 제본 2부의 납부 이후에도 언제든지 도서에 문제

---

16) 法律 第六號, 官報 四千三百十一號, 1909. 2. 26.

가 있다고 인정되는 경우 이를 쉽게 추적하여 도서를 압수할 수 있다는 점에서 또다른 구속력을 지녔다 하겠다.

따라서 책을 출판하기 위해서는 먼저 출판하고자 하는 책마다 출판허가를 얻어야 하며, 출판된 도서가 안녕질서를 방해하거나 풍속을 괴란하는 것으로 인정되는 때에는 도서의 발매 및 반포를 금지하고 이를 압수할 수 있으며, 그에 상응하는 처벌까지를 규정하고 있다. 더군다나 출판법 시행 이전에 이미 출판된 도서를 재판--이때의 재판은 수정·개정뿐만이 아니라 쇄를 달리하여 출판하는 경우를 지칭하는 것으로 보인다--하고자 하는 경우뿐만 아니라, 출판법 시행 이전에 이미 출판되어 발매 및 반포 중인 도서 자체에 대하여도 발매 및 반포를 금지하고 압수할 수 있도록 하여 결국에는 모든 출판물에 대한 구체적인 규제가 가능하게 되었다. 이것이 구체적으로 적용된 대표적인 사례가 1910년 11월 16일에 있었던 금서조치이다.[17] 이는 이미 출판되어 발매 중인 도서 51종(총65책)에 대해 출판법 12조(외국인 저서에 대한 적용)와 16조(기출판 도서에 대한 소급 적용)에 의하여 안녕질서를 방해한다는 이유로 금서조치를 내린 것이다.

따라서 방각업자들 역시 방각소설의 간행을 위해서는 매번 출판법의 규정에 따라 허가와 제본 납부를 반복하여야만 하였으며, 이러한 흔적을 현재 국립중앙도서관에 소장된 방각소설에서 쉽게 확인할 수 있다. 한남서림의 판권지를 첨부한 삼국지를 예로 들면,[18] 표지에 대정 9(1920)년 9월 2일에 제133호로 납본하였다는 기록을 확인할 수 있

---

17) 朝鮮總督府警務總監部 告示 第七十二號, 朝鮮總督府官報 69호, 1910. 11. 19.

18) 국립중앙도서관의 도서분류기호 '한48-33'으로 된 3권 3책의 완질본과 '한48-33-2'로 된 2권 2책의 낙질본이 있다.

으며, 권수제 아래의 여백에 '조선총독부보전본(朝鮮總督府保轉本)'이라는 도장까지 찍은 것을 확인할 수 있다.[19]

결국 출판법의 시행에 있어서 허가는 출판사를 허가하는 것이 아니라 출판하는 도서 한 권 한 권에 대하여 원고에 대한 사전 검열을 통한 허가와 제본의 납부라는 사후 검열을 통한 통제라는 이중의 규제를 분명히 하고 있음을 알 수 있다.

결국 출판법의 시행에 따라서 이후에 출판되는 모든 도서들은 판권지를 말미에 첨부하여야만 하였다. 현재 확인이 가능한 방각본의 판권지를 정리하면 대략 다음과 같다.

이 가운데 방각소설을 취급한 곳은 박성칠의 북촌서포와 박성칠서점, 백두용의 한남서림, 강하형의 태화서관 등이다. 한남서림을 제외하고는 모두 한 종류의 완결된 판권지만을 사용하고 있다는 점에서 수시로 재판에 해당하는 인쇄를 하는 것이 어려웠던 것으로 추정된다. 반면에 한남서림의 경우는 발행년월일을 기록하는 부분을 빈칸으로 처리하여 여기에 도장을 찍거나 펜으로 써넣는 방법을 사용하고 있다.

1912년에 출판 허가를 받은 북촌서포의 경우, 1917년 인쇄자의 변동으로 인하여 출판 허가를 다시 받을 때, 행정구역의 개편(1914년에 있었다)으로 인한 지명의 변경뿐만 아니라 발행소의 명칭까지를 변경하여 허가를 받고 판권지를 새로 만든 것으로 보인다.

---

19) 이점에 있어서 국립중앙도서관 소장 자료에 대한 면밀한 검토를 통하여, 출판법에 따른 납본 관련 문헌 목록을 확인할 수 없다는 현재의 문제를 어느 정도 해결할 수 있을 것으로 추정된다.

書　店　名	編輯兼發行者	印　刷　者	印刷·發行年月日
新舊書林 京城南部紫岩洞 四十二統十戶	池　松　旭 京城南部紫岩洞 四十二統十戶	殷　泰　聖 京城南部醬洞 五十五統六戶	大正二年八月十五日　印刷 1913 大正二年八月二一日　發行
紙物書舖 京城南部紫岩洞 九十九統八戶	李　鍾　星 京城南部紫岩洞 九十九統八戶	曹　春　和 京城西部凉洞 五十三統九戶	大正二年八月二十日　印刷 1913 大正二年八月二十五日發行
匯東書館 京城府南大門通 一丁目十七番地	高　裕　相 京城府南大門通 一丁目十七番地	辛　有　植 京城府臥龍洞 十四番地	大正七年二月六日　　印刷 1918 大正七年二月二十日　發行
翰南書林 京城府仁寺洞 百七十番地	白　斗　鏞 京城府仁寺洞 百七十番地	曹　命　天 京城府堅志洞 二十一番地	大正　年　月二十五日印刷 1917? 大正　年　月三十日　發行
翰南書林 京城府仁寺洞 百七十番地	白　斗　鏞 京城府寬勳洞 十八番地	曹　命　天 京城府堅志洞 二十一番地	大正　年　月二十五日印刷 大正　年　月三十日　發行
翰南書林 京城府寬勳洞 十八番地	白　斗　鏞 京城府寬勳洞 十八番地	金　鉉　秀 高陽郡龍江面 五百四十番地	印刷 發行
北村書舖 京畿道安城郡 其佐面本里	朴　星　七 京畿道安城郡 其佐面本里	安　萬　浩 京畿道安城郡 其佐面本里	明治四十五年七月　日印刷 1912 明治四十五年七月　日發行
朴星七書店 京畿道安城郡 寶盖面其佐里 四百六十一番地	朴　星　七 京畿道安城郡 寶盖面其佐里 四百六十一番地	芮　一　成 京畿道安城郡 寶盖面其佐里 三百九十三番地	大正六年十一月　十　日印刷 1917 大正六年十一月二十一日發行
太華書舘 京城府鍾路三丁 目八十五番地	姜　夏　馨 京城府鍾路三丁 目八十五番地	辛　有　植 京城府鍾路三丁 目八十五番地	大正十二年十一月五日　印刷 1923 大正十二年十一月十日　發行

출판사로서 허가를 받고 납본을 하는 것이 아니라, 출판하려는 도서를 단위로 하여 출판 허가를 받고 납본을 하여야 한다는 출판법의 규제는 결국 새로운 소설을 방각하여 인행하겠다는 의지를 가질 수 없게 하였으며, 결국 이전부터 가지고 있던 판목을 활용하여 재판만을 거듭하는 것만이 가능하다는 것을 보여주는 것이라 하겠다. 그러나 판목을 가지고 재판을 거듭하는 것 역시 1회 재판에 의해 인쇄할 수 있는 부수에 제한이 있을 수밖에 없다는 점에서 새로운 출판법 규정 아래에서는 매우 열악한 출판 조건에 놓이게 됨을 의미하며, 활판본 소설에 비하면 그 비효율성이 더욱 크게 부각된다 하겠다.

방각의 형태에 의한 출판이 가질 수 있는 가장 큰 장점 곧 필요할 때에 필요한 만큼 인출할 수 있다는 장점이 출판법의 시행으로 인하여 장점이 아닌 단점으로 기능하게 됨에 따라서 방각소설은 더욱 쇠퇴할 수밖에 없었다 하겠다. 더군다나 책가(冊價)를 결정하는 주된 요소인 지가(紙價)와의 관계에서 살필 때에도, 동일한 지면에 담는 서술의 양이라는 측면에 있어서 방각소설은 활판본 소설에 비하여 더욱 열악할 수밖에 없으며, 독자들의 글자 판독의 용이함이라는 측면에 있어서도 방각소설의 글자 모양보다는 활판본 소설의 글자 모양이 판독하기에 더욱 용이하다는 점에 있어서도 그 사정은 마찬가지라 하겠다.

이는 결국 방각소설이 수행하고 있던 모든 기능을 활판본(구활자본) 소설에게 물려줄 수밖에 없다는 것을 의미한다. 이점에 있어서 블로초(不老草)(유일서관, 1912.8.19)나 옥중화(박문서관, 1912.8.27)의 간행이 방각본의 형태가 아닌 활판본(구활자본)의 형태로 나타나는 것은 지극히 당연한 현상이라 하겠다.

1912년 이후, 방각본의 형태로 이미 간행된 소설이 활판본의 형태로 거듭 간행되는 양상을 보이는데,[20] 이 가운데 몇몇 작품은 활판본으로 간행된 것을 찾을 수 없는 경우가 있다. 그 원인이 출판 허가를 받지 못하였기 때문인지, 아니면 당대에 해당 작품의 독자층이 형성되지 아니하여 상품으로서의 가치가 없다는 출판업자들의 판단에 의한 것인지는 불분명하다.

이처럼 방각본으로는 간행되었지만 활판본으로는 간행되지 아니한 작품을 살피면 다음과 같다.

김홍전, 월왕전, 이해룡전, 임진록, 징세비태록

이 가운데 월왕전은 이전에 방각본의 형태로 거듭 간행되었고, 출판법 시행 이후에도 한남서림에 의해 출판 허가를 얻어 판매되었다는 점에서 본다면, 활판본으로 간행하기에는 상품으로서의 가치가 떨어진다는 출판업자의 판단에 의하여 출판되지 아니한 것으로 보이며,[21] 이해룡전은 유일서관본으로 간행되었다는 언급이 있으나, 현재 실물을 확인할 수 없는 실정이다.

특히 임진록의 경우 방각본으로서는 물론이려니와 활판본으로의 간행 허가를 받기가 힘들었을 것이라는 점은 쉽게 짐작이 간다. 남은 작품인 김홍전, 징세비태록 등은 활판본으로 간행되었으나 현전하는 활판본이 없는 것인지, 아니면 다른 이유로 출판 허가를 받지 못한 것인

---

20) 활판본소설의 간행 목록은 權純肯, 1910년대 活字本 古小說 硏究, 성균관대학교 박사학위논문, 1990(權純肯, 活字本 古小說의 편폭과 지향, 보고사, 2000)의 부록, 李周映, 舊活字本 古典小說 硏究, 月印, 1998의 부록 구활자본 고전소설 목록을 참조할 것.

21) 광고를 통해서, 출판하려 했던 것을 확인할 수 있다. 李周映, 舊活字本 古典小說 硏究, 月印, 1998의 부록인 구활자본 고전소설 목록을 참조할 것.

지, 그렇지 아니하면 상품으로서의 가치가 없다는 출판업자의 독자적
인 판단에 의한 것인지 면밀한 검토가 필요한 작품이라 하겠다.

　끝으로 출판법 시행 직후의 자료는 아니지만 〈조선인 발행 단행출
판물 출판허가 건수〉 가운데 구소설과 신소설의 허가 건수만을 정리하
면 다음과 같다.[22]

구분	구소설					신소설					비고
년도	출원	허가	삭제	불허가	취하	출원	허가	삭제	불허가	취하	
1925		410					246				
1929	26	26		0	0	108	100		5	3*	
1930		73					31				
1931		71					111				
1932		65					123				
1933		139					49				* 익년 이월
1934		44					55				
1935		49					77				
1936		79					105				
1937		105					138				
1938		40					73				
1939	15	14	1	0	1	98	87	3	2	9	

　여기에서 언급하고 있는 구소설과 신소설이 정확히 어떻게 구분되
는 것인지는 알 수 없으나, 주로 농민·부녀자가 이들 출판물의 주된

---

22) 이는 昭和五年 朝鮮に 於ける 出版物槪要, 朝鮮總督府警務局, 1930; 昭和十四
　　年 中に 於ける 朝鮮出版警察槪要, 朝鮮總督府警務局圖書課, 1940에 근거하여
　　작성한 것임.

구독자이며, 출판허가 건수의 상당수가 주로 농한기에 집중되어 있다는 사실을 지적하고 있다. 또한 이들 허가를 받은 출판물에 대한 통제의 방식으로 출판용지인 종이를 통제하겠다는 기록을 남기고 있다는 점에서, 출판 허가를 받은 서적을 온전히 자유로운 상태에서 출판하는 것이 불가능하였으리라는 추정이 가능하다.

여기에서 언급하고 있는 구소설의 출판허가 건수에는 방각의 형태로 간행하는 경우보다는 활판본의 형태로 간행하는 경우가 대부분을 차지하였을 것이기에 정확히 언제까지 방각의 형태로 소설이 인행되었는지는 알 수 없다. 특이한 것은 1939년에 1건의 삭제에 의한 출판허가가 있다는 점이며, 1건의 취하는 다음해로 이월한 것으로 추정된다. 1건의 삭제가 이루어진 구소설이 방각의 형태로 출판되는 것은 아니었을 것이며 활판본의 형태로 출판되는 것이었을 것이라는 추정만이 가능하다. 이 작품이 어떤 작품이었는지는 좀더 구체적인 검토가 필요하다 하겠다.

4. 결론

20세기 초에 접어들면서도 새로운 작품을 거듭 방각본의 형태로 판각하여 인출할 수 있었던 방각소설은 1909년 출판법이 시행됨에 따라서 급격한 몰락을 거듭할 수밖에 없었던 것으로 보인다. 그 이유는 무엇보다도 재판을 거듭할 때마다 출판법의 규정대로 허가의 절차를 밟아야 한다는 점에 있었던 것으로 보인다. 따라서 출판법의 시행 이후 방각소설의 간행은 새로운 작품의 인행보다는 기존의 판목을 이용한 재판에 겨우 머물 수밖에 없었고, 결국에는 납활자를 사용하여 기계화된 방식으로 인쇄한 활판본 소설에게 그 자리를 넘겨줄 수밖에 없었다.

이는 방각소설의 인행 방식이 가지고 있었던 가장 큰 장점이라고 할 수 있는, 수작업에 의존하여 필요할 때마다 필요한 부수만큼을 인출할 수 있다는 점이 이제는 장점이 아니라 단점으로 부각되었다는 것이다. 곧 출판법의 규정이 이러한 인출 방식을 오히려 구속하게 됨에 따라, 한번 인출에 많은 부수를 생산할 수 있는 활판본 소설의 생산 방식에 비하여 큰 약점으로 작용하게 되어 차츰 경쟁력을 잃고 마침내 활판본 소설에게 자리를 내어주고 겨우 그 명맥만을 이어나간 것이라 하겠다.

끝으로 1909년 출판법 시행 이후 1910년까지의 출판물에 대한 압수 조치를 살펴보면 다음과 같다. 치안방해 또는 안녕질서 방해, 무허가 출판이 이러한 조치의 이유로 나타난다.

1909. 7.10. 勉庵先生文集 6冊(卷之四,五,九,十二,十三,十四,十六)과 勉庵先生文集附錄 2冊(卷之一二, 卷之三四)을 治安 妨害(16조)를 이유로 압수(著作者:崔永祚). (內部告示 第四一號, 官報 4427號, 1909.7.13)

1909.10. 8. 東國文獻保有 卷之一, 卷之二, 卷之三을 許可를 受치 아니하고 出版(13조)한 이유로 압수. (內部告示 第七二號, 官報 4502號, 1909.10.11)

1910. 4.15. 中等唱歌 全一冊을 許可를 受치 아니하고 出版(13조)한 이유로 압수.(李聖植 著作) (內部告示 第三二號, 官報 4656號, 1910.4.19.)

1910. 4.20. 樂典敎科書 全一冊을 許可를 受치 아니하고 出版(13조)한 이유로 압수.(李基鐘 著作) (內部告示 第三八號, 官報 4660號, 1910. 4.23)

1910. 5. 7. 千歲曆 全一冊을 許可를 受치 아니하고 出版(13조)한 이유로 압수. (內部告示 第四七號, 官報 4674號, 1910.5.10)

> 1910. 9. 6. 兩義士合傳을 治安 妨害(12조)를 이유로 압수. (統監督府警
> 務總監部告示 第四十六號, 朝鮮總督府官報 15號, 1910.9.14)
> 1910.10.26. 愛國同盟團勸義文(문서)을 治安 妨害(12조)를 이유로 압수.
> (朝鮮總督府警務總監部告示 第六十三號, 朝鮮總督府官報 52號,
> 1910.10.29)
> 1910.11.19. 初等大韓歷史 등 51종(총65책)을 安寧秩序 妨害(12,16조)
> 를 이유로 압수. (朝鮮總督府警務總監部告示 第七十二號, 朝鮮總
> 督府官報 69號, 1910.11.19)

천세력(千歲曆)조차도 허가를 받지 아니하고 출판하였다는 이유로 압수하고 있다는 것은 결국 모든 출판물에 대하여 예외 없이 출판법을 적용하겠다는 의사를 보여주는 것이라 하겠다. 이 점에 있어서 방각소설의 출판 역시 예외가 될 수는 없었다는 점을 염두에 둘 필요가 있다.

그러나 현전하는 판권지를 살피면 가장 이른 시기의 판권지가 1912년(明治 45年 : 北村書舖)과 1913년(大正 2年 : 新舊書林, 紙物書舖)에 나타나고 있다는 점이다. 출판법의 시행이 1909년이라는 점에 있어서 이 사이 몇 년간은 방각소설의 인출이 없었다고 보아야 하는가 하는 문제가 나타난다. 이 시기에 방각소설을 새롭게 판각하여서 인출하였다면 출판법의 규정을 준수하던가 --따라서 판권지가 붙어 있어야 한다-- 아니면 출판법 위반으로 압수되는 모습을 보여야 할 것이다. 그러나 방각소설을 압수하였다는 기록은 관보의 어느 곳에도 나타나지 아니한다. 따라서 출판법 시행 이후에 방각소설을 새로 판각하여 인출하지는 아니하였다고 보아야 할 것이다. 다만 기존의 판목을 사용하여 인출하는 것만이 용인되었을 것으로 추정된다. 왜냐하면 기존의 판목을 사용하여 인출하는 것은 출판법 시행 이전에 한꺼번에 출판하여 출판법 시행 이후에도 계속 판매하는 것으로 간주되었을 것이다.

결국 출판법 시행 이후에도 일정한 기간 동안에는 기존의 판목을 사용한 인출이 계속 허용되었으나 이를 확인할 수 있는 자료가 없다는 것이 문제가 된다. 따라서 현전 자료 가운데에는 출판법 시행 이전에 인출된 방각소설과 출판법 시행 이후에 판권지가 붙어 있지 아니한 상태로 인출된 방각소설의 구분이 어렵다는 점이다. 이를 해결하기 위해서는 결국 방각소설의 인출에 사용된 용지인 종이에 대한 구체적인 검토가 절실하다 하겠다.

또한 방각소설의 판권지가 출현한 1912년이라는 해가 최초의 활판본 소설이 출현한 1912년이라는 해와 공교롭게 일치하고 있다는 점에 있어서, 1912년에 대한 해명 역시 긴요한 과제라 하겠다.

이야기책의 글자 모양 : 각자체(刻字體)

1. 서체(書體) · 자체(字體) · 필체(筆體)

글자의 모양새를 설명할 때 사용하는 용어들을 살펴보면, 서체(書體), 자체(字體), 필체(筆體)라는 용어가 다양하게 사용되는 것을 보게 된다. 먼저 이들 사이의 관계를 간략히 정리하면 다음과 같다.

1) 서체(書體)는 자체(字體)와 필체(筆體)를 포괄하는 상위의 개념이다.

2) 자체(字體)는 생활상(生活上) 필요에 의하여 발달한 서체이다. 시대와 사회의 변화에 따라, 인간이 생활하면서 가지게 되는 필요나 요구도 변화한다. 이러한 변화가 문자 사용 방식에서도 일정하게 나타날 수밖에 없다. 이렇게 하여 발생 · 정착한 것을 자체(字體)라고 지칭하게 된다. 이 점에 있어서 자체는 사회 생활상의 소산물이며, 객관적 형태의 서체이다. 이들 자체(字體)를 한자, 영자, 한글 등으로 구분하여 살펴보면, 한자(漢字)의 경우 오체(五體) 곧 전서체(篆書體), 예서체(隸書體), 해서체(楷書體), 행서체(行書體), 초서체(草書體)라고 지칭하는 것등이 이에 해당한다. 영자(英字)의 경우에는 활자체, 필기체, 고딕체, 이탤릭체 등등으로 지칭하고 있으며, 한글의 경우에는 반포체(頒布體),

궁체(宮體), 사서체(寫書體), 판본체(版本體) 등등이 있다.

3) 필체(筆體)는 예술상(藝術上)의 필요에 의하여 발달한 서체이다. 비록 동일한 자체(字體)를 사용하면서도 개인의 개성적이고 독특한 취향에 따라, 운필의 기법이나 기풍을 달리함으로써 개인적이고 독창적인 예술적 소산물로서 결과를 보여주는 특징을 갖는다. 이점에서 본다면 앞서의 자체(字體)가 객관적 형태의 서체라고 한다면, 필체(筆體)는 주관적 형태의 서체라고 하겠다. 가령 왕희지체, 구양순체, 송설체, 석봉체, 추사체 등등으로 지칭하는 서체가 바로 필체에 해당한다 하겠다. 또한 서예 또는 서도를 할 때에 언급하는 서풍, 필법, 서기, 서품 등도 개인적 취향의 미적 표출이라는 점에서 넓게 본다면 필체에 속한다 하겠다.

그렇다면 한글의 자체(字體)는 어떠한 변화의 과정을 거쳐왔을까? 이에 대해서는 이상헌(李相憲)선생이 국문서체의 분류 체계를 시도한 이후, 다양한 설명이 나타나고 있다. 여기에서는 김일근(金一根)선생의 "언간의 연구"를 중심으로 간략히 정리한다.

1) 반포체(頒布體 · 正音體 · 版刻體 · 版刻本體) : 훈민정음이 창제되면서 반포되던 당대의 한글 자체(字體)를 말한다. 이는 이후에 동국정운(東國正韻)에 사용하였을 뿐만 아니라 불경 언해 등의 작업에 주로 사용하였던 자체이다. 그러나 일상 생활에서 반포체를 사용하는 실용화의 단계를 가지지는 못했던 것으로 보인다. 도안해서 그린 문자라는 성격 때문에, 당대의 필기구인 붓으로 서사(書寫)를 함에는 비경제적이라는 단점은 있으나, 형태를 해독함에 있어서는 후대에 사용한 자체에 비하여 편리하다는 장점도 지니고 있다.

2) 모방체(模倣體・效顰體) : 반포체가 글자를 빨리 쓰기에는 매우 부적절하다는 점에서 속필(速筆)을 위한 새로운 서사체(書寫體)를 요구함은 당연한 결과이다. 주로 한자의 행서나 초서, 몽고문자 내지 만주문자 등을 참작하여 임란 이후 급진적인 생활속도의 변화에 따른 서사의 신속화를 도모한 자체이다. 그러나 서사에는 편리하였으나 해독에는 곤란함이 있었다 하겠다.

3) 궁체(宮體・宮書體) : 반포체와 모방체의 단점을 극복하기 위해서 훈민정음의 고유성에 걸맞는 이상적인 자체를 요구한 결과 나온 서체라 하겠다. 이들 궁체의 발달에는 궁중의 서사상궁(書寫尙宮)의 역할이 컸던 것으로 보인다. 웅장한 느낌을 주는 숙종의 언간에 사용한 자체는 필흔(筆痕)을 남기지 아니한 정서(精書)로 남필(男筆)의 표본이라면, 흘림으로 섬세하게 써내려간 인현왕후의 언간이나 인선왕후의 언간은 여필(女筆)의 표본이라 하겠다. 엄정하고 단아하고 미려하며 원만함을 추구한 자체(字體)로 국문 서체의 한 이상향을 찾아간 서체라 하겠다.

4) 잡체(雜體・民體) : 궁체가 발생한 이후, 궁체와 교섭을 갖지 못한 여항의 민초들이 자기류로 쓴 자체(字體)로 비교적 소탈하고 꾸밈이 없으나 자기류로 썼다는 점에서 잡스러운 민체라 하겠다.

5) 조화체(調和體) : 국한문(國漢文) 혼용이라는 특수한 조건에서 파생한 자체이다. 주로 한학자들의 언문 필적과 국한혼용 필적이 이에 해당하며, 한자의 자체와 한글의 자체 사이의 조화를 위한 것으로 한글은 항상 종속적인 위치에 머물 수밖에 없었다.

2. 조화체로서의 한글 서체 창제

우리 말을 사용하면서 우리 민족은 여러 가지 활동을 하여 왔다. 그러나 언어 행위가 단순히 말의 단계에만 머물러 있게 된다면, 말 자체가 지니고 있는 여러 가지 제약으로부터 언어는 그리고 언어를 매체로 하는 제반 행위는 결코 자유롭지 못할 것이다. 이같은 제약으로부터 자유롭고자 한 의지는 말이 가지고 있는 제약을 넘어서기 위해 문자 곧 글자라는 매체를 찾아냈다. 이러한 문자 체계의 등장은 자연발생적인 양상을 띄는 것이 일반적이었으나, 우리 글인 훈민정음 곧 한글이라는 문자 체계의 등장은 인위적인 창제라는 점에서 매우 예외적인 경우에 속한다 하겠다.

우리의 경우, 말이 지니고 있는 여러 가지 제약을 넘어서기 위해, 한때 한자를 가져다 쓰기도 하였지만 그 불편함은 이루 말할 수 없었다. 이를 극복하기 위한 적극적인 노력이 새로운 문자 체계의 창제라는 모습으로 나타났으니, 바로 훈민정음(한글)의 창제가 이에 해당한다. 훈민정음의 문자 체계 안에는 우리 말에 사용하는 소리에서는 그다지 변별적 자질을 가지지 못하는 음가를 나타내기 위한 문자까지 포함되어 있다. 이 점에서 본다면 훈민정음이 추구한 문자 체계는 창제 당시에 알고 있었던 주변의 모든 언어에서 나타나는 소리를 적기 위한 문자 체계였다는 것을 짐작할 수 있다.

이에 따라 비로소 "우리말을 기록한다" 곧 "한글을 쓴다"라는 행위가 가능해졌다. 이전까지 이루어진 쓴다는 행위는 모두 "한글을 쓴다"는 것이 아니라 "한자(漢字)를 쓴다"는 행위였다는 점에서, 훈민정음의 창제는 "한글을 쓴다"는 새로운 행위의 등장을 의미한다.

이 점에 주목하여 국어사나 문학사를 기술함에 있어 한글 창제를 시대 구분의 기준점으로 삼기도 하였다.23) 문자라는 매체를 가지고 기록

---

23) 조윤제의 國文學史를 비롯하여, 가장 최근의 연구 성과인 조동일의 한국문학통사에 이르기까지 대부분의 문학사들이 훈민정음 창제라는 사건을 시대구분점으로 사

하는 것이 가장 보편적인 기록 행위라는 점에서, 결국 말하기보다는 글쓰기가 중심을 차지하게 되었기에 이는 너무나 당연한 일이라 하겠다.

이제 우리 말을 우리 글로 곧 우리 문자인 한글로 기록할 수 있는 가능성을 가지게 되었다. 그러나 아직까지도 기록 행위의 중심은 "한글로 쓰기"가 아닌 "한자로 쓰기"였다. 한글로 기록하는 것이 중심이 되는 것이 아니라 한자로 기록하는 것이 중심이 되었으며, 한글로 기록하는 것은 여전히 보조적인 단계에 머무르게 된 것이었다. 한글로 기록하는 것이 주(主)가 되건 종(從)이 되건, 이것은 모두 한자와 한글을 함께 기록하는 것이었다.

따라서 한글의 외양적 형태 곧 한글의 서체(書體)는 한자의 외양적 형태 곧 한자의 서체(書體)로부터 자유로울 수 없는 처지에 놓이게 되었다. 이는 훈민정음을 창제하던 당시에 이미 인식하고 있었던 것으로, 그 대표적인 현상이 바로 한글의 모아쓰기 방식으로 나타난다. 무엇보다도 모음의 위치가 하나로 고정되는 것이 아니라, 둘로 나누어져 나타나고 있다는 것이다. 곧 'ㅣ'모음 계열의 형태는 초성의 오른쪽에 쓰고, 'ㅡ'모음 계열의 형태는 초성의 아래쪽에 쓰는 모아쓰기가 이를 말해준다. 이는 결국 한글의 외양적 형태(書體)를 네모 반듯하게 하여 한자의 외양적 형태(書體)와 조화를 이루려는 노력 때문에 나타난 결과라 하겠다.

초창기에 한글을 사용한다는 것은 한자와 함께 한글을 사용하는 작업이었다. 이를 잘 보여주는 것이 훈민정음 해례본, 훈민정음 언해본 등이다. 한글을 한자와 함께 사용하기라는 작업은 이후 한문 전적의

용하고 있다.

언해 사업 등을 통하여 그 구체적인 양상을 드러내게 되며, 한글만 사용하기라는 작업이 보편화되기 위해서는 더 많은 시간을 기다려야만 하였다.

3. 한글만 사용하기

1) 한자와 함께 쓴 한글 서체의 습용

결국 한자와 함께 사용하는 한글이 아닌, 한글만 사용하기라는 작업이 본격적으로 나타날 수 있는 부분은 편지 쓰기나 일기 쓰기 등과 같은 개인의 일상적인 부분이었을 것이다. 그리고 이렇게 한글만을 사용한 개인적이며 일상적인 문헌이 당대에 인쇄된다는 것을 상상하기는 어렵다.

한글만을 사용한 문헌이 인쇄된 형태로 나타난 대표적인 경우가 바로 방각소설(坊刻小說)이다. 물론 방각소설 간행 이전에 한글로만 쓴 문헌을 간행한 경우가 전혀 없는 것은 아니다. 가령 "천의소감언해(闡義昭鑑諺解:1756년)" "종덕신편언해(種德新編諺解:1758년 이후)" "명의록언해(明義錄諺解:1777년)" 등의 간행[24]은 방각소설 간행 이전에 한글로만 쓴 문헌을 간행한 경우가 있다는 것을 보여준다.

"천의소감언해"는 개주한 갑인자를 사용하여 1756년 8월 이전에 활자본으로 간행하고, 1756년 8월에 광주부에서 목판본으로 간행하였다 한다. 4권 4책으로 된 목판본을 보면, 활자본의 영향을 그대로 볼 수 있다. 활자본으로 인행한 것은 활자의 특성 때문에 세로뿐만 아니라

---

24) 洪允杓, 國語史 文獻資料 研究(近代篇 I), 太學社, 1993.

가로까지 모두 정연한 모습을 보이는데, 이러한 특징을 목판본에서도 그대로 살필 수 있다. 더군다나 소자(小字)를 사용한 부분을 판각한 방식을 보면 글자의 높이 곧 세로는 크기가 같고 가로 곧 글자의 폭을 절반으로 줄인 모습을 살필 수 있다. 이는 비록 순 한글로만 판각된 문헌이라고는 하지만 원고본의 역할을 하였던 것이 개주갑인자본일 가능성이 있다는 점에서 한자로부터 완전히 자유로운 한글 판각본이라고 하기는 어렵다 하겠다.

"종덕신편언해"는 상·중·하로 된 3권 2책의 목판본이다. 이는 "종덕신편"을 1758년에 간행하고 이어서 언해한 것으로 보인다. 이것 역시 위의 "천의소감언해"와 유사한 모습을 보인다. 세로는 그 기준을 가지런하게 하고 있으나 가로로는 조금씩의 넘나듦이 있어 한자와 함께 쓴 한글 문헌이라는 성격을 조금은 가지고 있으나 활자본 방식의 조판이라는 틀로부터 완전히 자유롭다는 느낌을 주지는 아니한다.

"명의록언해"는 정유 한글 목활자본으로 간행하고, 이를 다시 목판본으로 간행한 것으로 보인다. 이것 역시 활자본이라는 점에서 한자로부터 완전히 자유로운 것이라 말하기는 어렵다 하겠다.

이러한 문헌 가운데 방각소설 간행과 관련하여 주목할 문헌은 1852년에 간행한 "태상감응편도설언해"이다. 이는 순 한글문헌은 아니다. 한문을 먼저 수록하고 이를 언해할 때에 한글을 사용하고 있는데, 이 때 나타나는 한글의 각자(刻字) 방식이 방각본과 매우 유사함을 보인다. 한자 활자와 함께 사용하던 한글 활자를 사용하여 인행한 순 한글 활자본이라는 형식으로부터 벗어나, 한글만을 써서 판각하는 것이 어떠한 모습을 보일 것인가를 보여주는 자료라 하겠다. 그러나 이것의 간행년도가 1852년이기에, 이보다 앞선 18세기에 이미 방각소설을 간행하였다는 점을 생각한다면, "태상감응편도설언해"에 사용된 서체가 방각소설에 사용된 서체에 영향을 주었다기보다는, 방각소설 간행에 사용된 서체가 오히려 "태상감응편도설언해"에 영향을 준 것으로 보는 것이 타당하다 하겠다.

2) 한글로만 쓴 한글 서체의 등장

방각소설이 간행되었다는 것은 한글로만 쓴 필사본 소설이 이미 유행하고 있었다는 것을 말해준다. 한글로만 쓰기라는 행위가 하나의 행위로서 엄연히 존재하고 있었다는 것이다. 그러나 이때 사용한 서체가 정확히 어떠한 형태였는지는 명확하지 않다. 한글로만 쓴 필사본 소설을 언급할 때, 매우 예외적이고 특징적인 서체인 궁서체 또는 궁체라고 하는 한글 쓰기를 말하는데, 이 궁체의 성립 시기가 정확히 언제인지 역시 불명확하다. 만약 방각소설을 처음 간행하는 시기에 궁체가 가장 보편적인 한글의 서체였다면 방각소설의 서체도 이를 따랐을 것이다. 이런 점을 고려한다면 방각소설의 간행에 사용한 서체는 궁중에서 사용한 서체라기보다는 오히려 당대의 가장 보편적인 서체를 보여주는 것이라고 말할 수 있다. 여기에서 방각소설 간행이 갖는 서체사적(書體史的) 의미가 드러난다.

서책(書冊)을 구분하는 경우, 흔히 문자를 기록하는 방법이 무엇인가에 따라 사본(寫本)과 인본(印本)으로 구분한다. 목필(木筆)·도필(刀筆)·모필(毛筆) 등과 같은 필기구로 직접 쓴 책본(冊本)을 사본(寫本)이라고 하고, 각판(刻板)·주자(鑄字)·목자(木字)·도자(陶字)·등사(謄寫)·영인(景印) 등의 방법을 통해 나온 책본을 인본(印本)이라고 한다.25) 또한 오늘날에는 기술의 변화에 따라 새로운 형태의 서책이 나타나기도 하는데, 가령 슬기틀(computer)의 발달로 말미암아 등장한 서책인 전본(電本, 전자책, e-book) 등이 이에 해당한다.

방각소설의 간행은 곧 "한글로만 쓴 판본"의 등장이라는 의미를 지닌다. 필사본으로 유통되는 한글 서체와 대량 생산이 가능한 방각본으로 유통되는 한글 서체, 이 중 어느 것을 통하여야 서체의 통일을 기대할 수 있을까? 방각소설의 간행과 유통을 통하여 한글 서체의 통일을 가져올 수 있었다고 한다면 지나친 억측일까?

4. 한자와 함께 사용한 한글 서체

1) 한자와 함께 사용한 활자본의 한글 서체

한자와 함께 쓰는 활자본의 한글 서체는 무엇보다도 한자 서체와의 조화를 중시할 수밖에 없다. 한자는, 물론 시대에 따라서 약간의 차이는 있겠지만, 가로와 세로의 크기가 같은 정방형의 네모난 글자라는 점에서, 이에 어울리는 한글 역시 한자와 같은 네모난 글자여야만 한다. 실제 한자와 한글이 함께 구현된 문헌을 보면, 한글의 글자 크기가 한자에 비하여 약간 작은 모습을 보이는 경우라 할지라도, 활자 하나가 차지하는 가로와 세로의 길이에 있어서만큼은 한자와 한글이 모두 동일한 것을 볼 수 있다. 심한 경우에는 협자(俠字)로 한글을 사용하는 경우, 가로의 비율만을 줄이지 세로의 길이는 줄이지 아니한 것을 볼 수 있다. 즉 면적의 비율로 따졌을 때, 협자로 된 한글의 활자 크기는 한자의 활자 크기에 비하여 1/4의 비율을 보이지 아니하고 1/2의 비율

---

25) 李秉岐, 가람文選, 新丘文化社, 1966, 372면.

을 보이는 경우가 대부분이라는 것이다. 물론 예외도 있다 하겠으나, 협자로 사용한 한자의 경우도 이와 유사한 경우가 많다.

이는 결국 한자와 함께 사용된 한글 서체--엄밀히 말하면 한글 활자체이지만--는 한자 서체가 가지고 있는 기본적인 형태로부터 결코 자유롭지 못하다는 것을 말해 준다. 이러한 현상은 활자의 크기는 균일하여야 한다는 현실적 제약 때문에 한자의 활자체가 결정되고, 이에 어울리는 형태의 한글 활자체를 같은 규격으로 만들어야 한다는 정제성 때문에 비롯된 현상으로 보인다. 이같은 정제성은 단순히 정제성만으로 그치는 것이 아니라 조판 과정에 있어서 작업의 효율성을 함께 지향한 결과라 하겠다.

2) 한자와 함께 사용한 판본의 한글 서체

한자와 함께 쓰는 판본의 한글 서체는 두 경우로 나누어서 검토해야 한다.

첫째는 활자본을 번각하여 판본을 만드는 경우이다. 이때에는 판하본이 되는 활자본 인쇄물이 지니고 있는 정제성을 그대로 되풀이하는 것이기에, 여기에 사용하는 한글의 서체는 앞서 검토한 활자본의 한글 서체와 크게 다르지 아니하다.

둘째는 활자본을 번각하는 것이 아니라 판본을 새로 만드는 경우이다. 이때에는 판하본의 역할을 담당하는 등재본을 정사하는 작업이 필수적이다. 그러나 이를 정사하는 과정에서도 한글만을 정사하는 것이 아니라, 한자와 함께 한글을 정사하는 것이기에, 한글 서체는 여전히 한자 서체와 조화를 이루어야 한다는 측면을 도외시할 수 없다. 더군다나 만들고자 하는 판본에 선행하는 문헌들이 모두 활자본의 전통을 따르고 있다면, 판본에 사용할 한글 서체는 이미 활자본의 한글 서체에서 크게 벗어날 수 없었다고 해야만 할 것이다.

여기에서 활자본의 기능과 역할에 대하여 이런 자문을 해본다. 과연 우리의 경우 활자본 인쇄물은 대중적인 것이었을까? 우리의 활자본은 서구의 활자본과는 다른 특징을 가지고 있으며, 활자본을 인쇄하는 기술적 측면에 있어서도 또한 차이가 있었던 것이 아닌가 하는 점이다. 서구의 경우, 기계적인 압판인쇄의 방식을 사용하여 인쇄를 계속하여도 활자가 비뚤어지지 아니하도록 식자하기 위해서 활자 하나 하나의 형태를 고안한 것이라고 한다면, 우리의 활자 인쇄는 일정한 부수 이상의 인쇄는 거의 불가능한 것이 아니었을까 하는 생각이 든다. 밀납과 같은 것에 글자를 심어 작업을 하는 것은 결국 일정한 부수 이상의 인쇄가 불가능하다는 것을 말해준다. 특히 현전하는 활자들의 배면(背面)을 보면 이를 완전히 고정시킨다는 것이 현실적으로 어렵다는 것도 알 수 있다.[26] 이 점에서 본다면 우리의 활자본 인쇄물은 서구와 달리 실용적인 목적으로 인쇄한 것이라기보다는 주로 보존용으로 인쇄한 인쇄물이라는 성격이 강한 것이 아닐까? 보급용이 아닌 보존용으로 인쇄한다는 것은 인쇄 부수가 얼마 되지 아니하였고, 이로 인하여 오늘날 이러한 문헌이 희소하게 된 것은 아닐까? 이처럼 보존용으로 활자 인쇄물을 만들어 정전을 확정하여 보관하다가, 이후에 대량 보급이 필요하다는 판단이 들면, 목판을 이용하여 번각본을 생산하는 것이 서책 생산의 주류를 이룬 것으로 보아야 하지 아니할까?

결국 번각의 방식으로 판본을 제작할 때 한자와 함께 사용할 한글

---

26) 국립중앙박물관에 간직되어 있는 금속활자 중에서 개성의 개인 무덤에서 출토된 것으로 전하는 활자의 모양새를 보면 더욱 그렇다.

서체의 경우, 판하본(등재본)의 기능을 담당하던 활자본이 가지고 있던 활자체의 제약으로 인하여, 한글 역시 한자와 조화를 이루는 형태를 취할 수밖에 없었으니, 이로 인하여 한글 역시 네모난 형태의 한글 서체라는 틀에서 결코 벗어날 수 없었다 하겠다.

또한 이전에 활자본으로 간행한 적이 없었던 문헌을 판본으로 처음 제작하는 경우에도, 판하본으로 사용할 정사본의 제작 과정에서 한자와 한글이 함께 정사되는 것이기에, 한자와 조화를 이루는 한글 서체라는 제약에서 결코 자유로울 수 없었을 것이다. 게다가 판하본으로 사용할 정사본을 제작함에 있어서도, 이미 익히 알고 있는 활자본이 보여주는 정제성이라는 제약이 은연중 작용하였을 것이다. 이런 점들을 고려한다면 처음 판본으로 제작되는 문헌에 사용하는 한글 서체라 하여도 역시 한자와 조화를 이루는 서체여야만 한다는 제약을 극복하기는 어려웠을 것이다.

5. 한글만 사용한 한글 서체

1) 한글만 사용한 판본의 한글 서체

한글만을 사용한 활자본의 경우, 활자 제작 단계에서부터 한글로만 된 문헌을 인쇄하기 위해서 한글용 활자를 제작한 것이 아니라 한자와 함께 사용하기 위해서 활자를 제작한 것이고, 이렇게 제작된 한글용 활자만을 가지고서 인쇄한 것이 한글만을 사용한 활자본이라는 점에서 본다면, 활자본의 한글 서체는 제작 단계에서 이미 정형화되어 있는 한자 서체와의 조화라는 틀로부터 자유롭지 못하였을 것이다. 이에 대한 논의는 앞서 검토한 한자와 함께 쓴 활자본의 한글 서체에 미루기로 한다.

여기에서는 한글로만 된 활자본이 아닌, 한글로만 된 판본에 사용한 한글 서체를 검토하기로 한다. 한글로만 구성된 판본의 한글 서체를 대표하는 것이 바로 방각소설에 나타나는 한글 서체이다.

방각소설에 사용된 한글 서체 역시 앞서 언급한 한자와 함께 쓴 활자본이나 판본의 한글 서체로부터 완전히 자유로운 것은 아니다. 그러나 무엇보다도 한글로만 쓴 필서체 한글 문헌이 가지고 있는 전통(그 구체적인 양상은 앞으로 상세히 검토되어야 할 것이다)이 더 큰 영향을 미친 것으로 보인다. 새로운 것이 나타날 때, "이것은 완전히 새로운 것이다" 하면서 나타나는 경우는 드물다. 오히려 "이것은 기존의 것과 같은 것이다" 하면서 나타난다. 이것이 새로운 것의 모습이다. 우리는 이를 전통(익숙한 것 또는 관습적인 것)과 창조(새로운 것 또는 개성적인 것)라는 말로 곧잘 표현한다.

방각소설이 처음 등장하는 경우, 이것 역시 기존의 활자본이나 판본의 전통을 이어가는 모습을 취할 수밖에 없다. 인쇄된 기존의 문헌에 나타나는 한글 서체가 지닌 전통은 무엇인가? 그것은 바로 한자와 함께 쓰는 한글이라는 전통이다. 이는 곧 네모난 글자라는 전통이라 하겠다. 따라서 이 전통에 충실하게 되면, 무엇보다도 글자의 획 하나 하나를 구분하여 사용해야 할 것이다. 이렇게 등장한 판본은 가능하다면 필흔(筆痕)을 남기지 아니하면서 각각의 글자마다 독립된 형태를 취하는 것이 일상적이다. 그러면서 한 행에 들어가는 글자 수를 일정하게 하려는 노력도 함께 보여주어야 한다. 이러한 전통은 결국 한자와 함께 쓰는 한글 서체가 가지는 전통과 유사한 것이다.

그러나 이보다는 한글로만 쓴 필서체 문헌(그 중에서도 필사본 한글소설)이 가진 전통이 더 크게 작용한다. 앞서 간략히 언급한 바 있는 것처럼, 소설을 방각하는 현상은 이에 앞서 필사본 소설이 광범위하게 유통되고 있었다는 것을 보여주는 방증이다. 이때 유통된 필사본 소설들은 한글로만 쓴 소설들이 주류를 이루었을 것이다. 따라서 방각소설 간행 이전에 한글로만 제작된 서책이 유행하였다는 점에서 한글만을 쓰는 서체의 전통이 있었다는 것을 알 수 있다. 이 한글 서체의 전통이 정확히 어떠한 양상을 띠는 것이었는지는 불명확하다. 다만 여기에 필흔이 남아있는 것은 너무나 당연한 것이며, 경우에 따라서는 정방형에서 장방형으로의 서체 변화가 나타날 수 있다는 것을 부정할 수는 없을 것이다.

결국 방각소설에 사용한 한글 서체는 위의 두 전통 위에서 나타날 수밖에 없다. 그 중에서도 필서체의 전통이 더 강하게 작용하였을 것이라는 점을, 첫째는 필흔이 나타나는 것이 보편적인 현상이라는 점에서, 둘째는 한 행에 일정한 수의 글자를 배치한다는 전통을 무너뜨리고 있다는 점에서 알 수 있다. 흔히 방각소설을 해제할 때 사용하는 자수부정(字數不定) 또는 ○○자내외(○○字內外)라는 용어가 이를 잘 말해준다. 이는 곧 방각소설에 사용한 한글 서체가 활자본의 전통으로부터 더욱 자유로워짐을 말하며 정방형의 한글 서체라는 통념으로부터도 자유로워짐을 의미한다.

2) 판각작업이 용이한 새로운 서체의 추구 : 한글만 사용한 방각본의 한글 서체

그러나 한편으로 방각소설의 서체는 필서체가 가지고 있는 약점으로부터 탈피하여 새로움을 추구한다. 이 새로움은 방각소설이 판목에

새겨지는 것이라는 특성과 관련된다. 필사본이 단순히 쓰는 것이라면 방각본은 새기는 것이다. 곡선만으로 구성된 섬세함만을 새기는 것보다는 직선과 유사한 간결함을 새기는 것이 작업의 효율을 가져온다. 마치 구텐베르크의 작업이 자형의 통일을 가져왔던 것처럼, 방각본의 작업 역시 자형의 통일을 가져올 수 있는 계기를 마련한 것이다. 단순히 문헌을 보존하거나 정전을 확정하기 위해서 문헌을 생산하는 데 사용한 서체라기보다는 시장에서 판매할 목적으로 문헌을 생산하는 데 사용한 실용적인 서체라는 의미를 지니게 된다. 필사본 소설책에 사용한 한글 서체는 부분적으로 정방형으로부터의 탈피를 이미 보여주었다. 이러한 양상은 곧 방각본에 사용한 한글 서체가 정방형을 쉽게 포기할 수 있는 요인을 제공해준다.

그러나 필사본 한글 서체는 매우 다양하여, 서체의 통일을 추구한다는 것은 사실 어려운 일로 보인다. 이들 서체 중에서 어떤 것은 서체가 지닌 미적인 특성을 추구하다가 궁서체라는 지극히 아름다운 서체로 발전하는가 하면, 한편으로는 잡체(민체)의 하나라고 할 수 있는 작대기체(?)라는 지극히 간결한 단계에 머물기도 하였다.

방각소설의 서체가 궁서체와 같은 지극히 아름다운 서체를 선택하기에는 어려움이 많다. 왜냐하면 방각소설은 매우 대중적인 소비물이기 때문에 무엇보다도 서체 자체가 판각 작업의 편의성과 직결되어야만 하기 때문이다. 편의성의 추구, 바로 작업이 용이한 한글 서체의 추구가 바로 간결한 새로운 한글 서체의 등장을 가능하게 하였다. 그리고 이는 궁극적으로 한글 서체의 통일에 지대한 영향을 미쳤다.

한글로만 구성된 인본의 등장이 무엇보다 중요한 이유는 무엇인가? 이를 사본과 인본의 차이에서 찾아볼 수 있다. 정밀한 모사(模寫)를 계속한다고 하여도 동일한 형태의 사본을 대량생산한다는 것은 사실 어려운 일이며 일정한 한계가 있기 마련이다. 반면에 인본의 경우는 이 한계를 벗어나 무수한 복제를 현실적으로 가능하게 한다. 물론 판목의 마모에 따른 한계는 여전히 남아 있겠지만, 어쩌면 무한 복제를 가능하게 한 것이라 할 수 있다. 이들 무한 복제에 의하여 유포된 동일한 형태의 서체들, 이것이 한글 서체의 통일에 일정한 기여를 하였을 것이라는 점을 부정할 수는 없다.

특히 방각본(坊刻本)의 형태로 간행된 서적들이 대부분 서민의 요구에 부응해 나타난 서적이라는 점에서, 방각소설(坊刻小說) 역시 서민의 요구에 부응해 나타난 소설이라고 하겠다. 방각소설의 출현은 기존의 소설 유통 방식인 필사본만으로는 이미 광범위하게 형성되어 있던 소설 독자층의 욕구를 충족할 수 없게 되었다는 것을 의미하며, 이에 그 동안 여러 형태로 상업적 자본을 꾸준히 축적하여 왔던 비교적 영리에 밝은 상인계층이 방각업자로 나서게 되어 방각소설 간행과 관련된 작업을 총괄하게 된 것이다.

방각소설이 인본(印本)의 형태를 취한다는 점에서 사본(寫本)이 일반적으로 가지고 있는 정제성에 비하여 한층 엄격한 외양적(外樣的) 정제성(整齊性)을 갖추어야만 하였다. 이를 위하여 초간본(初刊本)의 등재본(登梓本)은 정사(精寫)된 사본(寫本)이어야만 하였다. 그러나 개판(改板)을 거듭하면서 이러한 외양적 정제성이 무너지기도 하고, 내용의 심각한 축약이나 변개가 나타나기도 하였다. 이는 방각소설이 기본적으로 가지고 있던 속성, 곧 시장적(市場的) 거래(去來)라는 속성으로부터 결코 자유로울 수 없었기 때문에 나타나는 현상이며, 이러한 점이 바로 방각소설의 중요한 특성이 되기도 한다.

6. 방각소설 출판의 일반적인 과정

일반적으로 말해서 방각소설(坊刻小說)이란 방각본의 형식으로 출판된 소설을 지칭한다. 물론 방각소설의 의미가 이에 한정되는 것만은 아니다. 방각으로 간행된 소설을 방각소설이라고 지칭함에는 이 용어가 함의하고 있는 나름대로의 성격을 염두에 두고서 지칭하는 것이다. 그러나 이 자리에서는 방각소설이라는 용어가 지닌 개념이 문제가 되는 것은 아니기에, 이에 대한 논의는 방각본의 형식으로 출판된 소설이라는 언급만으로 그치기로 한다.

일단 방각본으로 출판되었다는 것은 시장에서 판매할 것을 목적으로 제작되었다는 것을 의미한다. 이들 서책이 '사용가치라는 척도에서 출판된 것이 아니고 교환가치 즉 상품화하여 시장적 거래'[27]를 하기 위해서 출판되었다는 것이다. 이들 방각본이 모두 목판(木板)으로만 간행된 것은 아니다. 경우에 따라서는 토판(土版)이나 와판(瓦版)으로 간행되기도 하였으며, 경우에 따라서는 목활자나 금속활자를 이용한 활자본으로 간행될 수도 있다. 다만 여기에서는 목판으로 간행하는 것이 가장 보편적인 양상이기에 목판으로 간행되었다는 전제 위에서 방각소설 출판의 과정을 일반화하여 간략히 살펴보기로 한다.

(1) 원고본 확정 : 출판 대상이 되는 미간(未刊)의 원고본(原稿本)이 있어야 한다. 이때 원고본은 작가가 직접 쓴 수고본(手稿本)일 수도 있고, 여러 차례 거듭된 필사를 통해서 전해지던 전사본(轉寫本)일 수도 있다. 수고본이나 전사본 모두 사본(寫本)이라는 공통적인 특징을 갖는다.

---

27) 柳鐸一, 完板坊刻小說의 文獻學的 研究, 學文社, 1981,

(2) 판하본 제작 : 원고본을 저본으로 삼아서 정서(淨書)하고 정서(精書)한 정사본(精寫本)인 등재본(登梓本) 곧 판하본(板下本)을 제작한다. 출판을 위해서 필사하는 것이기에 판하본은 정제성(整齊性)을 갖춘 형식으로 제작되며, 판하본은 판각 작업이 진행되면서 판목에 그 흔적만을 남긴 채 영원히 사라져버리는 전사본이라고 할 수 있다.

(3) 판목 제작 : 판하본을 가지고서 판목(板木)을 제작한다. 판하본을 뒤집어서 미리 준비된 목판에 붙인 후 건조시킨다. 이후 매일매일 판각할 부분에 기름 성분을 발라가면서 투명성을 확보한 상태로 판각한다. 이 일을 전문적으로 담당한 이를 각수(刻手)라 지칭하며, 이렇게 완성된 판목은 시간이 지남에 따라서 차츰 훼손되거나 멸실된다.

(4) 판본 제작 : 완성된 판목을 가지고서 종이--주로 한지인 닥종이(楮紙)를 사용한다--에 인출하고 제책하여 서책을 완성시킨다. 인출을 담당하던 이를 인출장(印出匠), 제책을 담당하던 이를 제책장(製冊匠)이라 지칭한다. 이렇게 인출하여 제책된 것을 판본(板本) 또는 목판본(木板本)이라 지칭한다.

여기에서 언급한 (1), (2), (3), (4)의 과정을 모두 거친 작품은 초간본(初刊本)이라는 성격을 갖는다.[28] 초간본 방각소설은 사본인 원고본으

---

28) 이를 초각본(初刻本), 개간본(開刊本), 개각본(開刻本) 등으로 지칭할 수 있다. 그러나 이를 신간본(新刊本) 또는 신각본(新刻本) 등으로 지칭하지 아니하는 이유는 '新'이 '처음으로'라는 의미보다는 '새롭게'라는 의미가 강하기 때문이다. 물론 판본에 따라서는 간기(刊記)에 '新刊'이라는 표현이 나타나고 있으며, 이것이 '처음으로 간행하다'라는 의미로도 사용되었다는 것을 완전히 부정할 수는 없다. 다만 이것이 '처음으로'보다는 '새롭게'라는 의미로도 읽을 수 있기에, 기술적(記述的) 용어로 사용하기에는 적절하지 아니하다는 개인적 판단 때문에 이를 피한다. 또한 간기에 '開刊'이라는 표현이 나타나기에 이를 대표하는 용어로 '개간본(開刊本)'을 사용하는 것이 타당하다고 생각하나 다음에 언급될 '개간본(改刊本)'이라는 용어와 독음이 같기에 이를 구별할 필요가 있다는 점에서 '초간본(初刊本)'이라는 용어를 선택하였다. 이들을 지칭하는 용어의 적절성에 대해서는 추후 구체적인 논의가 필요하다 하겠다.

로부터 시작하여 판하본을 제작하고 판목을 처음 판각하여 만든 서책
이라는 점에서 '정제성' 곧 '정제(整齊)의 미(美)'29)를 가장 잘 갖추고 있
는 판본이라 하겠다.

그러나 모든 방각소설이 위의 과정대로만 제작되는 것은 아니다. (1)
과 (2)의 과정을 생략한 채, (3)부터 시작하는 방각본도 있기 때문이다.
방각본으로 처음 출판되는 작품의 경우에는 위의 과정을 충실히 따르
겠지만, 이미 방각본으로 출판된 바 있는 작품인 경우에는 위의 과정
중 특정한 부분에 변화가 생길 수 있다. 번각본(飜刻本) 또는 복각본(覆
刻本)의 경우에는 기존의 판본이나 활자본을 해책(解冊)하여 판하본으
로 삼기 때문에 (1)과 (2)의 과정을 생략하고 (3)의 과정부터 시작하게
된다. 이러한 경우에는 판하본에서 사용한 판식을 그대로 따르면서 판
목을 새기기 때문에 판본으로서의 정제성을 비교적 충실하게 유지하
게 된다. 아주 정치하게 판각하면 이것이 번각본인지 아닌지 여간해서
는 분간해내기조차 힘들다.

또한 (1)의 과정에서만 변화가 나타나고, (2), (3), (4)의 과정을 계속
진행할 수도 있다. 이미 판본이나 활자본으로 출판된 바 있는 작품의
경우, (1)의 과정에서 확정한 원고본에 해당하는 것은 사본이 아닌 판
본(板本)이나 활자본(活字本)이다.30) 이때에 (2)를 생략하고 (3)의 과정
으로 진행하면 앞서 언급한 번각본이 되겠지만, 이를 원고본으로 삼아
(2)의 과정 곧 판하본을 제작하는 과정부터 시작할 수도 있다. 이렇게
하여 출판된 경우에는 이를 개간본(改刊本)이라 지칭한다.31) 이때에도

---

29) 柳鐸一, 韓國文獻學研究, 亞細亞文化社, 1990, 128면.

30) 이는 '印本 → 寫本 → 印本'이라는 과정을 거치는 것이다. 柳鐸一, 韓國文獻學研
    究, 亞細亞文化社, 1990, 17면 참조.

판하본의 정제성을 유지하려는 노력을 계속한다는 점을 염두에 둘 필요가 있다.

위에서 설명한 초간본이나 개간본 그리고 번각본은 모두 나름대로 판본으로서의 정제성을 유지하려는 경향을 가지고 있다 할 수 있다. 그러나 경우에 따라서는 판본으로서의 정제성(整齊性)을 파기하면서 나타나는 판본이 있다. 이는 판목을 제작함에 있어서 한 가지 방식만을 사용하는 것이 아니라 두 가지 이상의 방식을 동시에 사용하기 때문에 나타나는 현상으로, 작품이 시작하는 앞 부분(이를 전반부라 칭하기로 한다)은 번각본 제작의 방식을 사용하여 판목을 제작하고, 남은 부분(이를 후반부라 지칭한다)은 인본을 원고본으로 삼아 등재본인 판하본을 새롭게 정사하여 판목을 완성하는, 곧 개간본(改刊本)을 제작하는 방식을 사용하여 판목을 제작하는 것이다. 이때에도 나름대로 정제성을 유지하려는 노력이 나타날 수 있으나 전반부와 후반부에 나타나는 각자체의 차이나 반엽에 수용하는 행수의 차이 등으로 인하여 판식이 통일되지 않았다는 것을 알 수 있다.[32]

또한 기존의 판목을 가져다가 이를 활용하면서 판본을 만드는 방식도 있다. 이 경우 역시 새로운 판본으로 서책을 출판하는 현상이기 때문에 주목할 필요가 있다. '기존의 판목을 어떻게 활용하는가?'라는 활

---

31) 이를 개각본(改刻本), 중각본(重刻本), 중간본(重刊本) 등으로도 부를 수 있다.

32) "이같이 그들(木板本 : 인용자 보충)의 내용은 完結性을 가지고 있는 반면 동시에 整齊性을 지니고 있다는 것이다. 즉 가다듬어져 있다는 것이다. 그것은 완결된 내용을 아무렇게나 써서 출판하는 것이 아니고 글자의 크기, 板形의 조절, 편집상의 배려 등 그 나름의 美的 調和를 꾀하여 만들어지는 것이다. 물론 寫本도 그런 점이 없다는 것이 아니라 일반적으로 寫本에 비해 木板本은 外樣的 整齊性이 짙다는 것이다." 柳鐸一, 韓國文獻學硏究, 亞細亞文化社, 1990, 18면.

용 방식에 따라 두 가지로 나누어 살필 수 있다. 하나는 기존의 판목을 거의 그대로 활용하면서 판목의 특정한 부분만을 수정하여 새로운 판본을 출판하는 방식이다. 이때에 부분적으로 수정되는 부분에 대하여 (2), (3), (4) 또는 (3), (4)의 과정이 극히 제한적이고 부분적으로 나타난다. 그러나 이때 발생하는 가장 큰 문제점은 판목을 의도적으로 훼손할 수밖에 없다는 것이다. 곧 기존의 판목을 직접 훼손함으로 말미암아 훼손되기 이전의 판목으로 출판하였던 기존의 판본은 더 이상 출판될 수 없게 된다.

기존의 판목을 활용하는 또 하나의 방법은 특정한 부분(전반부)까지는 기존의 판목을 수정하지 아니하고 그대로 활용하고, 그 다음 부분(후반부)부터는 (2), (3)의 과정을 거쳐 새로운 판목을 제작하는 것이다. 이렇게 새롭게 제작된 판목(후반부)과 기존의 판목(전반부)을 가지고서 (4)의 과정을 거쳐 판본을 출판하는 방식이다.33)

위의 과정 중에서 한글 서체34)와 관련하여 살필 부분을 찾아보면 다

---

33) 이때에는 사용하지 않게 된 후반부의 판목이 훼손되는 것은 아니지만 궁극적으로는 사용하지 않기 때문에 기존의 판본을 다시 인출할 것이라고 예상하기는 어렵다. 더군다나 후반부에 해당하는 판목을 새로 제작한다는 것은 이미 기존의 해당 부분의 판목이 효용성이 없어졌다는 것을 의미하는 것이며, 따라서 이미 사용가치가 없어진 기존의 판목(후반부의 판목)이 잘 보관되었을 것이라고 기대하기는 어렵다.

34) 여기에서 말하는 한글서체는 판각된 한글서체 곧 각자체를 말한다. 이를 어떻게 분류할 것인가 하는 점은 柳鐸一에 의해 정리된 바 있다. 李商憲의 국문서체의 분류 체계 강의 내용을 소개한 후, 板刻 國文書體를 始源體--實用指向體--實用體로 구분하였다. 그리고 完板坊刻小說의 國文書體를 草書(連字로 쓰인 것) 行書(連畫으로 쓰인 것) 楷書(分畫으로 쓰인 것)로 나누고, 이를 다시 다음의 일곱 가지로 세분하였다. 草書에 속하는 ① 半草達筆體와 ② 半草庶民體, 行書에 속하는 ③ 草書指向的行書體와 ④ 行書體, 楷書에 속하는 ⑤ 行書指向的楷書體, ⑥ 縱厚橫薄右肩上向的楷書體, ⑦ 縱厚橫薄左右平肩的楷書體가 그것이다. 그리고 완판 방각소설의 경우 서체의 변이를 초서에서 행서로, 행서에서 해서로 진행되었다고 하

음과 같다. 첫째는 정사본인 등재본의 필사자가 선택한 서체(이는 쓰여진 글자이다)이며, 둘째는 각수에 의해 판각 작업을 통해 나타난 각자체(이는 새겨진 글자이다)이다. 정사본은 판각작업을 통하여 이미 사라져 버리고 오직 그 흔적을 판목에만 남기고 있기에, 판목에 남은 서체 곧 각자체는 온전히 정사본 필사자의 서체는 아니다. 이는 바로 각수에 의해 새겨진 서체이기 때문이다. 따라서 여기에서는 이를 필사자의 서체(書體)인 자체(字體)와 구분하기 위해 각자체(刻字體)라 지칭하기로 한다.

7. 방각소설에 나타난 각자체의 특징과 의미

판하본인 정사본을 필사하는 필사자가 선택한 서체는 이미 방각업자에 의해 제약이 가해진 서체이다. 방각업자가 선호하는 서체는 극히 아름다운 미적인 완성을 이룬 서체가 아니다. 방각업자는 각수가 판목을 제작함에 있어서 "생산성이 높은 서체 곧 생산성이 높은 각자체"를 선호한다. 그러나 무조건 생산성이 높은 각자체만으로 모든 것이 해결

였다. 柳鐸一, 韓國文獻學硏究, 亞細亞文化社, 1990, 112-123면 참조.

또한 허경무는 한글서체의 유형별 분류를 훈민정음해례본체(정자), 훈민정음언해본체(정자,흘림,진흘림), 궁체(정자,흘림,진흘림)로 세분하여 제시하면서, 목판본의 서체 변화 양상을 훈민정음해례본, 용비어천가, 월인석보, 세종어제훈민정음, 송강가사, 방각본소설류로 나누어 검토하였다. 특히 여기에서 주목할 것은 송강가사(松江歌辭) "성주본은 후에 나온 방각본소설에 쓰인 특수한 자형(ㅅ,ㅈ,ㅊ을 말한다)과 닮은 부분이 있음을 보아 방각본소설에 쓰인 체와 맥락이 닿음을 알 수 있겠고, 후의 궁체에까지 이어져 궁체 형성과 무관하지 않음을 볼 수 있다"고 하였으며, "방각본소설에 나타난 서체는 모두 필사하여 등재본으로 삼았을 것이니 훈민정음언해본체로 분류한다"고 하였다. 허경무, 고전 원전 연구를 위한 한글 서체 고찰, 동아대학교 교육대학원 석사학위논문, 1992.

되는 것은 아니다. 왜냐하면 방각소설은 시장에서의 판매를 통하여 이익을 추구하려는 하나의 상품으로 생산되는 것이기에, 상품의 구매자인 독자의 선호도를 결코 무시할 수 없다. 일단 독자가 해독 가능한 서체라는 기본적인 조건을 갖추어야만 한다. 또한 이것은 처음에는 독점적인 상품일 수 있을지 모르지만 결국에는 다른 판본들과 경쟁하면서 판매되는 상품이기 때문에, "독자가 선호하는 서체"라는 조건을 만족시켜야 한다. 독자가 선호하는 서체, 이는 당대인의 미적 관점에 있어서 이상적이라고 생각하는 서체이며, 이를 우리는 각자체를 통하여 살필 수 있다.

방각본의 각자체를 논의함에 있어서 구분해야 할 것은 먼저 이것이 초간본인가 아니면 기존의 판본을 번각하여 펴낸 번간본인가 하는 점이다. 다음에는 개간본 중에서 이것이 전체를 개간한 것인가 아니면 일부분만을 개간한 것인가 하는 점을 고려해야 한다. 그리고 보각이 이루어진 부분을 구분하여 검토해야 한다. 개간본의 경우 개간된 부분은 번각이 아니라는 점에서 초간본과 같은 의미를 지니며, 보각된 부분 역시 같은 의미를 지닌다.

개간본에 대한 검토가 필요한 것은 이 부분이 방각업자의 노력과 관련된 부분이기 때문이다. 방각업자는 가능하다면 한 권을 구성하는 전체 장수를 줄이려는 노력을 하게 되며, 이러한 노력은 한 면에 들어가는 행수를 늘리려는 노력으로, 그리고 한 행에 들어가는 글자수를 늘리려는 노력으로 나타난다. 물론 작품의 내용을 축약하거나 누락시키는 것이 가장 손쉬운 것이지만, 이는 각자체와 관련되는 부분이 아니기에 여기에서는 논외로 한다. 한 면에 가능하다면 많은 글자를 새기려는 방각업자의 태도, 그러면서도 독자들이 해독 가능한 크기의 글자

여야만 한다는 제약, 이 가운데에 자리잡은 것이 방각소설의 한글 각
자체라 할 수 있다.[35]

똑바로 앉은 자세로 소설책을 본다는 것을 기대한다면 이는 잘못된
것이다. 어찌보면 가장 편안한 자세로 소설책을 본다고 가정해야 할
것이다. 마치 우리가 오락물로서 텔레비전이나 비디오를 볼 때에 가장
편안한 자세를 취하려는 것처럼, 이들도 가장 편안한 자세로 소설책을
읽었다고 가정해야만 한다. 그렇다면 이들이 독서를 할 때 취할 수 있
는 가장 편안한 자세는 어떤 자세일까? 이는 비스듬히 누운 자세가 아
닐까? 이 점을 고려한다면 방각본의 각자체는 똑바로 보는 각자체라기
보다는 비스듬히 보는 각자체라 하겠다.

이런 점들을 고려하면서 현전하는 방각소설, 그 중에서도 서울 지역
을 중심으로 해서 간행된 방각소설에 사용된 각자체를 살펴보기로 하
자. 현전하는 방각소설 중에는 간기(刊記)가 남아있는 작품들이 있어
서, 방각한 시기를 알 수 있는 것들이 있다. 이들 중에는 1780년의 각
자체를 보여주는 것(임경업전 〈47장본〉)부터 시작하여 1905년의 각자체
를 보여주는 것(정수정전 〈16장본〉)에 이르기까지 다양한 자료들이 있
다. 물론 모든 자료가 언제 방각되었는지 알 수 있는 기록은 없다. 다
만 간기를 통하여 방각된 시기를 알 수 있는 작품들이 있고, 이것과의
선후 관계를 따져 간기가 없는 작품들의 방각시기를 짐작할 수밖에 없
다. 이들 중에서 먼저 간기가 남아 있어서 방각시기를 알 수 있는 자료
를 정리하면 다음과 같다.

---

35) 개간본에서 보여주는 각자체는 무엇보다도 시간적 후행성이라는 점에서 각자체
   의 시기적 변화를 잘 보여주는 자료이다. 특히 보각이나 개각된 부분의 각자체는
   앞서 언급한 바와 같이 당대에 있어서 선호하는 이상적인 각자체일 가능성이 높다.

1780년	임경업전 <47장본>	
1847년	전운치전 <37장본>36)	
1848년	삼설기 권지삼 <27장본>	
1850년	쌍주기연 <33장본>	
1851년	사씨남정기 권지상 <32장본> 권지하 <34장본>	
	옥주호연 <29장본>	
1852년	장경전 <35장본>	
1856년	서유기 권지상 <31장본> 권지하 <28장본>	
1858년	숙향전 권지상 <34장본> 권지하 <30장본>	
	장풍운전 <29장본>	
	당태종전 <26장본>	
1859년	삼국지 권지삼 <30장본>	
	용문전 <25장본>	
1860년	숙영낭자전 <28장본>	
1861년	신미록 <32장본>	
1864년	울지경덕전 <26장본>	
1887년	구운몽 <29장본>	
	임장군전 <21장본>	
1890년	임장군전 <20장본>	
1894년	임진록 권지삼 <23장본>	
1905년	정수정전 <16장본>	

이들을 기준으로 하여, 동일한 제목의 작품들 중에서 판본들의 선후 관계를 비교 검토하면 간기를 가진 판본에 선행하는 판본을 확인할 수 있다. 방각 시기가 여기에 제시하는 것보다 앞서는 판본을 확인할 수

---

36) 1780년 임경업전 간행 이후, 1847년 전운치전의 간행이 이루어지기까지 방각소설 의 간행이 없었던 것으로 보이지는 아니한다. 다만 이 중간 시기에 해당하는 간기 를 가진 작품이 보이지 아니하기에 공백기처럼 보일 뿐이다.

있으나 정확히 그 시기를 못박기는 어렵다.[37]

여기에서는 간기가 있는 판본만을 우선하여, 이들에 사용된 각자체의 특징과 의미를 살피기로 한다. 이들 판본에 사용한 각자체가 방각된 당대를 대표하는 서체였다는 증거는 없으나, 한글로만 판각된 문헌 중에서는 나름대로의 대표성을 가지고 있다고는 말할 수 있을 것이다. 여기에서는 방각소설 중에서 간기가 남아 있어서 당대의 각자체를 알 수 있다는 이유로 이들을 선택한 것일 뿐이다.

1) 18세기의 각자체 : 임경업전(1780년)의 간행

1780년 임경업전 간행 이전에 한글로 된 방각소설의 간행이 있었는지는 알 수 없다. 여러 가지 사정을 고려할 때에, 1780년 임경업전 간행이 최초의 한글 방각소설 간행이라 하는 것이 합리적인 판단으로 보인다.

먼저 임경업전은 '세경자맹동경기개판(歲庚子孟冬京畿開板)'이라는 간기가 있어 1780년에 인행된 것을 알 수 있다. 작품의 말미에 '경업젼을 언문으로 번역ᄒ고 사람마다 알게 ᄒ기는 동국 츙신의 말이매 혹 만민이라도 씨다라 본밧게 ᄒ미라'고 하여 간행 의도를 드러내고 있다. 현재 남아 있는 자료는 1780년에 인행된 〈47장본〉이 아니라, 이후에 몇몇 부분을 보각하여 간행한 〈45장본〉의 일부분이 낙장되어 41장만이 남아 있는 낙장본 임경업전(엄밀히 말하면 〈45장본〉의 낙장본이다)이다. 〈47장본〉 임경업전이 1780년에 개판(開板)된 이후 여러 차례 보각이 있었던 것으로 보이지만, 각자체의 뚜렷한 변모를 보이는 보각 부분은

---

37) 이에 대해서는 이창헌, 경판방각소설 판본 연구, 태학사, 2000을 참조할 것.

낙장본의 25번째장[38]과 35번째장[39]이다. 판식의 변모가 있다는 점에서 본다면, 〈47장본〉 임경업전이 복합판식[40]이기에 이에 선행하는 판본이 있지 않았을까 한다. 이런 점에 있어서 임경업전의 초기 간행 모습은 제1장부터 제5장까지가 가장 잘 보여준다 하겠다.

여기에서 나타나는 특징적 요소를 살펴보면 다음과 같다.

첫째, 필흔을 남긴 채 새기고 있는 부분이 있음에도 불구하고, 글자를 하나씩 독립시켜 새기려고 노력한 것을 볼 수 있다. 활자본의 경우에는 필흔이 나타나지 않으며, 활자본을 번각한 경우에도 역시 필흔은 나타나지 않는 것이 당연한 것이기에, 임경업전은 활자본의 전통을 따르지 않고 있음을 알 수 있다. 필흔을 그대로 새긴 것이라는 점에서 본다면 필사본 특히 흘림체나 궁서체로 기록한 필사본의 특성을 따른 것이라 하겠다. 이는 곧 판하본인 정사본을 작성할 때에 나타난 필흔을 그대로 수용하면서 각자 작업이 이루어졌다는 것이기도 한다.

둘째, 각자체의 모양을 살피면 왼쪽이 낮고 오른쪽이 높으면서(右肩上向形) 왼쪽으로 비틀어진 느낌을 준다. 곧 정방형이 아닌 마름모형의 각자체를 취하고 있다는 점이다. 물론 이러한 특징은 자음인 초성보다는 모음인 중성이 더 길다는 점으로 이해할 수 있겠으나, 'ㅣ'계열 모음뿐만 아니라 'ㅡ'계열 모음을 사용한 경우에도 왼쪽이 낮고 오른쪽

---

38) 장차표시는 二十七八로 표시되어 있으며, 〈47장본〉으로 계산하면 제27장과 제28장에 해당하는 부분을 한 장으로 새긴 것이다.

39) 장차표시는 四十一二로 표시되어 있으며, 〈47장본〉의 제41장과 제42장에 해당하는 부분을 한 장으로 새긴 것이다.

40) 제1장부터 제5장까지는 반엽 12행을 기준으로 작성하였고, 제6장 이하는 모두 반엽 13행을 기준으로 작성하였다는 점에서 복합판식임을 알 수 있다. 처음부터 복합판식을 지향하는 방각업자를 상정하기는 어렵다는 점에서 반엽 12행을 기준으로 작성한 선행본이 존재할 가능성은 남아 있다.

이 높다는 점을 고려한다면 이는 특정한 몇몇 글자만의 문제가 아니라 여기에 사용한 각자체 전체의 문제라 하겠다. 이는 서책을 어느 방향에서 읽는가 하는 시선과도 관련되는 부분이다. 즉 비스듬한 자세로 독서 과정이 진행되었다는 것이다. 반면에 궁서체의 경우는 그 방향이 어느 한쪽으로 기울었다는 느낌을 주지는 않는 것 같다.

또 한가지 생각해볼 것은 판각 작업의 편의성과 관련된 문제이다. 각수가 판각 작업을 할 때, 칼날에 힘을 주는 방향이 수직이나 수평 방향보다는 우하에서 좌상 방향으로 힘을 주는 것이 편리하지 아니한가 하는 점이다. 또한 획의 끝을 처리함에 있어서도 끝을 직각으로 마무리하는 것보다는 반달형으로 마무리하는 것이 더 편리하지 아니하였을까? 이런 점들이 결국은 판하본의 필사자가 의도한 서체가 각수에 의해서 변용되어 각자체로 남게되는 것은 아닌가 하는 점 등을 고려하게끔 한다.[41]

여기에서 또한 판하본을 작성할 때에, 판하본 작성 이후에 이루어질 작업(판각 작업뿐만 아니라 도서의 판매 및 독자의 독서 과정까지를 포함한 모든 과정)을 모두 고려한 상태에서 "판하본에 사용할 서체를 의도적으로 선택하였을 가능성"도 고려해야 한다. 그리고 이는 또한 독자층과 관련된 문제이기도 하다. 가령 궁서체를 읽는 독자는 서탁 등을 이용하여 독서를 하는 독자라고 한다면, 방각본을 읽는 독자는 궁서체를

---

41) 특히 임경업전에서 주목해야 할 것은 '오리문자'가 사용되었다는 것이다. '오리문자'는 앞의 글자가 반복된다는 의미로 사용하는 하나의 기호이다(국립국어연구원에서 편찬한 사전에는 오리글자가 표제어이다). 필사본에서는 오리문자의 사용이 빈번하게 나타나지만, 인본에서 오리문자가 사용된 경우를 찾아보기는 힘들다. 인본으로서는 드물게 방각소설에서 오리문자가 빈번하게 나타나고 있다는 것은 결국 각수의 작업 속도를 고려한 결과라 하겠다.

읽는 독자와는 다른 환경에서 독서를 하였을 것이라는 추정이 가능하기 때문이다. 방각소설의 주된 독자층이 곧 서민들이었다는 점에서 이들의 독서 환경이 궁서체를 읽는 계층(이들이 서책을 비스듬한 자세로 읽지 아니하였다는 증거는 없다)의 독서 환경과 차이가 있다는 것은 이들의 경제적 사정을 고려한다면 너무나 당연한 것이라 하겠다.

셋째, 모음의 경우, 'ㅣ'계열 모음 가운데 'ㅏ', 'ㅑ'가 아닌 'ㅓ', 'ㅕ'의 경우에는 가로획이 세로획보다 가늘다는 느낌을 준다. 이는 'ㅣ'계열 모음에 사용된 세로획이 가로획에 비하여 항상 짧기 때문에 나타나는 현상으로 보인다. 'ㅡ'계열 모음의 경우, 세로획이 가로획에 비하여 역시 짧기 때문에 세로획이 가늘어졌을 가능성이 있으나, 'ㅡ'계열 모음에서는 기본형으로 사용하는 가로획 'ㅡ'가 길다보니, 'ㅡ'의 중간 부분이 가늘어져서 상대적으로 세로획이 가늘다는 느낌을 주지 않는 것일 수도 있다.

그러나 이는 무엇보다도 한글의 선조적 진행 방향이 세로쓰기이면서도 글자 하나 하나의 조합방식은 한자와의 조화를 취하기 위해 모아쓰기를 기본으로 선택하였기 때문에 나타난 현상으로 보인다. 하나의 글자 안에서 'ㅣ'계열 모음이 차지할 수 있는 가로의 폭은, 세로쓰기를 기본으로 삼고 있기 때문에, 항상 제한받을 수밖에 없는 것이다.[42] 세로쓰기를 기본적인 진행방향으로 삼는 경우, 글자 하나가 사용할 수 있는 세로의 길이를 임의로 조정하여 사용한다 하더라도 세로 행을 가지런히 하는 데에는 문제가 없다. 그러나 글자 하나가 사용할 수 있는 가로의 길이를 임의로 조정하여 사용한다면 세로 행을 가지런히 하는

---

42) 세로쓰기가 가장 일반적인 필서 방향이라는 점을 염두에 둘 필요가 있다. 여기에는 행을 가지런히 하려는 노력이 있다는 점을 함께 고려해야 한다.

데에는 많은 문제가 발생하게 된다. 만약 방각소설이 한글로만 판각되지 아니하고 한자와 함께 판각되었다면 한글의 각자체는 지금 우리가 보는 방각소설의 각자체와는 다른 모습을 보여주었을 것이다. 다행히 한글로만 작성된 문헌이라는 점에서, 세로쓰기라는 글자의 선조적 진행 방향이라는 제약 조건이 한 개의 글자가 변하는 방향을 가로로의 팽창을 제한하고 세로로의 팽창을 수용하는 쪽으로 결정한 것이다.[43]

이러한 특징을 가지고 제작되었던 〈47장본〉의 제작시기는 18세기 후반인 1780년이다. 이후 일정한 시간이 경과한 뒤에 보각이 이루어졌을 터인데, 보각의 시기가 정확히 언제인지는 알 수 없다. 다만 45장짜리 단행본을 출판하는 것이 가능한 시기라는 점에서 그 대략적인 시기를 19세기 초엽으로 간주한다. 1860년경에 〈27장본〉 임장군전이 간행되었을 것이라는 점에서, 〈47장본〉을 보각하면서 사용한 각자체의 사용시기는 19세기 전반기로 보아도 큰 무리는 없을 것으로 보인다. 이제 보각한 부분의 각자체를 살펴보기로 한다.

임경업전 〈47장본〉을 보각한 부분을 보면, 여기에도 필흔은 여전히 남아 있다는 것을 알 수 있다. 또한 'ㅣ'계열 모음 중 'ㅓ'와 'ㅕ'에서는 가는 가로획을 보여준다. 반면에 각자체의 형태와 기울기는 원래의 각자체가 왼쪽이 낮고 오른쪽이 높은 우견상향형을 보인 것과 비교할 때, 좌우가 모두 평형(左右平肩形)을 이루고 있다. 처음 판각한 부분과 비교할 때, 글자의 모양새 역시 동글동글한 느낌을 주어 오히려 궁서체에 가까이 다가갔다는 인상을 준다. 여기에서 말하는 궁서체가 정확히 어느 때에 어떻게 사용되기 시작하였는지는 정확히 알 수 없지만, 대

---

43) 이러한 점은 가로쓰기가 일상화된 오늘날의 글자 형태를 어떻게 변용시켜 나갈 것인가 하는 점과 관련시켜 검토할 필요가 있다.

략 19세기 전반기에는 보편적인 한글 서체의 하나로 자리잡은 것은 아닐까 생각한다. 물론 이에 대해서는 더 많은 검토가 있어야 할 것이다.

결국 임경업전을 보각할 때 사용한 각자체는 이후에 간행된 방각소설에 주로 사용되는 각자체와 많이 닮았다는 점에서 방각소설 간행 초기의 각자체에서 다음 시기로의 각자체 변모를 설명해주는 부분이기도 하다. 또한 보각체의 경우, 한 면에 많은 내용을 담아야 한다는 현실적 제약이 있었겠지만, 처음에 사용한 각자체에 비하여 획 하나하나가 가늘어진 느낌을 주어 매우 섬세한 각자체로 보인다 하겠다. 이에 비하여 임경업전을 처음 새길 때 사용한 각자체는 두텁다는 점에서 투박한 느낌을 지울 수 없지만 일반적으로 웅혼하면서 소박하다는 느낌을 준다 하겠다.

2) 19세기 중엽의 각자체

임경업전 간행 이후 60여 년이나 지나서 사용된 각자체를 전운치전과 삼설기를 통하여 살필 수 있다. 전운치전과 삼설기의 각자체를 보면, 임경업전을 처음 판각할 때 사용한 각자체보다는 보각할 때 사용한 각자체에 가깝다는 것을 알 수 있다. 1780년에 사용한 후박하면서도 힘찬 느낌의 각자체에서 1847년 및 1848년에 사용한 섬세하면서 미려한 느낌의 각자체로의 전환, 그리고 이 전환 과정에 위치하는 임경업전 보각 부분의 각자체를 상정할 수 있다.

이제 전운치전과 삼설기에 사용된 각자체를 함께 검토하기로 한다. 전운치전은 1847년에 인행된 작품이며, 1848년에 인행된 삼설기 권지삼에 비하면 필흔이 더 적은 것으로 보인다. 이는 하나 하나의 글자를 구분하여 쓰려는 의식이 여전히 존재했음을 보여준다. 이에 비하여 삼설기 권지삼의 경우는 필흔이 더 많고 연자(連字)형의 각자체가 많이 보인다. 또한 우견상향의 형태를 취하고 있어, 물론 전운치전 역시 좌 저우고라는 점에서 우견상향의 형태에서 완전히 자유로운 것은 아니 지만, 임경업전에 처음 사용한 각자체에 더 가깝다 하겠다. 이같은 우 견상향형의 각자체는 이후 방각소설 간행의 기본적인 각자체가 되었 다. 물론 용문전과 같은 예외가 없는 것은 아니다.

삼설기 권지삼[44]을 1848년에 간행하였다는 점에서 본다면, 이에 앞 서 삼설기 권지상과 권지이가 간행되었다는 것을 알 수 있다. 그러나 삼설기 권지상 및 권지이의 인행과 전운치전의 인행 사이에 어떠한 선 후관계가 존재하는지 명확하지 않다. 여기에서는 다만 삼설기 권지삼 의 간기를 근거로 하여, 전운치전을 삼설기에 사용한 각자체보다 선행 하는 각자체로 본 것일 뿐이다.

삼설기 권지상 및 권지이의 각자체를 삼설기 권지삼과 비교할 때, 이들이 서로 다른 각자체를 보이는 것은 아니다. 다만 권지상 및 권지 이를 보면 권지삼에 비하여 하나 하나의 글자를 구분하여 쓰려는 의식 이 강했다는 것을 알 수 있다.

1850년에 간행된 쌍주기연, 1851년에 간행된 사씨남정기와 옥주호연 그리고 1852년에 간행된 장경전에 이르기까지 대부분의 각자체가 좌저 우고 곧 우견상향형의 모습을 보이고 있으며, 임경업전의 본래 각자체 에 비하면 더욱 둥글고 섬세한 모습을 보이고 있음을 알 수 있다. 이는 결국 18세기의 각자체에서 19세기의 각자체로의 변환을 보여주는 것이 아닌가 한다. 즉 현전하는 자료를 중심으로 보았을 때, 대부분의 방각

---

44) 이것이 <권지삼>이 아닌 <권지사>일 가능성은 여전히 남아 있다. 李昶憲, 단편 소설집 <삼설기(三說記)>의 판본에 대한 일 고찰, 冠嶽語文研究 20, 1995.

소설이 19세기에 주로 방각되었다는 점을 고려한다면, 임경업전의 초간본 각자체가 매우 예외적인 각자체이라 하겠으며, 오히려 임경업전을 보각할 때에 사용한 각자체가 19세기에 가장 보편화된 각자체의 선행 형태일 것이라는 추정이 가능하다.

여기에서 하나 더 언급해야 할 것은 사씨남정기의 보각에 사용한 각자체이다. 여기에는 본래의 행문을 축약하여 보각해야 하는 현실적인 제약이 가장 큰 요인으로 작용하기는 하였지만, 사씨남정기를 처음 간행할 때 사용한 각자체에 비하여 좌저우고 곧 우견상향형의 형태를 벗어나 좌우평견형의 형태를 보여주며, 섬세함보다는 두텁다는 느낌을 준다. 이러한 현상은 장경전의 보각체뿐만 아니라 숙향전의 보각체에서도 나타난다. 이들 보각 부분은 모두, 처음 이들이 판각된 1852년(장경전)과 1858년(숙향전)보다 뒤에 나타난 각자체라는 점에서, 19세기 후반기로 진행하면서 나타날 각자체의 변모를 어느 정도 보여주는 부분이라고 하겠다.

1856년에 방각된 서유기에는 필흔이 많이 나타나면서 연자(連字) 형태의 각자체가 주류를 이루고 있다는 것을 알 수 있다. 이러한 경향은 1864년 간행의 울지경덕전으로 이어지고 있으며, 1861년 간행의 신미록도 이와 유사하다 하겠다.

이러한 연자형(連字形)의 각자체가 하나의 흐름을 형성하는 것과는 달리 모든 글자를 독립시키려는 흐름도 있으니, 이를 극명하게 보여주는 것이 바로 1859년에 간행한 용문전 〈25장본〉이다. 용문전의 경우, '기미석교신간(己未石橋新刊)'이라는 간기가 남아 있는 〈25장본〉보다 선행하는 〈36장본〉 용문전을 살필 수 있는데, 〈36장본〉의 상한선은 1794년이고 하한선은 1859년이다.[45] 용문전 〈36장본〉의 각자체가 주는 느낌은 임경업전을 처음 간행할 때 사용한 각자체와 보각할 때 사용한 각자체의 중간쯤에 위치하는 각자체라는 느낌을 주지지만, 용문전 〈36장본〉의 정확한 간행 시기를 알 수 없기에 더 이상의 논의는 멈추기로 한다.

여기에서는 용문전 〈25장본〉이 보여주는 글자의 배열 형태, 곧 활자본과 유사한 배열 형태에 주목할 필요가 있다.46) 대부분의 방각소설들은 매행의 글자수가 일정하지 않은 모습(字數不定)을 보이는 것이 일반적이다.47) 이에 비해 용문전 〈25장본〉은 매행 일정자(여기에서는 매행25자)의 모습을 보이고 있다.48)

용문전 〈25장본〉에 사용한 각자체 역시 좌저우고 곧 우견상향형에서 완전히 벗어나지는 못하고 있다. 그러나 여타의 방각소설에 사용한 각자체와 비교한다면 좌우평견형에 가까운 각자체라고 하겠다. 또한

---

45) 이창헌, 경판방각소설 판본 연구, 태학사, 2000, 206-220면 및 538면.

46) 용문전 〈25장본〉에는 두 종류가 있다. 예시한 자료는 간기가 있는 〈25장본〉이며, 이는 간기가 없는 〈25장본〉과 번각관계에 있다. 원본을 확인하지 못하였기에 정확한 것을 말하기는 힘들지만, 지금까지 검토한 결과에 따르면 간기가 없는 〈25장본〉이 선행하고 이를 번각한 것이 간기가 있는 〈25장본〉이라 하겠다.

47) 그 이유를 한글의 모아쓰기 방식이 갖는 'ㅣ'모음 계열과 'ㅡ'모음 계열의 변별성을 높이려는 의지, 그리고 세로쓰기라는 선조적 진행 방향과 관련하여 앞서 설명한 바 있다.

48) 이와 유사한 현상을 진대방전에 첨부된 내훈제사 및 내훈, 그리고 홍길동전 〈24장본〉의 제1장 및 제2장에서 살필 수 있다. 그러나 홍길동전 제1장 및 제2장은 필흔을 간직하고 있다는 점에서 용문전과는 다르다. 그러나 홍길동전 역시 이 부분에 있어서만큼은 한 군데의 예외는 있으나 자수일정자(반엽 14행 매행 20자)를 의식한 형태를 보여주고 있다. 그러나 용문전 〈25장본〉처럼 가로 세로가 일정한 간격을 유지하고 있지는 아니하다. 홍길동전 〈24장본〉의 경우, 제3장부터는 각자체라는 점에 있어서는 제1장 및 제2장과 유사한 모습을 제20장까지 유지하고는 있지만 이미 자수일정자를 포기하고 판면을 구성한 것을 알 수 있다.

특이한 점은 받침으로 쓴 'ㄹ'을 흘림체로 처리하지 않고 있다는 점이며, 이점에 있어서 후대에 간행된 초기 활판본의 자체와 유사한 느낌을 준다 하겠다.

이는 결국 19세기 중반기에 이미 필흔을 많이 가진 각자체를 지향하는 흐름뿐만 아니라 활자본처럼 필흔을 전혀 남기지 않는 각자체를 지향하는 흐름이 동시에 존재하고 있었다는 것을 보여준다. 그러나 이들과 달리 방각소설의 주류를 차지하는 각자체는 오히려 일정한 정도의 필흔을 남기면서 하나 하나의 글자를 구분하여 쓰려는 의식이 강한 각자체이며, 이것이 가장 보편적인 각자체로 사용되었음을 부정할 수는 없다. 오히려 위에서 언급한 두 경우는 차라리 예외적인 경우라고 보는 것이 타당한 것으로 보인다.

용문전이 보여준 것처럼, 받침 'ㄹ'의 형태를 흘림체가 아닌 정자체로 처리하는 모습은 이전의 자료에서도 종종 나타나는 것이었다. 그러나 용문전처럼 이를 분명하게 인식하여 사용한 적은 없었던 것으로 보인다. 이처럼 'ㄹ'을 흘림체로 쓰지 않으려는 노력은 1860년에 간행한 숙영낭자전에서도 나타난다. 숙영낭자전에서도 종종 흘림체로 쓴 'ㄹ'이 나타나고는 있으나 대부분의 경우 받침 'ㄹ'을 흘림체가 아닌 정자체로 쓰려는 노력이 나타난다는 점에 주목할 필요가 있다. 이는 곧 글자들을 연서하거나 글자 안에서 획들을 연획하는 것보다 이들 획이나 자들을 구분하여 쓰는 것이 중요하다는 것을 인식하기 때문에 나타난 현상이라 하겠다. 이러한 모습은 곧 판각 작업의 편의성보다 독자의 가독성을 높이는 것이 더 중요하다는 것을 인식한 방각업자의 노력을 보여주는 부분이라 하겠다.

3) 19세기 말엽의 각자체

이러한 변화는 결국 필흔을 가능한 한 적게 남기면서 글자 하나 하나를 구분하여 새기고, 우견상향형의 형태보다는 좌우평견형의 형태로 새기는 것이 바람직한 각자체라는 인식이 성장하고 있음을 보여준다 하겠다. 이를 잘 보여주는 것이 1887년에 간행한 임장군전과 1890년에 간행한 임장군전이다. 물론 이들이 완전한 좌우평견형의 각자체를 취한 것은 아니다. 여전히 우견상향형의 모습을 간직하고는 있으나 연획이나 연자의 빈도가 현격하게 줄었다는 것은 분명하다. 물론 여기에는 근대식 연활자(예수교 성경활자나 박문국 연활자 등)의 도입으로 인한 영향을 무시할 수는 없다. 근대식 연활자의 도입과 이를 통한 새로운 서체의 보급은 결국 방각소설의 서체에도 영향을 미칠 수밖에 없다. 이를 극명하게 보여주는 것이 임진록에 사용한 각자체이다. 1894년에 간행한 임진록 권지삼을 보면, 글자와 획을 구분하여 새기려고 한 것을 볼 수 있다. 특히 'ㅎ' 계열의 글자 형태를 보면 이전과는 달리 흘림체가 아닌 정자체로 나타나고 있으며, 또한 각자체의 모양도 우견상향형이 아닌 좌우평견형의 모양을 취하고 있음을 알 수 있다. 임진록 권지삼에 앞선 간행된 임진록 권지상이나 임진록 권지이의 경우도 크게 다르지 아니하다. 권지상보다는 권지이가, 권지이보다는 권지삼이 좌우평견형의 각자체에 접근하고 있으며, 글자나 획 또한 이를 더 구분하여 새겼다는 것을 볼 수 있다.

이러한 노력은 결국 가독성을 높이려는 작업이며, 아울러 당대의 이상적인 서체로 어떤 서체를 지향하고 있었는지를 암시해 주는 부분이기도 하다. 흘림체보다는 정자체를 기본적인 각자체로 선택하는 것은 결국, 한 면에 들어가는 글자수를 더 많게 한다고 하여 이전의 각자체처럼 가독성에 문제를 가져오지는 아니한다는 점에서, 바람직한 것으로 보인다.

마지막으로 검토해야 할 자료는 1905년에 간행한 정수정전이다. 이는 20세기에 접어들어서도 새로운 소설을 방각하고 있었다는 것을 보여주는 자료이다. 여기에서 특히 주목할 것은 비록 좌우평견체에 가까운 형태의 각자체를 사용하고 있음에도 불구하고 여전히 'ㅎ'계열의 각자체로 이전의 홀림체를 사용하고 있다는 점이다. 이는 앞서 임진록이 보여준 'ㅎ'계열과는 달리 이전의 홀림체 'ㅎ'계열을 그대로 사용하고 있다는 것을 보여준다. 이처럼 과거의 각자체가 여전히 유효성을 지니고 있다는 것은 그만큼 서체의 변화 그리고 각자체의 변화가 더디다는 것을 보여주며, 한 시대에 여러 종류의 서체가 항상 공존할 수 있었다는 것을 보여준다. 근대식 활판 인쇄술이 보편화된 1920년대에도 여전히 한남서림[49]을 비롯한 여러 서점에서 방각소설을 인출하여 판매할 수 있었다는 것은, 이들 방각소설의 각자체가 단순히 호고적인 취미를 가진 사람들에 의해 당대에 수용된 각자체가 결코 아니며, 이들 각자체에 익숙한 독자들이 여전히 상존하였다는 것을 보여주는 것이라 하겠다.

이러한 점들을 고려한다면, 새로운 서체가 등장하였다 하여 기존의 서체가 완전히 사라지는 것도 아니며, 새로운 서체가 등장하여 주류를 차지하기까지는 우리가 생각하는 것보다 더 많은 시간을 필요로 한다는 것을 보여준다 하겠다.

끝으로 방각소설에 사용한 각자체는 비록 아니지만 방각소설이 활발하게 간행되던 19세기 중엽의 서체를 이해하는 데 도움이 되리라는

---

49) 李昶憲, 한남서림 간행 경판방각소설 연구, 韓國文化 21, 1998.

판단에서 "태상감응편도설언해"(太上感應篇圖說諺解:1852년)의 각자체
와 비교하여 설명한다.[50] 이는 앞부분에 한문 원문을 수록하고 이어서
한글로 언해하는 형식으로 계속되는 서책으로, 활자본이 아닌 목판본
이다. 이 중에서 한글로 언해한 부분만을 살펴보면 방각소설처럼 필흔
을 함께 새기고 있음을 알 수 있다. 또한 한자(漢字)를 수록한 부분에
서는 매행 22자라는 형식을 고수함에 비하여 한글을 수록한 부분에서
는 매행 17자내외라는 형식을 취하고 있다. 17자를 기본으로 하면서
어떤 때에는 16자를 한 행에 수록하고 어떤 때에는 18자를 한 행에 수
록하고 있다는 점에서 일정한 크기의 한글 각자체라는 형식을 깨뜨린
것이라는 점에서 큰 의미를 지닌다. 더군다나 한자는 매행 22자의 크
기로 사용하고 있음에 비하여 한글은 매행 17자내외로 사용하고 있다
는 점에서 본다면, 한자와 한글의 크기에 있어서 일대일 대응이라는
격식도 깨뜨린 것이라는 점에 주목할 필요가 있다.

특히 필흔을 함께 새기는 한글 각자체라는 점에서 본다면, 한글을
판각함에 있어서 필흔을 함께 새기는 현상이 유독 방각소설에만 한정
된 현상이 아니라는 것을 짐작하게 한다. 오히려 이는 19세기 중엽에
필흔을 함께 새기는 각자체가 당대의 주류를 형성한 각자체가 아니었
나 하는 추측까지를 가능하게 하는 자료라는 점에서 이와 유사한 자료
들을 계속 찾아내고 검토하는 작업이 필요하다 하겠다.

---

50) 洪允杓, 國語史 文獻資料 研究(近代篇 Ⅰ), 太學社, 1993, 421-438면.

8. 새로운 문화의 등장 : 세로쓰기에서 가로쓰기로의 변화

위에서 언급한 한글의 사용 방식과 서체는 모두 세로쓰기라는 일정한 양상을 보인다. 또한 글을 쓰기 위한 도구에 있어서 그 기본을 이루는 것은 붓(筆)과 종이라고 하겠다.

한글이 인위적으로 창제되기 이전에 사용하였던 보편적인 기록은 한자(漢字)로 쓰기였으며, 그것도 세로쓰기라 하겠다. 한자는 기본적으로 정방형의 서체이다. 물론 시대적 변화에 따라 장방형의 서체가 나타나 사용되기도 하였다.

이러한 상황 속에서 새로운 문자인 한글을 만드는 일은, 궁극적으로는 새로운 문자로 모든 것을 기록하는 것이라 하더라도, 일정한 부분에 있어서는 여전히 한자와의 공존을 염두에 두고 이루어져야 하는 작업이다. 이것이 바로 한글의 외형적 형태를 한자와 같은 정방형의 서체를 취하도록 하는 근본적인 제약이었다. 한자가 주(主)가 되고 한글이 종(從)이 되는 문자 사용 방식을 취하건, 혹은 한글이 주(主)가 되고 한자가 종(從)이 되는 문자 사용 방식을 취하건, 어느 경우에나 한글은 한자와의 조화를 이루어야 한다는 대원칙이 자리잡게 되었다. 따라서 한자와 한글을 인행하기 위해서 활자를 만들고, 이를 통해서 서책을 조판하고 인행한다 하더라도, 어느 경우에나 한글 활자가 지닐 수 있는 서체의 외형적 형태는 한자 활자가 지니는 서체의 외형적 형태에 전적으로 의존할 수밖에 없었다.

이렇게 제한된 범위 안에서 만들어진 한글 활자를 이용하여 순수한 한글 서책을 인행한다 하더라도 서체라는 측면에 있어서 이는 한자 서책의 인행과 크게 다를 바가 없다 하겠다.

이러한 제약 특히 장방형 서체라는 제약으로부터 벗어나기 시작한 것이 바로 한글로만 글쓰기라는 작업이다. 물론 이러한 방식으로 국가가 공식적인 글쓰기를 한 경우(그것도 일정한 부분에 있어서만)는 20세기 후반에 접어들어서이다.

한글로만 글쓰기라는 작업은 결국 공적인 영역이 아닌 사적인 영역에서 이루어졌다. 이를 대표하는 것이 언간(편지) 쓰기라고 하겠으며, 이것 역시 세로쓰기 작업이다. 그러나 이는 출판할 수 있는 성질의 것이 아니었다(물론 표준이 될 수 있는 언간을 출판한 경우는 있다). 세로쓰기를 붓으로 한다는 것은 붓이 지니고 있는 특성인 필흔을 어떻게 할 것인가 하는 문제를 남긴다. 따라서 한자와 같이 쓰는 한글이라는 인본의 경향성을 따르면, 필흔이 없는 정서한 한글 언간이 되어야 한다. 이를 잘 보여주는 것이 숙종의 언간이다. 그러나 이는 서사의 속도라는 점에서 많은 결점을 가지고 있다. 이를 보완하는 방식이 곧 필흔을 그대로 노출하는 한글 쓰기이다. 이를 잘 보여주는 것이 인현왕후나 인선왕후의 언간이다. 그러나 한글은 모아쓰기라는 형식을 취하기 때문에 'ㅡ'모음 계열의 글자를 쓸 때에는 글자의 가독성에 문제가 생길 수 있다. 이러한 가독성의 문제를 해결하는 방식이 바로 정방형의 한글 서체 대신에 장방형의 한글 서체를 등장하게 하였다. 이에 이르러서야 비로소 한글 서체는 한자 서체로부터 독립하여 스스로의 서체를 형성해 갈 수 있었다 하겠다. 그러나 이것은 여전히 쓰기 문화라는 한계 안에서만 이루어진 현상이다. 쓰기 문화라는 한계를 극복하며 이를 인쇄 문화라는 영역에까지 확대시킨 것이 바로 방각본의 한글 서체이다.

방각본의 한글 서체가 모두 장방형의 서체로만 이루어진 것은 물론 아니다. 경우에 따라서는 정방형의 서체로 이루어진 방각소설(앞서 검토한 용문전이 대표적인 경우이다)도 남아 있다. 그러나 이는 앞서 언급한 한글로만 쓰기 문화를 거부한 것이라기보다는 이전에 인쇄된 활자본이 지니고 있었던 전통 곧 활자인쇄본의 전통에 충실하고자 한 결과 나타난 예외적인 현상일 뿐이다.

방각본의 한글 서체는 또한 각수가 판목을 가공하는 과정에서의 편의성을 고려한 서체이다. 서체가 지닌 미적인 특성을 추구하여 지극히 아름다운 서체로의 발달을 생각할 수 있으나 한글로 쓰기라는 점에서는 이것이 가능하겠지만, 한글로 인쇄하기라는 점에서 곧 상품으로서 소설을 생산한다는 점에서 이를 선택한다는 것은 어려운 일이다. 오히려 각수의 판각 작업에 용이한 서체로서 간결성이 구비된 서체라는 요소를 만족시켜야 하였다.

또한 상품인 소설책을 구매하는 소비자 곧 독자의 서체에 대한 선호도를 고려해야만 하였다. 이는 곧 가독성의 문제와도 연결되는데, 방각업자의 입장에서는 인쇄할 한 면에 많은 분량의 내용을 수록함으로써 인행하는 데 가장 큰 비중을 차지하는 종이값을 절약하여 생산단가를 낮출 수 있다 하겠다. 그러나 그 결과 독자의 가독성에 문제가 발생한다면 이는 문제가 아닐 수 없다. 이 점에서 본다면 방각소설의 글자 크기의 조절이라는 문제가 남아 있다. 이는 앞으로 검토되어야 할 사항이다.

따라서 방각소설의 서체는, 앞서 언급한 한글만을 사용한 쓰기 문화로부터 한글만을 사용한 인쇄 문화로의 전환이라는 점에서 가장 큰 의미가 있다 하겠다.

그러나 세월은 바뀌어 새로운 문화 곧 가로쓰기가 등장하여 세로쓰기를 대신하고 있다.

가로쓰기는 결국 서체에 있어서 세로의 크기 곧 글자의 높이에 제한을 둘 수밖에 없다. 세로쓰기에서는 주로 글자의 가로의 크기 곧 글자의 폭이 제한을 받고 높이에 있어서는 큰 제한이 없는 경우라 하겠는데, 이 점에서 본다면 세로쓰기는 결국 'ㅡ'모음 계열의 글자에 변별력을 높일 수 있었다는 장점을 지닌 방식이었다고 하겠다.

그러나 가로쓰기가 보편화되면서 글자의 폭에는 큰 제한이 없는 반면에 글자의 높이에는 제한을 둘 수밖에 없다. 글자의 폭을 확대할 수 있다는 것은 'ㅣ'모음 계열의 변별력을 높이는 데에 어떠한 도움도 되지 아니한다. 즉 불필요한 자유로움이라고 하겠다. 오히려 필요한 것은 세로폭의 확대에 의한 'ㅡ'모음 계열의 변별력을 높이는 방법이 있어야 하는데, 이점에 있어서 가로쓰기는 치명적인 약점을 지닌 선조적 진행 방향이라 하겠다. 그러나 이를 극복하는 방법은 있다. 정방형의 서체를 버리고 장방형의 서체를 선택하는 것이 어찌 보면 대안이 될 수 있다 하겠다.

오늘날 우리가 접하는 새로운 기계문명은 장방형의 서체를 사용함에 큰 어려움이 없다는 것을 보여준다. 다만 이러한 장방형의 서체에 얼마나 빨리 익숙해질 수 있는가 하는 것만이 문제가 될 뿐이다.

이야기책의 표기형식과 유통방식

1. 서론: 이야기와 이야기책

소설을 창작하는 이를 작가라 하고 소설을 읽는 이를 독자라 한다면, 작가는 스스로 의식하든 않든 자신의 소설을 읽어줄 독자가 있기를 기대하며 소설을 창작한다. 그러나 작가와 독자는 직접 대면하는 것이 아니다. 작가는 어떤 매체나 경로를 통하여 독자와 대면할 수밖에 없다. 이때 어떤 매체나 경로를 통하여 작가와 독자가 만날 수 있는가 하는 문제는 주로 소설의 표기형식과 유통방식이라는 틀로 나타난다.

소설의 표기형식이 문제가 되는 것은 소설이 이야기와는 다르기 때문이다. 구비적 속성을 강하게 지닌 이야기는, 작가와 독자의 관계가 아닌, 화자와 청자라는 직접적인 관계를 갖는 데 비하여, 소설은 기록된 것이라는 점에서 작가와 독자 사이의 매개물인 소설책을 통해 간접적으로 만날 수밖에 없다. 매개물이 필요하다는 점 때문에 우리는 소설의 표기형식과 유통방식에 대한 관심을 가질 필요가 있다.

2. 이야기책의 표기형식 : 기사된 문자에 따른 분류

일반적으로 소설은 문자로 기록된 형식을 취한다. 그러나 우리의 경우, 소설을 문자로 기록함에 있어서 어떠한 문자로 기록하고 있는가 하는 점이 문제가 된다. 이는 우리말을 표기하는 문자체계 곧 표기형식이 한글과 한자라는 이중적 형식과 국문과 한문이라는 이중적 형식으로 중첩되어 나타나고 있기 때문이다.

소설의 표기형식을 살피는 것은 소설을 살피는 것이 아니라 그것의 구체적인 기록 형태 곧 소설책의 표기형식을 살피는 일이다. 소설책을 구분하는 방식에는 여러 가지가 있겠으나, 이중에서 먼저 어떠한 문자 체계 곧 표기수단이나 표기형식을 사용하고 있는가에 따라 이를 구분하게 된다. 과거의 문자 생활은 한문을 중심으로 한 문자 생활과 국문을 중심으로 한 문자 생활이 모두 가능하였기 때문에, 기록한다는 것은 한문 또는 국문으로 기록하는 일이며, 또한 한자 또는 한글로 기록하는 일이었다.

따라서 어떤 문자로 표기하였는가에 따라 곧 표기형식에 따라 소설책을 구분하면, 한글로 표기한 소설책(한글본 또는 국문본), 한자로 표기한 소설책(한문본), 한글과 한자로 표기한 소설책이라는 구분이 가능하다. 특히 한글과 한자를 함께 사용하여 표기한 소설책은 다시 셋으로 구분할 수 있는데, 한글과 한자를 혼용한 소설책(국한문혼용본), 한글과 한자를 병행하여 표기한 소설책(국한문병용본), 한자를 주로 사용하고 한글을 종으로 사용한 소설책(한문현토본)으로 나누어 볼 수 있다. 특히 한자를 주로 사용하고 한글을 종으로 사용한 소설은 한문본과 같지만 구결(토)에 해당하는 부분에 한글을 사용한 소설이다. 국한문병용본 한

문헌토본 등은 주로 구활자본 소설에서만 나타나는 것으로 보인다.

먼저 한글본인 [자료1]을 보기로 하자. 이는 순전히 한글만을 사용하여 기록한 소설이다. 이처럼 소설을 기록할 때 한글만을 사용하여 만들어진 소설책을 한글본이라고 하는데, 고전소설 대부분, 특히 장편소설 대부분은 모두 이에 속한다. 처음 작자가 작품을 창작할 때 한글로 표기하는 것이 보편적인 것으로 보이며, 경우에 따라서는 한문본 등을 번역하여 한글본으로 전사한 경우도 있는데 이를 한글번역본이라고 한다. 예를 들어 심능숙이 창작한 옥수기는 처음에 한문본으로 기록되었으나 뒤에 이를 한글본으로 번역한 것이 한글번역본의 예라 하겠다.

[자료 1]

다음은 한문본(漢文本)인 [자료2]를 보기로 하자. 이는 순전히 한자만을 사용하여 한문의 어법에 따라 기록한 소설이다. 처음 작자가 작품을 창작할 때 한문으로 쓰는 것이 일반적인 것으로 보이며, 경우에 따라서는 한글본 등을 번역하여 한문본으로 전사한 경우도 있으니 이를 한문번역본이라고 한다. 예를 들어 김만중이 한글본으로 창작한 사씨남정기를 뒤에 김춘택이 한문본으로 번역한 것이 한문번역본의 예라 하겠다.

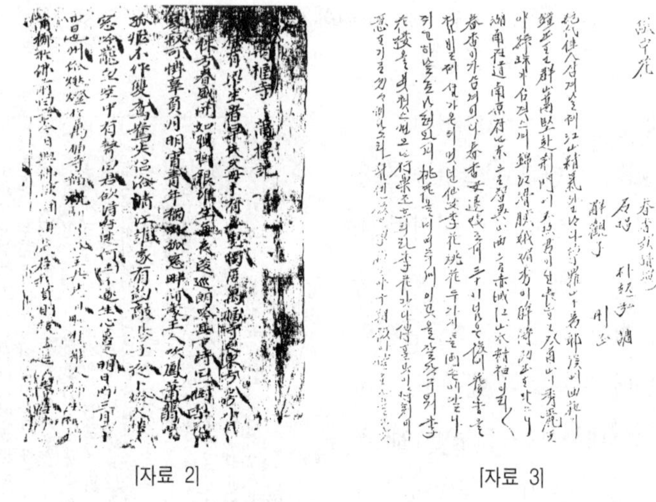

[자료 2]   [자료 3]

　[자료3]은 국한문혼용본(國漢文混用本)으로 한글과 한자를 혼용하여 표기한 소설책이다. 처음에는 한글본이었으나, 의미전달을 명확히 하려고 한자어에 해당하는 어휘를 한자로 바꾸어 표기한 것으로 보이지만, 처음부터 국한문혼용본으로 기록될 가능성도 있다. 국한문혼용본은 판본이나 구활자본 등에서는 보이지 아니하고 필사본 중에서 이러한 예를 확인할 수 있으나 매우 드물다. (김광순소장 필사본 한국고소설전집 전 50권에 수록된 작품 중, 국한문혼용본은 28권에 수록된 임진록 하나뿐이라는 점에서 그 희소성을 확인할 수 있다)

　다음에 제시하는 [자료4]는 한글과 한자를 같이 표기한 것으로 국한문병용본(國漢文幷用本)이다. 이는 세 가지로 구분할 수 있으나, 실제 확인되는 것은 두 가지뿐이다. 첫째는 한글이 본문에 주문으로 표기되고 이에 해당하는 한자가 본문과는 독립되어 별행으로 표기된 경우이다. 둘째는 이와 반대로 한자가 본문에 주문으로 표기되고 이에 해당

하는 한글이 본문과는 독립되어 별행으로 표기된 경우이나, 아직까지
이러한 자료를 확인할 수 없었다. 셋째는 한글이 본문에 주문으로 표
기되고, 이에 해당하는 한자가 본문에 병행하여 표기되는 것이 아니라,
본문과 같은 행에 괄호를 사용하거나 괄호의 사용 없이 함께 표기한
경우이다([자료5] 참조).

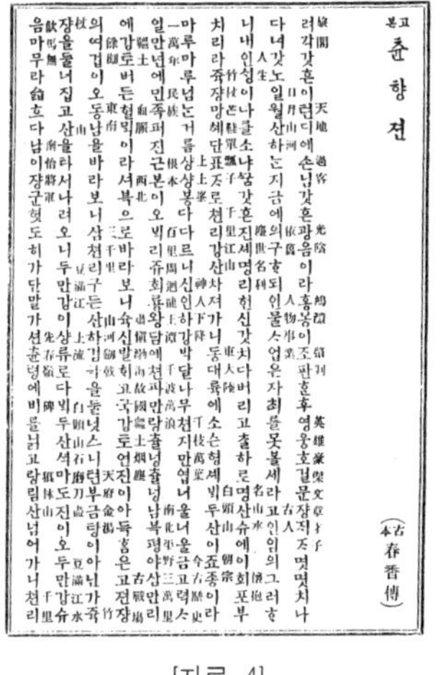

[자료 4]

[그림 5]

이는 첫째 경우와 같은 것이지만 한자를 병행으로 처리하게 됨에 따
라 나타나는 편집상의 불편함과 낭비를 줄이기 위하여 나타난 것으로
첫째보다는 나중에 나타난 편집 방식으로 보인다. 국한문병용본은 모
두 한글본이 저본의 역할을 하고 여기에 그 의미를 명확히 하기 위해
서 한자를 삽입하여 편집한 것이며, 구활자본에서 쉽게 확인할 수 있
다. 〈무쌍 츈향전〉같은 경우에는 본문에서 한자를 먼저 쓰고 한글을
표기한 경우도 있다.

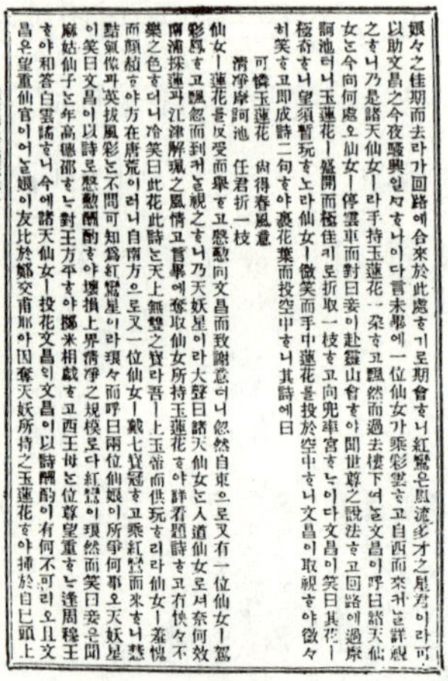
娥々之佳期而去라가回路에合來於此處ᄒᆞ기로期會ᄒᆞ니紅鸞은風流多才之星君이라可
以助文昌之今夜騷興일새ᄒᆞ니이다言未畢에一位仙女가乘彩雲ᄒᆞ고自西而來커ᄂᆞᆯ詳視
之ᄒᆞ니乃是諸天仙女ㅣ라手持玉蓮花一朶ᄒᆞ고飄然而過去樓下여ᄂᆞᆯ文昌이呼曰諸天仙
女ᄂᆞᆫ今向何處오仙女ㅣ停雲車而對曰妾이赴靈山會ᄒᆞ야聞世尊之說法ᄒᆞ고回路에過摩
訶池러니玉蓮花ㅣ盛開而極佳키로折取一枝ᄒᆞ고向兜率宮ᄒᆞᄂᆞ이다文昌이笑曰其花ㅣ
極奇ᄒᆞ니望須暫玩ᄒᆞ노라仙女ㅣ微笑而手中蓮花를投於空中ᄒᆞ니文昌이取視ᄒᆞ야微々
히笑ᄒᆞ고即成詩二句ᄒᆞ야裹花葉而投空中ᄒᆞ니其詩에曰
可憐玉蓮花　尙得春風意
淸淨摩訶池　任君折一枝
仙女ㅣ蓮花를反受而畢ᄒᆞ고懇懃向文昌而致謝意러니忽然自東으로又有一位仙女ㅣ駕
彩鳳ᄒᆞ고飄忽而到커ᄂᆞᆯ視之ᄒᆞ니乃天妖星이라大聲曰諸天仙女ᄂᆞᆫ入道仙女로셔奈何效
南浦採蓮과江津解珮之風情고言畢에奪取仙女所持玉蓮花ᄒᆞ야詳看題詩ᄒᆞ고有快々不
樂之色ᄒᆞ더니冷笑曰此花此詩ᄂᆞᆫ天上無雙之寶라吾ㅣ上玉帝而供玩ᄒᆞ리라仙女ㅣ羞愧
而頹赧ᄒᆞ야方在唐荒이러니自南方으로又一位仙女ㅣ戴七寶冠ᄒᆞ고乘紅鸞而來ᄒᆞ니慧
黠氣像과英拔風彩ᄂᆞᆫ不問可知爲紅鸞星이라瑱々而呼曰兩位仙娥이所爭何事오天妖星
이笑曰文昌이以詩로懇懃酬酌ᄒᆞ야壞損上界淸淨之規模로다紅鸞이瑱然而笑曰妾은聞
麻姑仙子ᄂᆞᆫ年高德邵ᄒᆞᄂᆞᆫ對王方平ᄒᆞ야擲米相戱ᄒᆞ고西王母ᄂᆞᆫ位尊望重ᄒᆞᄂᆞᆫ逢周穆王
ᄒᆞ야和荅白雲謠ᄒᆞ니今에諸天仙女ㅣ投花文昌의文昌이以詩酬酌이有何不可리오且文
昌은望重仙官이어ᄂᆞᆯ娥이友比於鄰交甫耶아因奪天妖所持之玉蓮花ᄒᆞ야揷於自已頭上
原本懸吐玉樓夢卷一

[자료 6]

다음은 한문현토본(漢文懸吐本)인 [자료6]을 보기로 하자. 일단 여기에 사용한 한글 부분을 제외하고 작품을 읽는다면 한자로 기록한 한문본이라 해야 할 것이다. 한문본의 해독을 쉽게 하기 위해서 토를 단 것이 바로 한문현토본이다. 그러나 경우에 따라서는 한문의 어법과 달리 국문의 어법에 따라서 순서를 조금씩 바꾼 경우도 이따금 보인다.

결국 표기형식이라는 점에서 본다면 이는 크게 한글본과 한문본으로 나누는 것이 바람직하며, 국한문혼용본과 국한문병용본은 한글본의 이해를 명확하게 하려고 한자를 사용한 것일 뿐이며, 한문현토본은 원래 한문본이었던 작품에다가 한문 문장의 독법을 명확하고 쉽게 하기 위해서 한글로 토를 단 한문본이라 하겠다. 따라서 작가가 소설을 창작함에 있어서는 이를 한글로 표기할 것인가 한문으로 표기할 것인가 하는 것만이 문제가 되며, 한글로 표기하더라도 이중에 한자어에 해당하는 부분을 한자로 표기할 것인지 등의 문제는 전승 유통되는 단계에서 나타나는 문제라 하겠다. 또한 한문으로 창작하는 경우에도 여기에 현토를 할 것인가 말 것인가 하는 점 역시 전승 유통되는 단계에서 나타나는 문제라 하겠다.

3. 이야기책의 제작방식 : 인쇄수단에 따른 분류

문자라는 매체를 중심으로 한 문학적 행위의 구체적인 실현은 문자로 기록하는 일이었다. 이때 문자를 기록하는 방법이 무엇인가에 따라 서책을 다음과 같이 구분한다. 목필(木筆) 도필(刀筆) 모필(毛筆) 등과 같은 붓으로 직접 쓴 책본(冊本)을 사본(寫本)이라고 하고, 각판(刻板) 주자(鑄字) 목자(木字) 도자(陶字) 등사(謄寫) 영인(景印)을 통해 나온 책본을 인본(印本)이라고 한다. 또한 오늘날에 있어서는 디지털 문화의 발달로 말미암아 새로운 형태의 서적인 전자책 또는 전본(電本)이 나오기도 한다.

고전소설의 경우, 이를 책으로 제작함에 있어서 손으로 직접 쓴 것인가 아니면 인쇄라는 복제방식을 사용한 것인가에 따라서 크게 사본(寫本)과 인본(印本)으로 구분한다. 사본을 지칭하는 명칭에는 여러 가지가 있는데, 이를 제작하는 데 붓을 필기구로 사용하기 때문에 이를 흔히 필사본(筆寫本)이라고 한다.

인본의 경우는 판목에 새겨서 인쇄를 하는 경우에 판본(板本) 또는 판각본(板刻本)이라 하고, 활자로 조판하여 인쇄한 경우에는 활자본(活字本) 또는 활판본(活版本)이라고 한다. 고전소설의 경우 판본은 주로 방각본(坊刻本)의 형식으로 이루어지며, 활자본은 서구의 활판인쇄술이 도입되면서 납활자를 사용하여 인쇄한 경우가 대부분이어서, 이 납활자를 이전에 사용했던 고활자나 지금 사용하고 있는 활자와 구분하기에 이를 구활자본(舊活字本)이라고도 한다.

주로 필사(筆寫)라는 가장 기본적인 수단에 의존한 필사본은, 저본(底本) 없이 만들어진 최초의 필사본(自筆稿本/手稿本/自稿本)을 제외

한다면, 저본과 꼭같은 형식으로 서사(이를 특별히 모사(模寫)라고 한다)
하는 경우와 저본의 내용만을 위주로 하고 저본의 외적인 형식을 무시
하여 서사하는 경우가 있는데, 대부분의 고전소설 필사본은 후자에 속
한다. 이러한 서사 과정에는 정신적 육체적 피로에 따라 본의 아닌 과
오를 범하게 될 뿐만 아니라 때로는 서사자 자신의 생각에 맞지 않는
원문이나 본문을 자의적으로 고치기도 한다. 이런 점에서 본다면 모든
필사본은 유일성(唯一性)을 갖는다고 할 수 있다. 필사본으로 전해지는
소설은 매우 다양한데, 매우 방대한 분량으로 궁중(宮中)이나 사대부가
(士大夫家)에서 호사적(好事的) 기호품으로 읽히던 대하소설류(大河小
說類)와 소위 양반댁 안방에서 주로 읽히던 사본소설류(寫本小說類) 등
이 중심을 이루고 있다. 뿐만 아니라 비교적 짧은 분량의 소설들 역시
전승과정에서 거듭 필사되는 모습을 보이기도 한다. 이렇게 전승되는
과정에서 나타나게 된 필사본을 전사본(轉寫本/傳寫本)이라고 한다. 저
본 없이 만들어진 최초의 필사본인 자필고본(自筆稿本)을 제외한다면
모든 필사본은 전사본(傳寫本)의 성격을 가지고 있으며, 특히 필사본을
저본으로 하여 만들어진 필사본을 전사본(轉寫本)이라고 한다.

사본과 달리 간본(刊本)은 인본(印本)의 형태를 취한다는 점에서 사
본(寫本)이 일반적으로 가지고 있는 정제성에 비하여 한층 엄격한 외
양적(外樣的) 정제성(整齊性)을 갖추어야만 하였다. 이 때문에 간본을
간행하기 위하여 만든 사본인 등재본(登梓本/板下本/板底本)은 정사(精
寫)된 사본(寫本)이어야만 하였다. 그러나 등재본은 판각작업 중에 없
어지기 때문에 판본을 통해서 그 흔적을 살필 수밖에 없다.

우리나라에서 간본으로 서책을 간행한 역사는 오래지만, 소설을 간
본의 형태로 출판한 것은 뒤늦게 나타난 현상이다. 물론 명종(明

宗:1546-1567) 때에 김시습의 금오신화를 간행한 것이나 중국소설인 전등신화를 구해하여 간행한 것 등이 있기는 하지만, 소설을 본격적으로 간행한 것은 18세기에 접어들어서 나타나는 현상으로 방각본으로 간행한 것이 대부분을 차지하고 있다. 서책을 방각하는 곳을 방각소(坊刻所)라고 하는데 오늘날의 출판사와 인쇄소의 기능을 함께 하는 곳이다. 이들 방각은 모두 영리를 목적으로 시중에서 간행된 서책이라는 점에서 사각(私刻)이라는 성격을 갖는다. 이와는 달리 국가기관에서 판각을 한 경우에 이를 관각(官刻)이라고 하는데, 우리나라 소설을 관각한 경우는 현재까지 확인되지 아니한다. 다만 명종조 때에 간행한 전등신화가 관각적인 요소를 어느 정도 가지고 있는 것으로 보이지만 관각이라고 하기에는 좀더 면밀한 고구가 필요하다. 따라서 각판(刻板)이라는 수단에 의존하여 생산된 인본을 대표하는 것이 오늘날 남아있는 방각소설이라 하겠으며, 방각소설류(坊刻小說類)는 인구의 대다수를 차지하는 서민의 요구에 따라 판각(板刻)된 소설이라고 할 수 있다.

활자로 조판하여 인쇄한 서책을 활자본(活字本)이라고 한다. 고전소설의 경우 인본은 주로 방각본이라는 판본(판각본)의 형식으로 이루어지며, 이전에 사용하던 고활자(금속활자, 목활자, 도활자 등등)로 소설을 인쇄한 경우를 찾을 수 없다. 소설을 활자본으로 인쇄한 것은 1912년 이후의 일이다. 19세기말 새로운 활판인쇄술이 도입되면서 납활자를 사용하여 서책을 인쇄한 경우를 볼 수 있는데, 이때 사용한 납활자와 지금 사용하고 있는 납활자를 구분하여 이를 구활자(舊活字)라고 한다. 새로운 인쇄기술의 도입이라는 기술의 변화를 통해 나타난 구활자본 계통의 소설은 이미 출판된 바 있는 방각본 계통의 소설뿐만 아니라 미처 출판되지 못하였던 필사본 계통의 일부 소설까지를 출판하는 모습을 보인다. 그러나 이는 새로운 기술의 도입에 따른 결과이지 원래부터 필사본 계통의 소설이나 방각본 계통의 소설이 가지고 있었던 기본적 성격에서 크게 벗어난 것은 아니라고 할 수 있다. 지금까지 확인된 바에 따르면 1912년부터 고전소설을 구활자본으로 간행한 것을 확인할 수 있다.

4. 이야기책의 유통방식

소비자인 독자가 소설을 접하는 경우를 살펴보면, 먼저 다른 사람이 가지고 있는 소설을 빌려서 보는 경우, 시장에서 판매되고 있는 소설을 구입하여서 보는 경우, 다른 사람이 구연하는 소설을 듣는 경우 등이 있다. 독자가 소설을 읽는가 아니면 소설을 듣는가 하는 문제는 독자의 문자 해독 능력과 관련되는 부분이며, 이에 따라 독자를 읽는 독자와 듣는 독자라고 구별할 수 있다.

또한 소비자인 독자가 소설을 접할 때, 독자는 일정한 비용을 부담함으로써 소설을 보거나 듣고, 이러한 비용 부담 없이 소설을 보거나 듣는다. 곧 비용의 부담 여부에 따라서 비상업적인 유통의 단계에 놓인 소설의 소비자로서 참여하는 독자와 상업적인 유통의 단계에 놓인 소설의 소비자로서 참여하는 독자라는 구별이 가능하다. 궁극적으로 상품으로서의 소설 유통이라는 단계로 접어든다는 점에서 본다면, 이는 상품 이전 단계로서의 소설 유통과 상품으로서의 소설 유통이라는 단계로 구분하는 것이 가능하다. 따라서 소설의 유통 방식은 크게 둘로 나누게 된다. 먼저 소설이 상품으로 취급되기 이전 단계의 유통 곧 독자의 직접적인 비용 지출이 없는 단계의 유통을 소설의 비상업적 유통이라 하고, 소설이 상품으로 취급되어 반드시 독자의 직접적인 비용 지출이 있어야만 하는 단계에 해당하는 유통을 소설의 상업적 유통이라 한다.

1) 이야기책의 비상업적 유통 : 차람 임사 서쾌

차람(借覽) : 소설의 비상업적 유통의 대표적인 경우로 차람(借覽)을 들 수 있다. 이는 다른 사람이 가지고 있는 소설을 개인적 필요에 따라 (이것이 단순한 호기심이건 혹은 학습이라는 동기에서 비롯된 것이건 간에) 개별적 접촉을 통해 비용을 지불하지 아니하고 소설을 빌려서 보는 것이다. 이때 빌려 주는 사람이 어떠한 과정을 거쳐서 이를 가지고 있게 되었는가 하는 점이 문제가 될 수 있다. 이것은 작가의 수고본(手稿本)일 수도 있으며, 여러 차례 거듭된 필사의 과정을 겪은 전사본(傳寫本/轉寫本)일 수도 있으며, 경우에 따라서는 인쇄된 판본(板本)일 수도 있고, 세책가에게 일정한 비용을 지불하고 빌려온 세책본(貰冊本)일 수도 있다.

그러나 이를 빌려서 보는 독자의 입장에서는 다른 사람이 가지고 있는 소설을 어떠한 대가도 지불하지 아니하고 빌려서 본다는 점에서 소설의 비상업적 유통의 한 방식이다. 소설의 상업적 유통이 이루어지기 전이라고 한다면 개인이 소장하고 있는 소설은 주로 필사본의 형태였을 것이며, 이를 소장하게 된 것은 소장자 스스로 창작하고 생산한 소설이거나 소장자 자신의 개인적 필요에 의하여 다른 소장자로부터 빌려서 이를 필사한 것이라고 하겠다. 이처럼 소설을 빌려서 보는 것은 다 읽고 난 후에 원래의 소장자에게 소설을 되돌려주는 것을 전제로 하고 있기에, 개인적 필요에 의하여 소설을 빌려 보는 방식은 제한된 범위 안에서만 유통이 이루어지는 것이다.

이때 다른 사람이 소장하고 있던 소설책을 빌려 보던 사람이 개인적 필요에 의하여 이를 다시 필사한다고 하면 동일한 내용을 담고 있는 또 한 권의 소설이 생산된다고 하겠다. 물론 이러한 필사 과정에는 의식적 또는 무의식적 변용이 이루어질 수밖에 없기에 온전히 동일한 내용을 담는다는 것은 불가능한 일일 수도 있다. 어찌되었거나 이 경우에 이루어지는 필사라는 방식에 의존한 소설의 생산은 생산 과정을 통하여 경제적 이윤을 실현하겠다는 목적을 수반하지 아니하기에 비상업적인 생산 과정으로 단순 생산이다. 이러한 현상을 소설의 창작 주체인 작가의 입장에서 본다면 자신이 창작한 소설의 차람 범위가 확대된다는 점에서 바람직한 것이라고 할 수 있다. 개인적 필요에 의한 차람과 개인적 필요에 의한 필사라는 양상은, 채수(蔡壽:1449-1515)가 지은 〈설공찬전(薛公贊傳)〉을 두고 일어난 거듭된 논란을 기록한 중종실록의 기사에서 잘 살필 수 있다.

임사(賃寫) : 소설의 상업적 유통의 직전 단계에 해당하는 것으로 임사(賃寫)라는 독특한 방식이 있다. 이는 일정한 삯을 받고 의뢰자가 필요로 하는 소설을 구하여 대신 필사하여 주는 것이며, 독자가 필요로 하는 소설을 구득하여 필사하여 준다는 점에서 일종의 주문 생산에 의한 유통이라고 할 수 있다. 일정한 비용을 지불해야 한다는 점에서 보면 세책가(貰冊家)에서 책을 빌려보는 것과 유사하지만 이미 필사되어 있는 소설을 빌려보는 것이 아니라 필요한 소설을 주문한다는 점에 있어서 그리고 필사한 소설을 읽고 나서 되돌려주는 것이 아니라 개인이 소장한다는 점에 있어서 세책가를 통한 소설의 유통과는 다른 것으로,

이는 세책가 출현의 직전 단계에 속한다.

서쾌(書儈) : 또한 소설이 개별적으로 매매되는 현상을 살필 수 있다. 서책의 매매를 전문적으로 담당하는 거간꾼인 서쾌(書儈)가 있어, 이들이 주로 취급하는 것은 몰락한 양반가 소장의 서책이 주된 대상이었다. 그러나 소설책의 매매는 사사로이 이루어진 것으로 보인다. 이러한 사실은 조태억의 모친인 윤씨가 분실한 책을 뒤에 다시 구하게 되었을 때 그 책의 습득과정을 설명하는 가운데 나타나는 '내 친족이 자기 마을에 사는 모씨로부터 매입'하였다는 기록을 통하여 추정할 수 있다.

결국 위에서 언급한 소설의 생산과 유통은 시장적 거래를 전제로 하지 아니한 상태에서 판각되거나 필사된 것들이며, 개인적 필요에 의하여 이의 유통이 이루어지는 것이다. 다만 상업적 유통의 전단계로 나타나는 임사(賃寫)라는 유통 방식은 다음에 언급할 세책가의 전단계로서 소설의 상업적 유통이 곧 나타날 수 있는 가능성을 보여주는 것이다.

2) 이야기의 구비적 유통 : 강담사 강독사 강창사

소설에 대한 다양한 욕구를 가지고 있었던 독자들은 비상업적 유통 방식으로 소설을 구득하여 읽는 데에 일정한 한계가 있을 수밖에 없었다. 따라서 이들의 소설에 대한 다양한 욕구는 일정한 대가를 지불하고 소설을 빌려서 보거나 소설을 구입하여 보게 하였다. 비용을 지불하고서라도 소설을 읽겠다는 독자층의 형성과 독자들이 지불하는 일정한 비용을 통하여 어느 정도 경제적 이익을 취할 수 있다는 매개층의 판단이 함께 이루어질 때 소설의 상업적 유통이 나타난다. 이러한 매개층의 대표적인 경우가 세책가와 방각업자들이다.

이때 이러한 비용을 지불할 수 있는 경제적 여건을 갖추지 못한 독자들, 곧 세책가에서 책을 빌릴 수 있는 경제적 여유를 갖추지 못했거나 방각소설을 구입할 수 있는 경제적 능력을 갖추지 못한 독자들은 소설의 구비적 유통 과정에 참여하거나 여전히 비상업적 유통 방식에 의존하여 소설을 수용하고 있었다 하겠다.

소설의 상업적 유통 가운데 구비적 유통은 주로 전문적인 이야기꾼인 강담사(講談師)·강창사(講唱師)·강독사(講讀師)에 의하여 이루어졌다.

강담사(講談師)는 '이야기 주머니', '이야기꾼', '이야기 보따리'라고도 불리우는 사람들로 가장 일반적인 형태의 '이야기꾼'을 지칭한다. '고담을 잘 하기로 유명하여 재상가의 집에 두루 드나들었다'던 오물음(吳物音), '인정 물태를 묘사함에 당해서 곡진하고 섬세하기 이를 데 없었다'는 김중진(金仲眞), '이야기의 실마리를 잡아 살을 붙이고 양념을 치며 착착 자유자재로 끌고가는 재간이 참으로 귀신이 돕는 듯'하다는 이야기주머니(說囊) 김옹(金翁), 박지원이 지은 "민옹전(閔翁傳)"의 주인공 민옹(閔翁) 등이 이러한 직업적 강담사에 해당한다.

강창사(講唱師)는 강담사보다 전문적이고 직업적인 예능인으로 이야기를 창(唱)으로 구연하는 판소리 광대가 대표적인 예이다. 물론 판소리는 창(唱)과 아니리(白)가 교체되는 방식이기에 중간 중간에 아니리라고 하는 강담조가 들어가기는 하지만 창이 주가 되고 있다는 점에서 판소리 광대는 강창사라 하겠다.

강독사(講讀師)는 소설을 청중에게 낭독하는 일을 직업으로 삼은 이들이다. 이들이 손에 책을 들었다고 해서 그 책을 그대로 읽는 것은 아니었다. 가령 박지원이 열하일기에서 '글자 모르는 까막눈이언만 외기는 익어서 입이 미끄럽게 내려간다. 이것은 꼭 우리나라 네거리에서 임장군전(林將軍傳)을 외는 것 같다'라고 언급하고 있는 바와 같이 손에는 수호전(水滸傳)을 들고서 입으로는 서상기(西廂記)를 구송하는 것과 같은 양상이 이를 잘 보여준다. 이러한 강독사로는 요전법(邀錢法)이라는 방법으로 정기적인 흥행을 지속한 전기수(傳奇叟), 서리 부부를 패트런으로 삼았던 이업복(李業福), 빈곤을 타개하기 위해 소설을 잘 읽는 재능으로 재상가에 출입하였던 이자상(李子常), 여성의 복색을 입고 규방에 출입하면서 소설을 읽어주기도 하다가 간음으로 인하여 장붕익(張鵬翼)에 의하여 죽음에 이른 낭독자, 요로원야화기에서 언급하고 있는 금곡(金谷)의 김호주(金戶主), 마을 사람들에게 소설을 읽어주고 소설책을 팔기도 했다던 책장수 등이 이에 해당한다 하겠다.

3) 이야기책의 상업적 유통 : 세책가·방각소설

소설의 상업적 유통 가운데 문헌을 중심으로 한 유통의 방식은 세책가(貰冊家)에 의한 유통과 방각소설(坊刻小說)의 간행을 통한 유통으로 나누어 살필 수 있다.

세책가(貰冊家) : 세책가에 대한 단편적인 기록과 세책본 말미의 필사기(筆寫記)를 통하여 이들의 영업방식과 활동시기 및 활동범위 등을 알 수 있다. 먼저 세책가의 주인은 생계가 막연한 가난한 선비들로 호구지책으로 이러한 일을 하였으며 비교적 청빈한 생활양상의 하나로 인정되었다. 이들이 주로 취급하는 서적은 장편소설뿐만 아니라 단편소설, 창가책과 같은 것들이며 복본도 구비하고 있었다. 그리고 필사본뿐만 아니라 인본도 취급한 것을 알 수 있다. 책을 주로 빌려보는 이들은 여성 독자들로서 친정 나들이를 왔을 때 자주 이용하였으며, 일정한 물품(통주발이나 놋대접 등)을 전당품으로 삼아 보관하고 나중에 세책 비용을 별도로 지불하였다. 세책 비용을 마련하기 위해 비녀나 팔찌를 팔기도 하고, 심한 경우에는 빚을 내어 이를 감당하느라고 가산을 기울인 경우도 있었다. 쿠랑의 서술에 따르면 지방에는 세책가가 없었다고 하나, 박종화의 회고에 따르면 지방에도 세책가가 있었다고 한다. 이들의 세책 영업은 도회지에서는 여름철 피서를 위한 친정 나들이가 이루어진 시기에, 지방에서는 농한기에 잘 되었다.

서울 지역에서 세책가가 영업을 하였던 곳으로 향목동, 남소동, 한동, 한림동, 약현, 청패, 묘동, 토정, 동호, 금호, 누동, 간동, 송교, 아현, 갑동, 대사동, 안현, 사직동, 용호, 미동, 옥동, 향수동, 유호, 파곡, 농서, 동문외 광신호지전택, 운곡(슈) 등을 확인할 수 있다.

이들 세책가가 운용하고 있던 세책본의 형태적 특징을 살피면, 표지를 삼베 같은 것으로 싸고, 위에서 둘째 장책 구멍에 끈이 달려 있으며, 책장 사이사이에 욕설 희서(戱書) 같은 것이 쓰여 있다. 여러 사람이 열독(閱讀)하는 데 따른 책의 손상을 덜기 위하여 책장마다 들기름을 칠하여 책장이 피는 것을 방지하였고, 또한 책장을 넘기는 부분인 침자리에 해당하는 부분은 다른 행에 비하여 몇자 정도 덜 쓰여져 있으며, 각장의 앞면 상단에 해당 장수를 한자로 표기하는 것이 일반적이다. 한 작품이 여러 권으로 구성되어 있기에, 각 권의 끝부분 내용과 다음 권의 서두 부분에 있어 내용이 일부 중복되는 현상이 빈번하게 나타난다.

방각소설(坊刻小說) : 방각소설이란 명칭은 '사용가치(使用價値)라는 척도에서 출판된 것이 아니라 교환가치(交換價値) 즉 상품화(商品化)하여 시장적(市場的) 거래(去來)'를 하기 위해 출판되었을 때 붙일 수 있는 명칭이다. 따라서 비상업적 유통을 위한 방편으로 판각하여 간행한 관각(官刻), 사각(私刻), 사찰각(寺刹刻)은 모두 인쇄한 판본임에도 불구하고 시장적 거래를 전제로 하지 아니하였기에 상업적 유통에 해당한다고 할 수는 없다. 방각소설은 주문에 따른 생산이 아니라 시장을 전제로 한 상업적 출판물이라는 점에서 근대사회에 있어서 문학의 유통이라는 모습을 본격적으로 보여주는 것이라 하겠다. 물론 판목에 새기는 방법과 새로 도입한 납활자를 가지고 조판하는 방법 사이에는 인쇄 방법의 차이가 있을 뿐 그것이 시장적 거래를 전제로 하여 출판된다는 점에서는 차이가 없다 하겠다. 이는 곧 활판본이라는 방식이 인쇄 기술에 있어서의 변화이지 방각과 완전히 구분되는 새로운 유통 방식이 아니라는 것이다. 물론 이러한 기술적 변화에 따른 소설의 생산과 유통에 있어서 많은 변화가 있음은 부정할 수 없을 것이다.

현전 자료를 근거로 하여 이른 시기의 방각소설 간행 양상을 살펴보면, 1780년 〈임경업전〉(歲庚子孟冬京畿開板), 1847년 〈전운치전〉(丁未仲春由谷新刊), 1848년 〈삼설기〉(戊申十一月日由洞新刊) 등을 살필 수 있다. 이에 앞서는 것으로 1725년에 간행된 한문본 〈구운몽〉(崇禎後再度乙巳錦城午門新刊), 1803년 간행된 한문본 〈구운몽〉(崇禎後三度癸亥) 등이 있다. 물론 을사본 구운몽이 사각(私刻)인가 아니면 방각(坊刻)인가 하는 의문이 있으나, 이미 이에 앞서 중국 소설의 판각이 이루어졌다는 점에서 본다면 방각본일 개연성도 있다 하겠다.

여기에서 처음 이루어진 한글본 방각소설이 임경업전이라는 점은 소설의 방각이 어떠한 분위기 속에서 이루어졌는지를 짐작하게 하는 부분이다. 임경업전의 말미에 나타나는 "경업전을 언문으로 번역ᄒ여 사람마다 알게 ᄒ기는 동국 츙신의 말이매 혹 만민이라도 씨다라 본밧게 ᄒ미라"는 기록은 이를 잘 보여주는 것이다. 물론 이러한 표현이 소설의 말미에 상투적으로 나오는 의례화된 표현이라고도 할 수 있지만, 이를 구태여 밝혀야만 한다는 것은 소설의 공식적 간행이 바람직하지 아니하다는 당대의 사회적 인식을 부분적으로 반영한 것으로 볼 수 있다. 위의 서술은 교술이라는 성격을 기본적으로 가지고 있는 한문학(漢文學)의 양식인 전(傳)을 언문으로 번역하여 간행한다는 명목하에서 소설이라는 것을 공식적으로 간행하는 모습을 보여주는 것이다. 이는 마치 소설이라는 새로운 문학 양식이 처음 나타날 때 '어디다 갖다 붙이던 기존의 갈래를 따라야만 정체불명이라고 배척될 염려가 있는 새로운 문학이 출생신고를 할 수 있었'던 것처럼 소설의 공식적인 간행 역시 기존의 문학 양식을 번역하여 출판한다고 함으로써 정체불명이라 하여 배척될 염려로부터 자유로울 수 있었던 것이라 하겠다.

방각본(坊刻本)의 형태로 간행된 서적들이 대부분 서민의 요구에 부응해 나타난 서적이라면, 방각소설(坊刻小說) 역시 서민의 요구에 부응해 나타난 소설이라고 하겠다. 방각소설의 출현은 기존의 소설 유통 방식인 필사본만으로는 이미 광범위하게 형성되어 있던 소설 독자층의 욕구를 충족할 수 없게 되었다는 것을 의미한다. 이에 그 동안 여러 형태로 상업적 자본을 꾸준히 축적하여 왔던 비교적 영리에 밝은 상인 계층이 방각업자로 나서게 된 것이다.

이들이 관심을 가진 작품들은 독자들에게 이미 널리 알려져 있어 쉽게 팔릴 수 있는 작품들이다. 잘 알려진 작품의 필사본을 구해다가 제한된 판목에 새기기 위해서는 원래 필사본이 가지고 있던 내용을 적당히 누락시키거나 축약하기도 하고, 경우에 따라서는 부분적인 부연을 하기도 하면서 판목의 수를 조절하였다. 누락과 축약이 나타난다는 점에서 이미 방각본의 형태로 간행되는 소설의 지향점이 규정된다 하겠다. 출판을 하기 위해서 전체의 사건 가운데 특정한 사건들을 누락시키는 방법을 취하기도 하였지만, 주된 방법은 구체적인 묘사나 설명과 관련된 행문들을 누락시키고 사건의 선조적(線條的) 진행과 관련된 행문만을 중심으로 축약하는 것이 보통이었다. 따라서 모든 소설이 방각화될 수 있다기보다는 비교적 선명하고 짧은 사건을 중심으로 구성되어 있으면서 아울러 독자의 흥미를 유발할 수 있는 작품들이 방각의 대상이 되었다.

인본(印本)의 형태인 방각본으로 소설을 간행하기 위해서는 사본(寫本)이 일반적으로 가지고 있는 정제성에 비하여 방각본은 한층 엄격한 외양적(外樣的) 정제성(整齊性)을 갖추어야만 하였다. 이를 위하여 초간본(初刊本)으로 간행할 방각본의 등재본(登梓本)은 정사(精寫)된 사본(寫本)이어야만 하였다. 그러나 개판(改板)을 거듭하면서 이러한 외양적 정제성이 무너지기도 하고, 내용의 심각한 축약이나 변개가 나타나기도 하였다. 이러한 현상은 방각소설이 기본적으로 가지고 있는 시장적(市場的) 거래(去來)라는 속성으로부터 결코 자유로울 수 없었기 때문에 나타나며, 바로 이러한 점이 방각소설의 중요한 특성이다

이러한 특성 이외에도 방각소설은 또 다른 특성을 지니고 있었다. 필사본이 매번 필사자의 개입에 의해 원문의 내용이 바뀌거나 부연되거나 축약될 가능성을 지니고 있음에 비하여, 한번 판각된 방각소설은

내용의 정착을 가져왔다는 점이다. 특히 동일한 텍스트를 다수의 사람이 함께 공유할 수 있다는 점에서 방각소설의 출현은 필사본과 달리 텍스트를 고정시켜 주었다는 의의를 지닌다. 그러나 텍스트의 고정이 반드시 긍정적인 면만을 가지고 있는 것은 아니다. 왜냐하면 문학 작품이 지닐 수 있는 다양성을 억제하고 획일성을 강제한다는 점에 있어서 부정적인 의미도 함께 가지고 있기 때문이다.

그리고 이들 방각소설이 모두 목판(木板)으로만 간행된 것은 아니다. 경우에 따라서는 부분적으로 토판(土版)을 사용한 것을 볼 수 있지만 목판으로 간행하는 것이 가장 보편적인 것이다.

1780년 임경업전의 간행 이후, 방각소설은 19세기 중엽에 왕성하게 간행되었으며 그 주된 간행지는 서울, 전주 등이었으며 후에 안성에서 일부 방각이 추가로 이루어지기도 하였다. 방각이 이루어지기 위해서는 방각에 필요한 재료(특히 종이)의 원활한 공급과 이러한 일을 할 수 있는 전문인 집단(각수 및 인출장 등)이 있어야 할 것은 물론이지만 무엇보다도 일정한 규모 이상의 시장이 확보되어 있어야 한다.

5. 방각소 그리고 방각소설 목록

경판 방각소설을 간행한 방각소로는 경기(京畿), 남곡(南谷), 동현(銅峴), 무교(武橋), 미동(美洞), 석교(石橋), 송동(宋洞), 야동(冶洞), 어청교(漁靑橋), 유곡(由谷), 유동(由洞/油洞), 유천(由泉), 자암(紫岩), 포동(布洞), 합동(蛤洞), 홍수동(紅樹洞), 화산(華山), 화천(華泉), 효교(孝橋), 안성의 동문리(안셩동문이) 등이 있으며, 1909년 출판법 시행 이후에는 신구서림(新舊書林), 한남서림(翰南書林), 지물서포(紙物書舖), 회동서관

(匯東書館), 북촌서포(北村書舖), 박성칠서점(朴星七書店), 태화서관(太華書館) 등이 방각소설을 취급하였다. 이들 이외에 방각본을 취급한 서점으로 박원식서점, 신안서림 등이 있다.

경판으로 간행된 방각소설은 현재 52종을 확인할 수 있어, 여기에 제목만을 열거하기로 한다.

강태공전, 곽분양전, 구운몽, 금방울전, 금향정기, 김원전, 김홍전, 남정팔난기, 당태종전, 도원결의록, 백학선전, 사씨남정기, 삼국지, 삼설기(금수전 및 토생전 포함), 서유기, 설인귀전, 소대성전, 수호지, 숙영낭자전, 숙향전, 신미록, 심청전, 쌍주기연, 양산백전, 양풍전, 옥주호연, 용문전, 울지경덕전, 월봉기, 월왕전, 이해룡전, 임장군전, 임진록, 장경전, 장백전, 장자방전, 장풍운전, 장한절효기, 장화홍년전, 적성의전, 전운치전, 정수정전, 제마무전, 조웅전, 진대방전, 징세비태록, 춘향전, 현수문전, 홍길동전, 황운전, 흥부전.

초기에 이들을 출판할 때에는 매권당 삼십여장의 분량을 기준으로 방각하다가, 차츰 매권에 수용하는 장수를 줄이는 방향으로 변모하여, 마지막에는 매권 15,6장으로 축소된 것으로 보인다. 이러한 노력은 방각소 사이의 경쟁이라는 점뿐만 아니라 경제적 여건의 변화에 방각업자들 스스로 적응한 결과이다. 반면에 완판방각소설은 경판방각소설과는 달리 급격한 축약의 양상을 보이지 아니하고 오히려 장수가 늘어나는 모습을 보인다. 이는 서울을 중심으로 하여 형성된 경제적 활동 구역에서 사용된 화폐와 전주를 중심으로 하여 형성된 경제적 활동 구역에서 사용되던 화폐가 각각 달랐기 때문에 나타난 현상으로 보인다.

전주를 중심으로 하여 이루어진 경제 활동 구역에서는 기존의 화폐인 엽전이 주요 통화로 기능하고 있음에 비하여, 서울을 중심으로 한 지역에서는 엽전이 아닌 새로 발행한 악화들의 유통으로 말미암아 심각한 경제적 변동이 지속되었기 때문에, 경판과 완판의 후대적 변모 양상에 있어서 차이가 나타난 것으로 추정된다.

완판을 주로 간행한 방각소로는 완서계(完西溪), 완산(完山), 구동(龜洞), 완구동(完龜洞), 완남구석리(完南龜石里), 완서(完西), 완남(完南), 풍패(豊沛), 완산양책방(完山梁冊房) 등이 보이며, 출판법 시행 이후에는 서계서포(西溪書舖), 다가서포(多佳書舖), 창남서관(昌南書舘), 칠서방(七書房), 완흥사서포(完興社書舖), 양책방(梁冊房) 등이 방각소설을 취급하였으며, 모두 19종의 방각소설이 간행된 것을 확인할 수 있다.

이들 방각소설은 상설시장에서의 매매뿐만 아니라 보부상과 같은 이들의 활동에 힘입어 정기시 및 비정기시에 의하여 독자에게 공급되었던 것으로 보인다.

6. 방각업자의 규모와 양지의 보급

방각업자들은 이들 방각소설을 간행하기 위하여 '소설의 원고를 구하고, 판목(板木)을 새기고, 종이를 사서 인쇄를 하고, 출판된 소설을 판매하는' 일련의 과정에 적극적으로 참여하여야만 하였다. 이러한 일을 하기 위한 자본의 규모가 정확히 어느 정도인지는 알 수 없지만 1900년대 초에는 목판본 한권을 만드는 데 400여 원이 들었다고 한다. 매권 16장 내지는 17장 규모로 책을 인행하던 것이 1900년대 초의 일인 것으로 보이기에, 목판 1장을 새기는 데 20원의 비용이 들고, 이외에 소설의 원고를 구하고 종이를 사서 인쇄를 하는 비용을 지불해야 한다는 점에서 한 권의 방각을 위하여 400여 원이 소요되는 시기는 매 권 20여장으로 간행하던 시기를 지난 1900년대 초반의 일임에는 분명하다 하겠다. 이를 근거로 하여 계산한다면 권당 15전짜리 목판본 소설을 최소한 2,700부 정도를 판매해야만 생산 원가에 해당하는 비용을 회수할 수 있으며, 적정한 이윤을 확보하기 위해서는 이것보다는 많은 부수를 판매해야만 영업을 계속할 수 있었던 것으로 보인다. 당시에 쌀 한가마가 4원이었다는 증언을 고려한다면 400여 원의 투자는 결코 적은 금액이 아니라는 것을 알 수 있으며, 방각업이 비록 소규모로 이루어졌다고 하여도 한 두 권의 책을 판각한다고 보았을 때에도 그 규모는 현재 우리가 추정하는 것보다는 큰 규모의 사업이었음을 알 수 있다.

이들 방각소설의 인행은 '처음에는 궁체(宮體)로 조각한 백지판목판(白紙版木版)이 나왔고, 양지(洋紙)인 백노지(白鷺紙)가 수입되니 백지판(白紙版)을 양지판(洋紙版)으로 바꾸었다. 이리하여 양지판 고대소설 목판본은 한 권에 삼전, 사전씩 해서 경향간(京鄕間)에 날개 돋치듯 팔렸다'고 한다. 처음에는 조악한 한지를 사용하다가 양지가 수입되어 이를 사용하여 인행한 결과 소설의 가격이 급격히 하락한 모습을 보여준다.

"책(冊) 가격(價格)은 백지시세(白紙時勢)의 고저(高低)를 수(隨)하여 일정(一定)치 안키로 기재(記載)치 못함"이라는 규장전운(奎章全韻) 판권지의 기록에서, 한남서림의 판권지에 나타나는 서목에 가격이 표시되어 있지 아니하다는 점에서, 일반적으로 백지판목판의 경우 책의 가격이 종이값에 좌우되던 상황을 짐작할 수 있다.

이런 점을 고려한다면 방각업자들은 지물포를 경영하면서 아울러 방각업을 병행하였던 것으로 추정된다. 양지(洋紙/白鷺紙)의 수입이라는 값싼 종이의 공급은 책값의 하락을 가져와 이들 소설의 유통을 더욱 촉진시킨 것으로 보인다.

이들 방각소설의 출현은 곧 서민문화의 팽창이라는 문화적 현상이다. 방각본의 출현 자체가 일부 계층의 소유물로만 여겨지던 서적의 대중화에 기여하였던 것이라면, 방각소설의 출현은 일부 계층의 소유물로만 여겨지던 문학적 활동이 대중화되는 것을 말한다. 비록 방각이라는 상업적 목적에 충실한 형태로 나타난 현상이기에 조악한 면은 있었으나 비교적 자유롭게 그리고 값싸게 서적을 그리고 문학작품을 공급한다는 점에 있어서 방각소설의 출현은 커다란 의미를 지닌다 하겠다.

7. 여건의 변화와 대응 방식 : 세책가·방각업자

소설의 생산과 유통을 둘러싼 경제적 여건의 변화는 소설의 유통 방식에도 일정한 영향을 미쳤다. 이는 세책가의 점차적인 쇠퇴라는 현상으로 그리고 방각소설의 권당 장수가 축소되는 현상으로 나타났다.

경제적 여건의 변화에 대응하여 방각업자들은 우선 새로운 작품의 방각에 필요한 투자를 중단한 것으로 보인다. 그리고 기존의 판목을 수정하거나 축약하여 매권의 생산단가를 줄이는 방법으로 이를 극복하였다. 방각업자들은 자신들이 가지고 있던 판목 자체만을 수정함으로써 자신들이 앞으로 생산해낼 소설책의 생산단가를 조절하여 이러한 변화에 비교적 빠르게 대처할 수 있었다. 그러나 세책가의 경우는 사정이 달랐던 것으로 보인다.

세책가가 취할 수 있는 가장 쉬운 방법은 대여료를 인상하는 것이었다. 그러나 이 방법은 이미 한정되어 있는 독자들의 구매력 역시 증가된다는 전제 아래에서만 가능한 방법이다. 실제로 독자들의 절대적 구매력은 더욱 약화되었다고 하겠다. 따라서 대여료의 인상은 궁극적으로 대여 회수의 축소를 가져왔으며, 이로 말미암아 세책가의 적정한 수익은 보장될 수 없었던 것으로 보인다.

세책가가 취할 수 있는 다른 방법은 대여료를 인상하지 아니하고 소장하고 있던 세책들의 분권 체재를 수정하는 것이었다. 그러나 이 방법은 소장하고 있던 세책 전체를 대상으로 하여야 한다는 점에서 현실적인 방법이 되지 못하였다. 따라서 세책가가 궁극적으로 취할 수 있는 방법은 대여료의 인상뿐이었다고 보는 것이 타당하다.

경제적 여건의 변화로 말미암은 대여료의 인상은 결국 세책가의 영업에 많은 어려움을 가져다 주었고, 권당 장수가 줄어든 방각소설은 단위 시간당 생산량을 늘릴 수 있었다는 점에서 열악한 처지에 있는 세책가를 더욱 압박해온 것으로 보인다. 특히나 세책가의 책을 선호하던 독자들의 취향이 단편물을 중심으로 한 사건 자체에 대한 관심보다는 장편물을 중심으로 한 행문 자체에 대한 관심이었다는 점을 고려한다면 그 독자층은 꾸준히 증가하는 것이 아니라 답보하는 상태를 면치 못했던 것으로 보인다. 세책가의 몰락에 대하여 '이러한 장사가 서울엔 전에 아주 많았으나 이젠 퍽 희귀해졌다고 한국 사람들이 내게 말해줬'다고 쿠랑은 적고 있다.

세책가의 몰락으로 말미암아 행문 자체에 대한 관심을 지니고 있던 독자들은 이를 대신할 수 있는 새로운 소설 형태를 찾게 되는데 이때 찾아낸 것이 판소리라 할 수 있다. 판소리는 대표적인 강창문학이라고 할 수 있는데, 19세기 중반기 이후의 판소리는 발생기의 판소리와 달리 사설이 좀더 다듬어지고 부연되면서 언어적 표현의 확장이라는 양상을 보여, 세책가로부터 이탈한 독자들의 관심을 끌게 된 것이라 하겠다. 세책가의 몰락은 결국 소설의 주류를 방각소설이라는 단편물들이 차지하게 하는 결정적 계기를 마련한 것이다.

소설의 상업적 유통이라는 점에 있어서 세책가와 방각업자는 공통점을 가지고 있으나, 소설의 유통 방향이라는 점에 있어서는 분명한 차이점을 가지고 있었다. 세책가를 중심으로 한 소설의 유통에서는 소설의 차람과 이의 반납이라는 양방향의 유통이 가능한 것임에 비하여, 방각업자에 의해 생산된 방각소설은 생산자로부터 독자를 향한 일방적인 유통이라는 것을 유통의 기본적인 틀로 자리잡게 한 것이다. 이 점에 있어서 세책가의 몰락은 생산자와 독자 사이에 교환되는 소설이라는 개념을 넘어서서 일방적으로 판매되는 상품으로서 방각소설을 확고히 자리잡게 한 것이라 하겠다. 이는 곧 문학작품인 소설이 하나의 상품으로만 거래되는 부정적 계기를 가져온 것이다.

8. 출판법의 시행과 구활자본의 등장

어려운 가운데에도 그나마 명맥을 유지하고 있던 방각소설에 가장 큰 타격을 준 것은 1909년 출판법의 시행이다. 그동안 비교적 자유롭게 방각소설을 인출할 수 있었던 이전 시기와는 달리, '조선총독부 경무총감부 인가(朝鮮總督府 警務總監部 認可)' 또는 '허가(許可)'를 받은 출판사들만이 발행자와 인쇄자의 성명과 주소를 밝힌 판권지를 첨부하고서야 비로소 서적 간행이 가능하게 됨에 따라서, 영세한 방각업자들 특히 판권지를 붙일 수 없었던 방각업자들은 자신들이 가지고 있던 판목을 사장시키거나 그렇지 아니하면 결국 헐값으로 '인가(認可)' 또는 '허가(許可)'를 받은 방각업자에게 넘겨줄 수밖에 없었다. 뿐만 아니라 이러한 출판법의 시행은 결국 독자들이 요구하는 새로운 작품을 방각할 기회조차도 봉쇄한 것으로 보인다.

구활자본(舊活字本) : 더군다나 납활자를 이용한 활판 인쇄라는 새로운 인쇄 방법의 도입은 방각소설의 쇠퇴를 더욱 부채질한 것으로 보인다. 이미 만들어져 있는 활자를 조판하여 빠른 속도로 인쇄할 수 있다는 점에서, 값이 비싼 한지 대신에 비교적 값이 싼 양지를 사용할 수 있다는 점에서 활판본인 구활자본의 출판은 급격한 증가를 보일 수밖에 없었다. 이들 활판인쇄술의 도입은 방각이라는 방법으로는 거의 불가능하였던 장편물의 출판조차도 가능하게 하였으며, 단위 시간당 생산해 내는 책의 양을 증가시켜 급격하게 팽창하는 독자들의 수요를 충족시킬 수 있었다. 그러나 이들 활판으로 인쇄한 소설 역시 경제적 여건의 변화로 인하여 전체의 장수를 줄이는 노력을 지속적으로 보이는 바, 처음에는 한자(漢字)를 병기(倂記)하고 띄어쓰기를 일부나마 하는 형태로 간행하다가, 다음에는 병기(倂記)한 한자(漢字)를 없앤 형태로 간행하고, 마침내는 띄어쓰기조차 무시한 형태로 간행하기에 이른다. 이러한 현상은 결국 가장 싼 가격으로 많은 부수의 소설을 많은 독자에게 판매하려는 노력의 결과 나타나는 현상이며, 이를 통하여 소설의 유통에 관여한 매개자들은 일정한 수준 이상의 이윤을 확보할 수 있었다 하겠다. 따라서 활판본의 보급은 목판본의 가격에 비하여 싼 가격으로 독자에게 소설을 보급할 수 있었다는 점에서, 그리고 급증하는 독자들의 수요를 충분히 감당할 수 있었다는 점에서, 많은 결함이 있음에도 불구하고, 소설의 독자층을 확장시키는 데 큰 공헌을 하였다 하겠다. ✿

허균 연보의 재검토

1. 서론

조선조 광해군 10년인 1618년 8월 24일, 심복들과 함께 서시(西市)에서 처형 당하기 위해서 끌려 가던 허균(許筠:1569-1618)은 〈할 말이 있다〉라는 한 마디만을 남겼을 뿐, 말년의 그를 둘러싼 많은 의혹을 분명하게 밝혀줄 어떠한 역사적 기록도 남기지 아니하였다. 더군다나 반정(反正)이라는 과정을 통하여 광해의 난정을 뒤엎고 인조가 등극한 뒤에 그 동안 억울하게 죽은 자들의 누명이 모두 벗겨졌건만, 허균만은 여전히 역적이라는 이름이 붙어 다녔기에 그에 대한 기록은 대부분 성(姓)을 감춘 채 오직 균(筠)이라는 이름만으로 문헌에 남아 있을 뿐이다.

이러한 까닭으로 여타의 문인들과 달리 허균의 연보가 정리되기 시작한 것은 20세기에 접어들어서의 일이었다. 그 동안 허균의 생애를 직접 다루거나 허균의 연보를 작성한 기존의 성과를 간략히 정리하면 다음과 같다.

鄭鉒東, 洪吉童傳硏究, 民族文化社, 1965(초판); 1983(재판)
金鎭世, 許筠硏究, 國文學硏究 第2輯, 國文學硏究會, 1965
李能雨, 許筠論, 古小說硏究, 二友出版社, 1980(1965년에 발표한 논문
        의 재록임)
韓國人名大事典編纂室(編), 허균, 韓國人名大事典, 新丘文化社, 1972
申東旭(編輯), 작가 연보, 許筠의 문학과 혁신사상, 새문社, 1981
허경진, 허균, 평민사, 1983
한국민족문화대백과사전편찬부, 허균, 한국민족문화대백과사전 24, 한국
        정신문화연구원, 1991(초판); 1992(2쇄)
車溶柱, 許筠硏究, 景仁文化社, 1998

여러 연구자들이 이처럼 다양하게 허균의 생애를 다루고 있음에도
불구하고, 각각의 연구 결과를 살펴보면 그의 삶을 설명하는 과정에서
몇몇 차이가 나타나기에 여기에서는 이러한 서술 중에서 어느 것이 적
확한 것인지 검토하고자 한다.

이러한 검토가 필요하다고 판단한 이유는 무엇보다도 수업을 진행
하다가 허균의 생애를 개괄할 필요가 있을 때, 위에 언급한 각각의 문
헌마다 조금씩 차이가 있었기 때문이다. 이러한 의문점을 여기에서 모
두 해결할 수는 없겠지만, 그럼에도 불구하고 여기에서 이를 일부나마
논의하고자 하는 것은 앞으로 허균의 생애를 규명함에 있어서 어느 것
이 적확한 서술이며 어느 것이 부적확한 서술인지를 분간함으로써 허
균이라는 인물의 삶의 행적을 좀더 충실히 설명할 수 있으며 그의 삶
을 좀더 잘 이해할 수 있을 것이라는 기대가 있기 때문이다.

따라서 여기에서는 위에서 제시한 성과물에 나타난 허균의 연보와
관련된 서로 모순된 몇몇 사항을 찾아서 이를 구체적으로 살펴보고자
한다.

2. 허균의 처가(妻家)에 대하여

먼저 허균의 처가와 관련된 서술을 살피기로 하겠다. 허균은 두 차례 혼인하였다. 첫 번째 혼인은 허균이 17세 때인 1585(선조18)년 김씨(金大涉之二女)를 맞이한 것이다. 첫째 부인인 김씨는 허균이 24세 때인 1592(선조25)년 7월 10일 임진왜란으로 인한 피난길에서 첫째 아들을 낳고 세상을 떠나게 된다. 이때 출생한 첫째 아들 또한 뒤이어 세상을 떠났으며, 이전에 출생한 첫째 딸만이 남아 있었다. 두 번째 혼인은 허균이 29세 때인 1597(선조30)년 김씨(金孝元之女)를 맞이한 것이다.

그러나 본격적으로 허균을 다룬 정주동은 연려실기술의 기록에 의거하여 〈처가(妻家) 심씨(沈氏)도 대대세족(代代世族)이었다〉라고 기록하고 있다.[1] 그러나 성소부부고에 수록된 '망처숙부인 김씨행장(亡妻淑夫人 金氏行狀)'에 따르면 심씨는 허균의 외조모이며,[2] 처가를 심씨로 기록한 정주동의 기록이 나온 이후, 허균의 생애를 검토하는 과정에서 모든 연구자들이 허균의 처가를 김씨로 밝히고 있기 때문에 위에 언급한 정주동의 서적을 이용하는 경우 주위를 요한다.

또한 김진세에 따르면, 국조문과방목 허균조(許筠條)에는 비록 처부(妻父)가 김진기(金震紀) 김효원(金孝元)으로 되어 있으나, 성소부부고에는 〈그 아들 진기(震紀)가 경자년 사마시(司馬試)에 합격, 별제(別提)로 첫 벼슬에 나아갔다. 그리고 그가 휘(諱) 대섭(大涉)을 낳으니 또한 계유년 사마시에 합격, 도사(都事)로 첫 벼슬에 나아갔다. 그리고 관찰사(觀察使) 심공(沈公) 전(銓)의 딸에게 장가드니 부인(夫人)은 바로 그

---

1) 鄭鉒東,『洪吉童傳研究』, 民族文化社, 1983(재판), 19면.
2)『국역성소부부고 Ⅱ』, 민족문화추진회, 1989(중판), 313면.

둘째딸이다〉라고 적고 있다. 또한 안동김씨세보(安東金氏系譜)에도 〈대섭(大涉)은 진기(震紀)의 자(子)〉로 기록되어 있다[3]는 점에서 김대섭의 딸로 기록하는 것이 온당하다 하겠다. 어찌 되었건 허균의 처가는 심씨가 아니라 김씨임에는 분명하다.

3. 누이 난설헌의 죽음에 대하여

먼저 누이인 난설헌의 죽음과 관련된 문제이다. 허균의 이복 형제 자매는 한씨(韓叔昌之女)소생인 허씨(우성전의 처)와 허성(1548-1612)이며, 동복 형제 자매는 김씨(金光轍之女) 소생인 허봉(1551-1588)과 허씨(1563-1589:김성립의 처)--우리에게 난설헌으로 더 잘 알려진 허초희--이다. 이들 형제들의 연령 차이를 살펴보면, 허성과 허균은 21살 차이, 허봉과 허균은 18살 차이, 허초희와 허균은 6살 차이이다. 공교롭게도 허균이 20세 때인 1588(선조21)년에 허봉이 세상을 떠나고, 이어 이듬해인 1589(선조22)년에 허난설헌마저 세상을 떠나게 되어, 허균의 주변에는 21살의 연령 차이가 있는 이복형 허성만이 남게 되었다. 더군다나 허균이 12살 때인 1580(선조13)년 2월 5일 부친 허엽(許曄)이 별세하고 난 뒤라는 점, 그리고 허성은 허균에게 있어서 아버지와 같은 형으로 위치하고 있었다는 점 등을 생각하면, 허봉과 허난설헌을 떠나보낸 허균의 삶은 매우 외로운 것이었을 것이다. 더군다나 초취한 부인 김씨를 사별한 것이 24세 때인 1592(선조25)년이라는 점을 고려한다면 허균의 20대는 가장 가까운 사람들을 떠나보내는 것으로부터 시작하고 있

---

3) 金鎭世,「許筠研究」,『國文學研究』第2輯, 國文學研究會, 1965, 20면.

었다는 것을 알 수 있다.

그렇다면 누이인 난설헌을 떠나보낸 것이 언제였는가 하는 점이다. 난설헌을 연구한 경우, 그리고 허균을 연구하는 경우, 모두 난설헌이 세상을 떠난 것을 1589(선조22)년으로 적고 있다. 그리고 이때 허균의 나이는 21세였다. 그럼에도 불구하고 차용주가 〈22세 때는 누이 난설헌(蘭雪軒)도 세상을 떠났다〉[4]라고 기록한 것은 분명 오자일 것이다. 왜냐하면 허균의 생애를 검토하기에 앞서 허균의 가정배경을 검토하는 가운데, 허난설헌의 생몰년대(生沒年代)를 분명하게 기록하고 있기 때문이다. 곧 〈허난설헌(1563-1589)의 이름은 초희(楚姬)였으며, 김성립에게 출가하여……〉라고 적고 있기 때문이다.[5]

4. 예문관검열 겸 춘추관기사관 세자시강원설서

허균이 예문관 검열(藝文館檢閱) 겸(兼) 춘추관 기사관(春秋館記事官) 세자시강원 설서(世子侍講院說書)라는 벼슬을 한 때가 언제인가 하는 점이다. 정주동은 이를 〈宣祖 三十年(丁酉) 三月 二十二日 藝文館 檢閱兼 春秋館記事官 世子侍講院說書가 되었다가〉[6]라고 서술하여 1597(선조30)년 3월 22일로 적고 있다. 그러나 김진세에 의해 이미 지적한 바와 같이 성소부부고의 '승정원 우승지(承政院右承旨) 박공(朴公) 묘표(墓表)'[7]로 보아 그 이전에 임명되었던 것으로 보는 것이 타당하

---

4) 車溶柱, 『許筠研究』, 景仁文化社, 1998, 13면.

5) 車溶柱, 『許筠研究』, 景仁文化社, 1998, 9면.

6) 鄭鉎東, 『洪吉童傳研究』, 民族文化社, 1983(재판), 23면.

7) 『국역성소부부고 Ⅱ』, 민족문화추진회, 1989(중판), 335-337면. 국역본의 협주에는

다.[8] 그러나 1597(선조30)년 2월 25일 〈영사(領事) 김응남(金應南) ……
기사관 이유홍(李惟弘)·허균(許筠)이 입시하였다〉[9]는 협주 기록이 있
다는 점에서 이미 2월 25일에는 위의 직임에 있었던 것을 알 수 있다.
또한 1597(선조30)년 4월 9일의 기록을 보면, 〈중시 문과에는 전 검열
허균(許筠) 등 5명이고……〉라는 기록[10]이 나타나는 바, 전(前) 검열(檢
閱)이라고 기록하고 있다는 점에서 이때에는 위의 직위로부터 벗어난
것으로 추정된다.

또한 한국인명대사전에서는 〈1594년 정시문과(庭試文科)에 을과(乙
科)로 급제, 검열(檢閱)·세자시강원 설서(世子侍講院說書)를 지냈다.
1597년 문과중시(文科重試)에 장원, 이듬해……〉라고 하였으며, 한국민
족문화대백과사전에서도 이에 대하여 〈그뒤 26세 때인 1594년(선조 27)
정시문과(庭試文科)에 을과로 급제하고 설서(說書)를 지냈고, 1597년에
문과 중시(重試)에 장원하였다〉라고 하였다.

이러한 사정을 고려하였을 때, 이 시기 허균의 행적은 이미 허경진
이 잘 지적한 것[11]처럼 〈스물아홉 : 1597년 봄. 예문관 검열(한림)겸 춘
추기사관 세자시강원 설서. 그해 3월중에 파직당했다〉가 가장 적확한
것으로 보인다. 〈3월중에 파직〉도 특히 〈3월 22일 이후 파직〉이라고
해야 할 것이다.

정유년을 선조 31년 1597년으로 기록하고 있으나, 이는 선조 30년 1597년이 옳다.
 8) 金鎭世, 「許筠研究」, 『國文學研究』 第2輯, 國文學研究會, 1965, 25면.
 9) 『선조실록』 권85, 선조30(1597)년 2월 25일 병술조. 23집 166면.
10) 『선조실록』 권87, 선조30(1597)년 4월 9일 기사조. 23집 188면.
11) 허경진, 『허균』, 평민사, 1983, 359-360면.

5. 병조좌랑 임명에 대하여

허균은 모두 세 차례에 걸쳐 병조좌랑(兵曹佐郎)에 임명된 것으로 보인다. 허균이 29세 때인 1597(선조30)년 〈중국사신길에서 돌아오던 길에〉 병조좌랑이 되었으며, 1598(선조31)년 10월 13일에 병조좌랑, 1599(선조32)년 3월 1일 또한 병조좌랑이 되었다.

첫 번째 병조좌랑이 된 것은 선조실록에 기록이 나오지 아니한다. 다만 그의 문집인 성소부부고에 남아 있는 막부잡록(幕府雜錄)에 의거하여 살필 때 그렇게 추정된다는 것이다.[12] 이는 허경진에 의하여 처음으로 제기된 것 같다.

두 번째와 세 번째로 병조좌랑이 된 것은 선조실록의 기록을 통하여 확인할 수 있다. 이에 대하여 기존의 연구자들은 다음과 같은 서술의 차이를 보여준다.

먼저 김진세는 두 번째(1598년)와 세 번째(1599년)로 병조좌랑으로 임명된 것만을 기록하고 있다. 본문에서는 〈삼십세가 되던 선조 삼십일년 십월 십삼일 그는 병조좌랑이 되었다가〉[13]라고 하여 1598(선조31)년 10월 13일에 병조좌랑이 되었다고 하였다. 그러나 뒤에 수록한 교산 연보(蛟山 年譜)에서는 선조30(1597)년 10월 기축조(己丑條)(선조실록 권105)를 근거로 하여, 29세 때인 1597(선조30)년 10월13일 병조좌랑이 되었다고 서술하여 상반된 모습을 보인다. 교산 연보만을 보았을 때, 이는 첫 번째 병조좌랑이 된 1597년의 일을 지칭하는 것처럼 보이지만 선조실록을 확인한 결과, 이는 선조31(1598)년 10월 13일 을축조(乙丑

---

12) 허경진, 『허균』, 평민사, 1983, 117면.

13) 金鎭世, 「許筠研究」, 『國文學研究』 第2輯, 國文學研究會, 1965, 26면.

條)(선조실록 권105)임을 확인할 수 있었다. 따라서 교산 연보의 서술은 오자라는 것을 알 수 있으며, 29세와 31세 사이에 30세에 해당하는 시기를 구분하여 서술해야 하는 것임을 알 수 있다.

이능우와 차용주 역시 두 번째(1598년) 그리고 세 번째(1599년)로 병조좌랑으로 임명된 것만을 지적하고 있다.

특히 이능우의 경우, 기존의 연구 성과를 근거로 연보를 정리하는 과정에서 1599(선조32)년의 병조좌랑 임명을 두고서 〈實錄에 兵曹佐郎이나, 前年 任命이 거듭될 理 없기에 이는 正郎의 誤刻으로 思料〉된다[14]고 주를 붙이고 있으나, 이것 역시 병조정랑이 아니라 병조좌랑이 맞는 것으로 보인다. 이는 선조실록의 기사를 보면 확연히 알 수 있다.

> 홍이상(洪履祥)을 한성부 좌윤으로, 임몽정(任蒙正)을 동부승지로, 송응순(宋應洵)을 시강원 보덕으로, 남이공(南以恭)을 이조 정랑으로, 이유홍(李惟弘)을 병조 정랑으로, 허균(許筠)을 병조 좌랑으로 삼았다.[15]

위의 인용에서 분명히 알 수 있는 바와 같이 병조정랑에 이유홍을 임명하고, 병조좌랑에 허균을 임명하였다는 것이 분명하다는 점을 생각한다면 허균을 병조좌랑이 아닌 병조정랑으로 임명한 것이라고 보기는 어려운 것 같다. 이처럼 동일한 임명이 거듭 반복되는 양상은 국역 조선왕조실록 CD-ROM을 활용하여 특정인물의 임면(任免) 사항을 찾아보면 〈前年 任命이 거듭〉되는 모습을 쉽게 발견할 수 있기 때문이다.

결국 허균은 막부잡록(幕府雜錄)에 의거하여 일월부지(日月不知)인 1597(선조30)년에 병조좌랑으로 처음 임명된 바 있으며, 1598(선조31)년

---

14) 李能雨, 「許筠論」, 『古小說硏究』, 二友出版社, 1980, 143면.

15) 『선조실록』 권110, 선조32(1599)년 3월 1일 경진조. 23집 587면.

10월 13일과 1599(선조32)년 3월 1일에 병조좌랑으로 임명된 것을 선조실록의 기사를 통하여 확인할 수 있었다.

6. 황해도사·삼척부사·공주목사에서 파직된 이유

허균이 외직(外職)으로 임명받은 벼슬을 살펴보면 황해도사·해운판관·수안군수·공주목사·삼척부사로 모두 다섯 차례이다. 이 가운데 해운판관과 수안군수를 제외하면, 해당 벼슬에서 모두 파직 당하였다는 것을 알 수 있다. 그렇다면 허균이 이처럼 파직을 당한 구체적인 사유는 무엇인가 하는 점을 검토할 필요가 있다.

먼저 허균이 황해도사(黃海都事)로 임명된 것은 31세 때인 1599(선조32)년 5월 25일이다. 이때의 기록을 살펴보면 다음과 같다.

> 유근(柳根)을 지충추부사로, 정광적(鄭光績)을 성균관 대사성으로, 민몽룡(閔夢龍)을 예조 참의로, 김신국(金藎國)을 시강원 보덕으로, 경섬(慶暹)을 사헌부 장령으로, 윤휘(尹暉)를 시강원 필선으로, 황여일(黃汝一)을 장악원 정으로, 신설(申渫)을 성균관 사예로, 이필형(李必亨)을 이조 정랑으로, 강첨(姜籤)을 병조 정랑으로, 이계록(李繼祿)을 형조 정랑으로, 남탁(南晫)을 예조 좌랑으로, 신율(申慄)을 병조 좌랑으로, 이광준(李光俊)을 충주 목사로, 권희(權憘)를 강화 부사로, 박석명(朴錫命)을 선산 부사로, 황치경(黃致敬)을 철산 군수(鐵山郡守)로, 최희(崔禧)를 고성 군수(高城郡守)로, 신암(申黯)을 양천 현령(陽川縣令)으로, 이정생(李挺生)을 제주 판관으로, 이경린(李景麟)을 여주 목사로, 허균(許筠)을 황해 도사로, 구대우(具大祐)를 예산 현감(禮山縣監)으로, 이집(李溴)을 고산 찰방(高山察訪)으로 삼았다.16)

허균이 황해도사가 되면서 궐석이 된 병조좌랑에 신율이 임명된 것으로 추정된다. 이렇게 처음 외직을 맡은 허균은, 12월 19일 있었던 사헌부의 탄핵으로 말미암아 그의 생애에 있어서 처음으로 파직(1차 파직)이라는 경험을 하게 된다. 그의 나이 31살 때의 일이다. 사헌부에서 허균의 파직을 청한 이유를 살펴보면 다음과 같다.

> 사헌부가 아뢰기를, "황해 도사(黃海都事) 허균(許筠)은 경창(京娼)을 데리고 와서 살면서 따로 관아를 자기 집에 설치하였고, 또 중방(中房)이라는 무뢰배를 거느리고 왔는데 그가 첩과 함께 서로 안팎이 되어 거침없이 행동하면서 함부로 청탁을 하므로 많은 폐단을 끼치고 있습니다. 온 도내가 비웃고 경멸하니, 파직시키소서." 하니, 아뢴대로 하라고 답하였다.17)

탄핵 사유를 살펴보면 불교와 관련된 사항이 전혀 포함되어 있지 아니하다는 것을 알 수 있다. 단지 여러 가지 폐단으로 말미암아 백성들의 비웃음과 경멸의 대상이 되고 있다는 것이 가장 큰 이유였다. 허균이 황해도사로 근무한 기간은 5월 25일부터 12월 19일까지였다.

두 번째로 허균이 임명받은 외직은 해운판관(운전판관 또는 조운판관)이다. 33세 때인 1601(선조34)년 6월 해운판관이 되었으며, 같은 해 11월 17일 원접사 이정구의 추천에 의해 제술관으로 발탁될 때까지 해운판관의 일을 계속하였다. 허균이 해운판관으로 임명받은 정확한 시기는 선조실록에 나오지 아니한다. 다만 성소부부고 권18의 조관기행(漕官紀行)을 통하여 6월에 임명된 것을 알 수 있을 뿐이다. 조관기행은 1601년 7월 8일부터 1602년 1월 5일까지의 기록이며, 사직(司直) 권운

---

16) 『선조실록』 권113, 선조32(1599)년 5월 25일 임신조. 23집 624면.

17) 『선조실록』 권120, 선조32(1599)년 12월 19일 갑오조. 24집 17면.

경(權雲卿)이 자신의 직을 대신하게 되었음을 1601년 12월 2일 알게 되었고, 서울로 돌아와, 1602년 1월 5일 후임자에게 모든 것을 전하였다.

이정구가 허균을 제술관으로 천거하여 윤허를 받은 것은 1601(선조34)년 11월 17일이다.

이정구가 아뢰기를, "전례에 비록 외직에 임용된 사람이더라도 문장에 능하면 계청(啓請)하여 올라오도록 하였으나, 번독한 듯하므로 감히 계달하지 못하였습니다. 제술관(製述官)으로 삼아 뒤따라 들여보내는 것이 어떻겠습니까?" 하니, 상이 이르기를, "누구인가? 본시 무방한 일이다." 하였다. 이정구가 아뢰기를, "연소한 사람 중에 해운 판관(海運判官) 허균(許筠)은 시에 능할 뿐만 아니라, 성품도 총민(聰敏)하며 전고(典故) 및 중국 일을 많이 압니다. 양주 목사(楊州牧使) 김현성(金玄成)은 나이는 늙었으나 또한 시재(詩才)가 있고 글씨도 잘 쓰니 뒤따라 들어오게 하고 싶습니다." 하니, 상이 이르기를, "경이 하고 싶은 대로 하라. 데리고 가고 싶다면 무슨 어려움이 있겠는가." 하였다.18)

세 번째로 허균이 외직을 맡은 것은 36세 때인 1604(선조37년)년의 일로, 수안군수로 임명받았다.

신중엄(申仲淹)을 동지중추부사로, 유사규(柳思規)를 첨지중추부사로, 김응서(金應瑞)를 경상 좌병사로, 여유길(呂裕吉)을 군기시 정으로, 윤의(尹顗)를 예빈시 부정으로, 채형(蔡衡)을 사간원 헌납으로, 윤수겸(尹守謙)을 정언으로, 성시헌(成時憲)·이경운(李卿雲)을 예조 좌랑으로, 조즙(趙濈)을 부수찬으로, 이구징(李久澄)·이기수(李麒壽)를 전적(典籍)으로, 이광악(李光岳)을 수원 부사로, 허균(許筠)을 수안 군수로, 【사람됨이 간사하고 또한 조행이 없었다. 일찍이 강릉(江陵) 땅에 나갔을 적

---

18) 『선조실록』 권143, 선조34(1601)년 11월 17일신해조. 24집 317면.

에는 명기(名妓)에게 혹하여, 그의 어미가 원주(原州)에서 죽었는데도 분상(奔喪)하지 않았었다. 또 근거없는 말을 조작하여 이홍로(李弘老)와 함께 공모하여 사림(士林)을 도모하려 하였는데, 간교한 상황이 탄로나 흉계를 이루지 못하였다. 온 세상이 천하게 여기고 미워했다.】 허완(許完)을 단천 군수로, 방복령(房復齡)을 제주 판관으로, 심곤(沈闓)을 공조 정랑으로 삼았다.19)

전일 황해도사로 갔을 때 수안군의 토호 이방헌(李邦憲)의 악명을 익히 들었던 허균이 공교롭게도 수안군수가 된 것이다. 마침 이방헌이 죄를 짓자 허균은 이를 법대로 엄하게 처리하였다. 그 결과 이방헌이 숨지자 그의 아들의 진정을 받은 관찰사가 허균을 추궁하였다. 〈허균은 자기의 행동이 법에 어긋나지 않는다고 밝힌 뒤에, 벼슬에 연연하지 않고 군수의 인끈을 벗어 놓았다.〉20)

정주동은 수안군수의 임명에 대하여 〈三十七年 八月 二日 三十六歲 땐 伯兄 筬이 禮判이 되던 날 典籍이 되고, 同年 六月 遂安郡守로 赴任하였으나 이후 다시……〉라고 기록21)하고 있으나 전후 문맥과 실제의 사실을 고려한다면 이는 9월 6일의 오식이다.

허균이 수안군수에서 사직한 이유에 대해서는 달리 기록한 것을 많이 볼 수 있다. 〈士論의 糾彈으로 免職〉된 것으로 기술하고 있는 경우22)뿐만 아니라, 한국민족문화대백과사전에서는 〈불교를 믿는다는 탄핵을 받아 또다시 벼슬길에서 물러나왔다〉고 서술하여 마치 면직된

---

19) 『선조실록』 권178, 선조37(1604)년 9월 6일 계축조. 24집 659면.
20) 허경진, 『허균』, 평민사, 1983, 207-208면.
21) 鄭鉒東, 『洪吉童傳研究』, 民族文化社, 1983(재판), 23면.
22) 李能雨, 「許筠論」, 『古小說研究』, 二友出版社, 1980, 143면.

이유가 불교 숭배인 것처럼 기술한 경우 등을 볼 수 있으나, 허경진이 명확히 밝히고 있는 바와 같이 관찰사의 추궁에 따른 사직으로 보는 것이 타당하다 하겠다.

그러나 여기에서 문제가 되는 것은 협자로 기록한 〈사람됨이 간사하고 또한 조행이 없었다. 일찍이 강릉(江陵) 땅에 나갔을 적에는 명기(名妓)에게 혹하여, 그의 어미가 원주(原州)에서 죽었는데도 분상(奔喪)하지 않았다〉라는 기록의 진위 문제이다. 여기에서 지칭한 그의 어미는 분명 모부인인 김씨를 의미한다고 해야할 것이다. 그러나 모부인은 허균이 해운판관으로 근무하던 시절 곧 허균이 33세 때인 1601(선조34)년 8월 13일 진안 현감이 베푼 광대들의 노름을 보다가 설익은 감을 먹고 체하여 14일 사망한 것으로 되어 있으며, 이때 허균은 3일장을 치루고 다시 임지인 익산으로 떠난 것으로 되어 있다. 허균이 분상하지 아니하였다는 것이 과연 어떤 의미인지 아직까지 해결하지 못하고 있는 부분이다.

네 번째로 외직을 맡은 것은 삼척부사이다. 허균의 삼척부사 임명 기사와 사헌부의 탄핵 기사를 살펴보면 다음과 같다.

정사(政事)가 있었다. 정창연(鄭昌衍)을 좌참찬으로, 홍여순(洪汝諄)을 【거리낌없이 탐욕스러운 행위를 하였으므로 사람들이 더럽게 여겨 욕하였다.】 우참찬으로, 허성(許筬)을 예조 판서로, 신흠(申欽)을 상호군(上護軍)으로, 이수일(李守一)을 호군(護軍)으로, 오백령(吳百齡)을 사인(舍人)으로, 이육(李堉)을 종부 정(宗簿正)으로, 박동망(朴東望)을 내자시 정(內資寺正)으로, 이필영(李必榮)을 상의원 정(尙衣院正)으로, 송석경(宋錫慶)을 사직(司直)으로, 허균(許筠)을 삼척 부사(三陟府使)로, 이형원(李馨遠)을 병조 정랑으로, 유업(柳澲)을 병조 좌랑으로, 최현

(崔晛)을 검열(檢閱)로, 이희성(李希聖)을 경흥 부사(慶興府使)로, 우치적(禹致績)을 북도 우후(北道虞候)로 삼았다.23)

삼척 부사(三陟府使) 허균(許筠)은 유가(儒家)의 아들로 그 부형이 종사하던 것과는 반대로 불교를 숭신(崇信)하여 불경을 외며 평소에도 치의(緇衣)를 입고 부처에게 절을 하였고, 수령이 되었을 때에도 많은 사람이 보는 앞에서 재(齋)를 열어 반승(飯僧)하면서도 전혀 부끄러워할 줄을 몰랐으며, 심지어 중국 사신이 나왔을 때에는 방자하게 선담(禪談) 불어(佛語)를 하며 부처를 좋아하는 일을 장황하게 늘어놓아 중국 사신의 눈을 현혹시켰으니, 매우 해괴하고 놀랍습니다. 청컨대 파직하고 서용하지 말아 사습(士習)을 바로 잡으로서.24)

이때 허균과 함께 탄핵 대상이 된 인물은 곽재우이며, 유교의 입장에서 보면 모두 이교(異敎)에 대한 탄핵이라고 할 수 있다. 불교에 대한 허균의 태도를 못마땅하게 여긴 것이 그 첫 번째 이유이다. 물론 이러한 유교측의 반응은 임진왜란이라는 전란의 과정을 통하여 조선 초에 비하여 불교의 공식적 위치에 변화가 생긴 것에 연유한 것으로 보인다. 이에 대하여 선조는 〈포용하여 그대로 두어야지 죄를 줄 필요가 없다〉고 하였으나 거듭되는 사헌부의 요청25)에 따라 파직을 허락한다. 이것이 허균에 있어서는 두 번째 파직으로 삼척에 부임한 지 단 13일만의 파직이었다.

허균이 마지막으로 맡은 외직은 공주목사이다. 이때 그의 나이는 39세, 1607(선조40)년 12월 9일이었다.

---

23) 『선조실록』 권209, 선조40(1607)년 3월 23일 병술조. 25집 318면.
24) 『선조실록』 권211, 선조40(1607)년 5월 4일 병인조. 25집 331면.
25) 『선조실록』 권211, 선조40(1607)년 5월 6일 무진조. 25집 333면.

유영순(柳永詢)을 호조 참판으로, 이유홍(李惟弘)·정엽(鄭曄)·윤의립(尹義立)·윤양(尹瀁)을 지제교로, 조탁(曺倬)을 우부승지로, 이덕온(李德溫)을 동부승지로, 고용후(高用厚)를 예조 좌랑으로, 이현(李俔)을 사서(司書)로, 허균(許筠)을 공주 목사(公州牧使)로, 최입(崔岦)을 강릉 부사(江陵府使)로, 유희담(柳希聃)을 인천 부사(仁川府使)로, 박엽(朴燁)을 평산 부사(平山府使)로 삼았다.26)

1608(선조41:광해즉위)년 2월 선조가 승하하고 광해가 즉위하였다. 1608(광해즉위)년 8월 21일 충청도 암행어사에 의해 허균은 공주목사에서 파직 당한다. 이것이 그의 세 번째 파직이었으니, 파직을 당하게 된 이유가 무엇인지 구체적인 내용은 알 수 없다.

충청도 암행 어사의 서계로 인하여 전교하였다. "단양 군수(丹陽郡守) 송선(宋瑄), 한산 군수(韓山郡守) 성이민(成以敏)은 모두 승서(陞敍)하고, 남포 현감(藍浦縣監) 이완(李莞), 이산 현감(尼山縣監) 이진웅(李震雄), 청안 현감(淸安縣監) 양사행(梁思行)은 옷감 한 벌씩을 내려주고, 공주 목사(公州牧使) 허균(許筠), 태안 군수(泰安郡守) 신진(申蓁), 진천 현감(鎭川縣監) 윤인연(尹仁演), 신창 현감(新昌縣監) 경괄(慶适) 등은 모두 파직하고, 이인 찰방(移仁察訪) 안숭검(安崇儉), 성환 찰방(成歡察訪) 윤지복(尹之復) 등은 모두 먼저 파직을 하고 나서 추문을 하고, 전 당진포 만호(唐津浦萬戶) 송명(宋溟)은 나국하고, 병사 신경행(辛景行), 수사 이간(李偘)은 함께 추고하고, 진천(鎭川)의 불법 문서는 사헌부에 내려보내어 처치토록 하고, 박석명(朴錫命)·김만석(金萬石) 등은 법사로 하여금 죄를 매기도록 하고, 그 밖의 폐막(弊瘼) 등의 사항은 해조에 내려보내 회계하도록 하라."27)

---

26) 『선조실록』 권219, 선조40(1607)년 12월 9일 정묘조. 25집 377면.
27) 『광해군일기』 권7, 광해즉위(1608)년 8월 21일 을해조. 31집 345면.

세 차례나 거듭된 파직 가운데, 파직 이유가 명확히 드러난 때는 황해도사일 때와 삼척부사일 때이다. 그리고 허균의 불교에 대한 태도가 문제가 되었던 것은 삼척부사일 때뿐이며, 이것도 허균만이 문제가 된 것이 아니라 당대의 이교(異敎)의 득세에 따른 유교의 대응으로 이러한 결과가 나타났다는 것이다.

공주목사 파직 이후 허균의 행적에 대하여도 몇몇 차이를 찾아볼 수 있다. 정주동은 〈즉 宣朝 四十一年 그 爲人의 탓으로 咸山에 竄配되었을 때〉[28]라고 하여 파직 이후 함산(함열)에 찬배된 것으로 설명하고 있으나, 허균이 전라도 함열현 곧 함산으로 귀양을 간 것은 〈저서제질 사돈방(子婿弟姪査頓榜) 사건〉으로 말미암은 것으로 1610(광해2)년 12월 29일의 일이었으며, 허균이 배소인 함열에 당도한 것은 이듬해(1611년) 1월 15일이었다.[29]

> 죄인 허균을 함열현(咸悅縣)으로 귀양보냈다. 허균은 〈총민함과〉 문장의 화려함이 〈근래에〉 짝할 사람이 없지만, 망령되고 경박하며 또 행실을 단속하지 못하였다. 얼마 전 과장(科場)에서 부정을 행하였다가 잡혀들어가 신문을 받았는데, 이때에 이르러서야 허균이 죄를 자백하니, 법률에 따라 단죄하여 전라도 함열 땅에 정배하였다. 당시에 사정을 써서 자제를 합격시킨 부형이 허보(許寶)의 아저씨만이 아니었고, 부형을 인하여 과거에 합격한 자제가 허균의 생질만은 아니었다. 그런데 허균이 당시에 명망을 얻지 못하고 세상에 중시되지 못하였기 때문에 허보만 과방에서 삭제되고 허균만 처벌을 받았으니, 사람들이 승복하지 않는 것이 마땅하다.[30]

---

28) 鄭鉒東, 『洪吉童傳研究』, 民族文化社, 1983(재판), 27면.
29) 『국역성소부부고 Ⅲ』, 민족문화추진회, 1989(중판), 99면.
30) 『광해군일기』 권36, 광해2(1610)년 12월 29일 경자조. 31집 598면.

7. 내자시 정과 공주목사 임명의 선후관계에 대하여

허균이 내자시 정(內資寺正)에 임명된 것과 공주목사(公州牧使)로 임명된 것의 선후에 있어서도 서술의 차이를 살필 수 있다. 『선조실록』에 따르면 내자시 정이 된 것은 39세 때인 1607(선조40)년 7월 19일이며, 공주목사로 임명된 것은 같은 해 12월 9일이다.

> 윤돈(尹暾)을 동지중추부사로, 홍식(洪湜)을 대사간으로, 성이문(成以文)을 【인품이 몹시 강직하다.】 이조 참의로, 송준(宋駿)을 홍문관 부제학으로, 박동열(朴東說)을 【문예(文藝)로 진출하였다.】 예조 참의로, 허균(許筠)을 【경박하여 자제하는 일이 없었다.】 내자시 정으로, 최유원(崔有源)을 세자 시강원 보덕으로, 이정험(李廷傑)을 성균관 사성으로, 이척(李惕)을 사헌부 지평으로, 이안눌(李安訥)을 예조 정랑으로, 하수일(河受一)을 형조 정랑으로, 윤탁(尹倬)을 세자 시강원 문학으로, 황경중(黃敬中)을 홍문관 수찬으로 삼았다.31)
>
> 유영순(柳永詢)을 호조 참판으로, 이유홍(李惟弘)·정엽(鄭曄)·윤의립(尹義立)·윤양(尹瀁)을 지제교로, 조탁(曺倬)을 우부승지로, 이덕온(李德溫)을 동부승지로, 고용후(高用厚)를 예조 좌랑으로, 이현(李俔)을 사서(司書)로, 허균(許筠)을 공주 목사(公州牧使)로, 최입(崔岦)을 강릉 부사(江陵府使)로, 유희담(柳希聃)을 인천 부사(仁川府使)로, 박엽(朴燁)을 평산 부사(平山府使)로 삼았다.32)

이에 대하여 정주동은 〈同年 七月 公州牧使가 되었다가 다시 性行의 輕飄無檢으로 內資寺正이란 閑職으로 들어오게 되었다〉33)고 하여

---

31) 『선조실록』 권214, 선조40(1607)년 7월 19일 기유조. 25집 354면.

32) 『선조실록』 권219, 선조40(1607)년 12월 9일 정묘조. 25집 377면.

33) 鄭鉒東, 『洪吉童傳硏究』, 民族文化社, 1983(재판), 26면.

1607년 7월 공주목사가 되었다가 이후에 내자시 정이 된 것으로 서술하고 있으니 주의를 요한다. 그러나 다른 곳에서는 〈筠이 宣朝 四十一年 公州牧使로 있을 때〉라고 하여 40세 때인 1608(선조41)년에 공주목사의 지위에 있었음을 분명히 밝히고 있다[34]는 점에서 두 기록이 상치되어 있다는 점도 함께 지적해둔다.

한편 차용주는 기유서행기(己酉西行紀)에 의거하여 〈蛟山이 扶安으로 돌아간 해가 戊申年이었고 다음 해 二月初에 書狀官으로 임명되었으니 40세 되던 해 2월 이전에 公州牧使에서 해임되었음을 알 수 있다〉[35]고 하였다. 戊申年은 허균이 40세 때인 1608(선조41)년이며, 다음 해는 己酉年으로 허균이 41세 때인 1609(광해원)년이기에 〈40세 되던 해〉가 아니라 〈41세 되던 해〉임을 알 수 있다. 이는 오자로 추정된다.

8. 성균관 전적 임명에 대하여

허균의 성균관 전적(成均館典籍) 임명에 대하여는 연구자들마다 서로 달리 서술하고 있음을 확인할 수 있다. 정주동은 〈三十七年 八月 二日 三十六歲 땐 伯兄 筬이 禮判이 되던 날 典籍이 되고〉라고 기록[36]하여 36세 때인 1604(선조37)년 8월 2일에 전적이 되었다고 하였으며, 申東旭이 편찬한 작가연보[37]에는 1602년에 전적을 지냈다고 기술하고 있다. 그러나 허균이 전적으로 임명받은 것은 1604년 7월 27일이

---

34) 鄭鉒東, 『洪吉童傳硏究』, 民族文化社, 1983(재판), 30면.

35) 車溶柱, 『許筠硏究』, 景仁文化社, 1998, 26면.

36) 鄭鉒東, 『洪吉童傳硏究』, 民族文化社, 1983(재판), 23면.

37) 申東旭(編輯), 「작가 연보」, 『許筠의 문학과 혁신사상』, 새문社, 1981, Ⅲ-48면.

며, 1602년 8월 27일에는 성균관 전적이 아니라 성균관 사예에 임명되었음을 알 수 있다. 또한 이능우 역시 1603(선조36)년 7월 성균관 전적이 되었다[38]고 기록하고 있으나 이것 역시 오식으로 보인다. 실제 선조실록의 기록을 보면 다음과 같다.

> 권희(權憘)를 호조 참판으로, 신식(申湜)을 예조 참판으로, 최천건(崔天健)을 사헌부 대사헌으로, 박홍로(朴弘老)를 동지중추부사로, 송응순(宋應洵)을 홍문관 부제학으로, 문여(文勵)를 사간원 사간으로, 이육(李堉)을 상의원 정으로, 이덕형(李德泂)을 사섬시 부정으로, 송석경(宋錫慶)을 홍문관 교리로, 권반(權盼)을 성균관 직강으로, 허균(許筠)을 성균관 전적으로, 심광세(沈光世)를 해운 판관(海運判官)으로, 송정(宋珽)을 태천 현감(泰川縣監)으로 삼았다.[39]

9. 의흥위대호군/부호군 그리고 예빈정/부정에 대하여

다음은 황태손의 탄생을 반포하기 위해서 중국에서 조서를 가지고 온 주지번 일행을 맞이하기 위하여 원접사 유근이 허균을 종사관으로 추천하였을 때, 허균이 임명받은 임시직이 무엇인가 하는 점이다. 실록의 기록에는 이때의 임시직이 단순히 군직이었다고만 밝히고 있어 정확한 직위를 알 수 없다.

> 원접사 유근(柳根)이 아뢰기를, "종사관을 자벽(自辟)하는 것은 관례입니다. 평상시에는 나름대로 사가 독서(賜暇讀書)로 길러 둔 신하가 있

---

38) 李能雨, 「許筠論」, 『古小說硏究』, 二友出版社, 1980, 143면.

39) 『선조실록』 권176, 선조37(1604)년 7월 27일 병자조. 24집 628면.

어서 이들 가운데 뽑아 대동하고 갔으나 변란을 겪은 뒤로 사가 독서의
선발을 아직 복원시키지 못한 실정이고 신이 매양 외직에 나가 있었던 까
닭에 후진 인사들과 접촉이 드물어 어떤 사람이 글을 잘하는지 아직 모르
고 있습니다. 근래 들은 바로는 사람들의 칭찬에 오르내리는 사람이 홍서
봉(洪瑞鳳)·허균(許筠)·김상헌(金尙憲)·이민성(李民宬)·조희일(趙
希逸) 등 약간명이라고 합니다. 그중 홍서봉은 지금 성주 목사(星州牧
使)로 나가 있고 김상헌은 경성 판관(鏡城判官)으로 나가 있고 이민성은
포폄(褒貶)에서 하등을 받았으므로 감히 대동하고 가기를 청할 수 없습
니다. 허균은 한산직(閑散職)에 있기는 하나 지금 도하에 머물러 있으니
군직(軍職)에 붙여 대동하고 가기를 청하는 바입니다. 조희일은 승문원
박사이나 이는 곧 참하관(參下官)입니다. 일찍이 듣건대 박증영(朴增榮)
은 직장(直長)으로 중국 사신 동월(董越)이 나왔을 적에 종사관이 되었
었으나 그뒤로는 참하관으로서 종사관이 되었다는 말을 아직 듣지 못하였
습니다. 그러나 신이 본 바로는 병술년 사이에 중국 사신이 나온다는 소식
이 있었을 때 대제학 이산해(李山海)가 봉교 이호민(李好閔)을 대동하고
가려고 하여 그를 6품에 올려줄 것을 계청하려다가 마침내 사신이 나오지
않았기 때문에 입계하지 않았었습니다. 참하관을 6품으로 올리는 일은 아
래에서 감히 마음대로 할 수는 없으므로 박증영의 선례에 따라 조희일을
대동하고 가기를 청하는 바입니다. 필선(弼善) 이지완(李志完)을 대동하
고 가야 하는데 지금 성천에 가 있습니다. 조사(朝辭)를 생략하고 대동하
고 가겠다는 뜻으로 도감(都監)에서 이문(移文)하여야 합니다. 황공스럽
게 감히 여쭙니다.”하니, 상이 모두 윤허하였다.[40]

한림원 수찬(翰林院修撰) 주지번(朱之蕃)과 예부 좌급사중(禮部左
給事中) 양유년(梁有年)이 조서(詔書)를 가지고 나왔는데, 황태손(皇太
孫)이 탄생한 경사를 반포하기 위함이었다. 대제학 유근(柳根)을 원접사
(遠接使)로, 예조 판서 이호민(李好閔)을 관반(館伴)으로 삼았는데, 유

---

40)『선조실록』권195, 선조39(1606)년 1월 4일 계유조. 25집 147면.

근이 허균(許筠)·조희일(趙希逸)·이지완(李志完)을 불러 종사관(從事官)으로 삼았다. 당시 김상헌(金尙憲)·홍서봉(洪瑞鳳)은 모두 배척받아 외읍(外邑)의 수령으로 있었기 때문에 참여시킬 수 없었다. 희일은 당시 참하관(參下官)이었지만 유근이 박증영(朴增榮)의 예를 원용하여 계청(啓請)해서 품계를 높여 데리고 갔다.[41]

허균이 임명받은 임시직에 대하여 정주동, 이능우, 허경진은 義興衛 副護軍으로 서술하고 있는 반면에 김진세, 차용주는 義興衛大護軍으로 임명되었다고 서술하고 있다.

특히 차용주는 이에 대하여 '병오서행록 별서(丙午西行錄 別書)'의 〈西坰柳贊成爲儐 擧余從事 叙邦禮賓正〉이라는 기록에 근거하여 다음과 같이 서술하고 있다.

蛟山은 遂安郡守로 있다가 해직을 당하고 집에 있었는데 柳根의 추천에 의해 從事官이 되면서 禮賓正으로 제수되었다. 이때 쓴 紀行文이 丙午紀行인데, 이 기행문에 따르면 柳根의 啓請에 의해 가게 되었다고 하며 丙午年 正月 初六日에 義興衛大護軍에 임명되었다고 했다. 蛟山 자신이 직접 쓴 것임에도 禮賓正 또는 義興衛大護軍으로 관직의 職名이 다르다. 아마도 후자의 것은 遠接使 일행에 임시로 임명한 것이 아닌가 생각된다.[42]

그러나 사신을 접대하는 과정에서 허균과 주지번 허균 사이에는 이러한 대화가 오고갔다.

---

41) 『선조수정실록』 권40, 선조39(1606)년 1월 1일 경오조. 25집 698면.

42) 車溶柱, 『許筠研究』, 景仁文化社, 1998, 26면.

"무슨 관직에 있는가요?"

하고 물었다. 나는,

"예빈시 부정(禮賓寺副正)이니 바로 중국의 광록소경(光祿少卿)입니다. 직책이 공궤(公饋)를 관장하기 때문에 국왕께서 저를 파견하여 음식과 여관을 마련하게 한 것입니다."[43]

주지번이 허균에게 현재 맡은 관직을 물었을 때, 허균 스스로 답하기를 예빈시부정(禮賓寺副正)이라고 하였다는 것을 알 수 있다. 이러한 사실을 통하여 허균이 유근에 의하여 종사관으로 처음 추천받으면서 맡은 임시직은 의흥위부호군이 아니라 의흥위대호군이었으며, 이후 서행하는 과정에서 예빈부정의 직책에 임명된 것으로 파악하는 것이 온당할 것 같다.

또한 이 해에 있어서 허균의 서행을 연경을 갔다 온 것으로 언급한 김동욱의 서술은 서행(西行)을 연경(燕京)까지 간 것으로 착각한 것 같다[44]고 지적된 바 있다.

10. 결론 그리고 남는 말들

이상에서 우리는 허균 연보를 작성하는 과정에서 나타나는 동이(同異)를 살펴보았다. 연구자들에 의하여 일치된 서술을 보이는 부분이 있는 반면에, 조금씩 차이를 보이는 부분도 있다. 더군다나 허균의 경우, 많은 시간이 흘렀음에도 불구하고 〈賊 許筠〉이라는 역적의 이름으

---

43) 『국역성소부부고 Ⅲ』, 민족문화추진회, 1989(중판), 29면.

44) 金鎭世, 「許筠研究」, 『國文學研究』 第2輯, 國文學研究會, 1965, 31면.

로 남아 있었기에 --박태순(朴泰淳)이 광주부윤(廣州府尹)으로 재직시 국조시산을 간행한 일을 둘러싸고 일어난 숙종 26년의 논의에서 잘 드러난다. 물론 이 논의에서는 국조시산의 간행이 문제가 되는 것이 아니라 여기에 수록된 이이의 시가 문제가 되고 있다-- 그의 연보를 작성하는 일은 조선이라는 중세사회를 넘어선 시기에 가능한 일이라고 할 수 있다. 물론 그 전에 역적이라는 누명을 벗어날 수 있는 복권 조치가 이루어졌다면 모르거니와, 그렇지 아니한 지금에 있어서, 이는 20세기의 작업이 될 수밖에 없다 하겠다. 그러나 20세기가 다 지나가는 이 마당에 허균의 연보를 재검토한 결과 여기에는 많은 착오가 있음을 알 수 있었다.

이러한 연보의 재검토를 가능하게 한 것은 무엇보다도 국역조선왕조실록이 CD-ROM의 형태로 제공되어 특정한 어휘를 검색하는 일이 매우 용이해졌기 때문이다. 이러한 점을 고려한다면 기존에 이루어진 다른 문인들의 연보들에 대하여도 다시 검토해 볼 수 있는 기회를 가질 수 있을 것이며, 그 결과 좀더 정확한 연보를 서술하는 것이 가능할 것이다.

다만 여기에서는 허균의 연보를 검토하면서 함께 다루어야 했으나 미처 검토하지 못한 몇몇 사항들을 언급하고자 한다. 먼저 월과(月課)에서의 계속된 장원과 이에 따른 가자(加資)의 관계, 광해 원년 원접사 이상의의 추천에 따른 관작의 변동 양상, 왜정진주사가 되었다가 체차된 이후의 허균의 생활, 광해 6년 허균이 천추사로 중국을 간 시기, 좌참찬 또는 우참찬 등으로 나타나는 말년의 관직 변동의 정확한 양상 등은 앞으로 계속 검토되어야 할 사항이다. ❧

염불놀이의 의미와 기능

1. 서론

양주산대[1]에 나타나는 '염불놀이'는 다섯번째 과장인 팔목중춤의 첫
번째 경으로써, 두번째 경인 '침놀이' 그리고 세번째 경인 '애사당 법고
놀이'와 함께 '팔목중춤'을 구성하고 있다. 이 중 두번째 경인 침놀이에
대하여는 그 구조적 측면에 유의하여 삶과 죽음이라는 축을 중심으로
의미를 해석해 내기도 하였으며,[2] 이러한 과정 중에 염불놀이가 지니
는 의미에 대한 단편적인 언급이 있어 왔다. 그러나 이러한 언급에도

---

1) 양주산대에 대하여는 여러 차례에 걸쳐 채록과 연구가 있었다. 이들 중 이 글에서
   직접 언급되지 아니한 주요한 연구를 살펴보면 다음과 같다. 이혜구, 「양주산대놀
   이의 옴, 먹중, 연잎과장」, 『예술원논문집』 8, 1969; 조상현, 「양주별산대의 연구와
   디오니소스제의 정리 및 양자의 비교연구」, 『성대』 26, 1972; 이혜구, 「양주 별산
   대 가면극에서의 등장과 퇴장 형식」, 『동방학지』 20, 1978; 김한영, 「양주산대의
   인물연구」, 서울대 교육대학원 석사학위논문, 1979; 황순연, 「양주별산대연구」, 고
   대 교육대학원 석사학위논문, 1980; 전신재, 「양주별산대놀이의 생명원리」, 성균관
   대 석사학위논문, 1980; 한철수, 「양주별산대 미얄마당의 구조연구」, 『국문학연구』
   77, 1986.
2) 조동일, 「침놀이에 나타난 삶과 죽음의 관계」, 『탈춤의 역사와 원리』 (홍성사,
   1979) 239-252면.

불구하고 염불놀이가 지니고 있는 연희의 전개 방식, 그리고 그것이 드러내 보여주는 구체적인 의미와 기능 등에 대해서는 아직까지 상세한 언급이 없었던 것으로 보인다. 따라서 여기에서는 무엇보다도 탈춤을 탈춤 자체가 지니고 있는 원리나 방식에 의하여 설명하려는 노력의 일환으로 〈탈춤의 각 장면은 사건의 전후 관계나 인과 관계에 구애되지 않는 그것대로의 독립성을 가지고 있다〉3)는 점을 염두에 두면서, 염불놀이가 보여주는 연희의 구조를 분석하고, 이러한 분석에 근거하여 염불놀이의 의미를 파악하고자 한다.

여기에서 구조의 분석을 통한 의미의 추출을 중시하는 이유는, 무엇보다도 탈춤이 보여주는 원리에 의하여 염불놀이에 접근하려는 경우에는 구체적인 분석이 먼저 이루어져야 하기 때문이다. 이것이 미처 이루어지지 못한 상태에서 그 의미를 〈여덟 목중이 나와서 염불을 하는데 사실은 염불을 장난거리로 삼고 염불의 형식을 빌어서 염불을 비꼬면서, "우리들은 겉은 중이지만 속은 멀쩡한 오입쟁이"라고 스스로 말하는 것〉으로 파악하여 〈목중들이 중이나 하는 짓을 하면서 중의 행동규범을 파괴하는 것〉을 내용으로 한다는 단편적인 지적4)이나 혹은 〈팔목중들의 활력에 넘치고 자유분방한 삶의 모습을 보여〉주어 〈원시적 생명감을 잘 형상화해 낸다〉는 지적5) 등은 염불놀이가 지니는 상징적 의미와 기능을 드러내기에는 미흡한 것으로 보이기 때문이다. 왜냐하면 첫번째 과장에서 네번째 과장에 이르는 의미가 〈중이면서도 중이 아니고, 이익이나 다투며 살아가는 인간들의 내적 갈등과 외적 갈등을

---

3) 조동일, 위의 글, 위의 책 245면.
4) 조동일, 위의 글, 239-241면.
5) 全信宰, 「楊州別山臺놀이의 分析」, 『陶南學報』 4, 1981, 40면 및 46면 참조

파헤쳐 보여 주는 것)[6]이라고 한다면, 다섯번째 과장의 첫번째 경에 해당하는 염불놀이도 역시 이와 관련된 의미와 기능을 지닐 수 있음을 충분히 예견할 수 있으며, 더군다나 다섯번째 과장의 명칭이 '팔목중춤'[7]이라고 되어 있다는 점을 고려하여 그 등장인물의 구성[8]이라는 측면에서 여타의 채록본을 비교하여 살펴보면 '침놀이'나 '법고놀이'에 비하여 '염불놀이'가 '팔목중춤'의 주요한 의미를 잘 드러내 주는 것으로 보이기 때문이다.

따라서 이같은 염불놀이의 의미와 기능을 밝혀내기 위해서는 무엇보다도 그 구조적 분석을 통하여 연희의 진행 원리를 살피고, 이러한 진행 가운데서 각각의 부분들이 보여주는 공통적 특성은 어떠한 의미와 기능을 지니는가를 살펴야 할 것이다. 이러한 구조적 분석을 위하여 여기에서는 金成大 구술·채록본[9]을 주자료로 삼고, 논지의 전개상 필요한 경우에는 다른 채록본을 보조자료로 사용하도록 하겠다.[10]

---

6) 조동일, 「상좌·옴·목중·연잎 과장」, 앞의 책, 237면.

7) 팔목중에 대해서는 <상좌 둘, 목중 넷, 옴중과 완보를 합쳐서 8목중이라고 한다고 하고, 목중 넷 중에 冠쓴 중이 포함된다고도 하고, 또는 完甫와 冠쓴 중은 같은 것이라고도 하며, 또 여러 목중을 가르키는 汎稱으로 팔목이라고 하기도 한다>고 하여 매우 혼란되어 있음을 알 수 있다. 李杜鉉, 『韓國의 假面劇』(一志社, 1979) 145면; 沈雨晟 編著, 『韓國의 民俗劇』(創作과 批評社) 151-152면 참조.

8) 이 책 220면 참조.

9) 沈雨晟 編著, 앞의 책, 151-157면.

10) 주 자료를 인용하는 경우는 인용 면수를 밝히지 않으며 다른 채록본을 사용하는 경우에만 수록된 곳과 인용 면수를 밝히도록 하겠다.

2. 염불놀이의 구조 분석

염불놀이는 완보와 팔목중들 사이에 자신들의 신분이 무엇인가를 확인하는 데에서부터 시작하고 있다. 그들이 확인하는 신분은 곧 중이라는, 따라서 〈염불이나 부르는 것이 도리〉인 신분이다. 따라서 그들은 비록 〈산대굿을 한다기에 구경차 나온 것〉일지라도 〈어디를 가나 중 행세를 해야〉만 한다는 당위성의 확인을 보여준다. 이같이 설정된 당위성에 근거한 중이라는 신분으로서의 그들은, 그들이 이미 산대굿판에 나왔다는 사실에서부터 이미 모순을 보여주기 시작하여, 설정된 당위의 타당성 여부를 문제로 제시하는 것이라 하겠다. 따라서 중으로서의 그들은 그들의 당위성에 합당한 행위로써 염불을 시작하는 것이며, 이후의 그들의 모든 행위는 이러한 당위성을 사이에 두고 전개되는 것이라 하겠다. 이제 이들이 전개하는 대화를 그 구조적 특성을 고려하여 단락화시켜 살펴보면 다음과 같다.[11]

[A]
① 완   보: 자 우리 염불이나 부르자!
② 팔목중들: 한번 불러보자.
⑤ 완   보: (꽹쇠를 치면서) 나무아미타불
⑥ 팔목중들: 나무 어미 타불 나무 할미 타불
　　말 뚝 이: 나무 어미도 타불, 나무 할미도 타불

---

11) 여기에서 [A] 이하 [F]까지는 여러 개의 단락이 모여 구성하는 하나 하나의 상위 단위를 표시하며, 이를 여기에서는 장면이라고 부르기로 한다. 또한 각 단락 앞의 숫자는 이들 단락이 지니는 특성을 구분하기 위하여 필자가 붙인 것이다. 여기에서는 한 인물이 계속 대화를 진행하는 경우에도 그 대화에 있어서 각각의 특성을 구분하여 단락화 시켰음을 밝혀둔다.

⑦ 완　　보: 이 안갑할 녀석아! 세상에 나무 어미 타불 할미 타불이 어디
　　　　　　있느냐.

⑧ 말 뚝 이: 너 모르는 소리 마라. 우리는 도통이 되어 너보담 도가 한층
　　　　　　높아 나무 어미 할미 타불이라 부른다!

⑨ 완　　보: 그래 도가 높아서 나무 어미 할미 타불이라 불러! 이 안갑을
　　　　　　할 놈아!

[B]

① 목　　　중: 애 애 우리들은 겉은 중이라도 속은 멀쩡한 오입쟁이 중인데
　　　　　　　염불이고 곱불이고 다 그만두고 백구타령이나 한번 부르자.

② 목 중 들: 그 좋은 말이다.

⑦ 완　　보: 애 애 너희들을 봐하니 절간이 몽땅 덧났구나.

[C]

① 완　　보: 우리 염불 덕담이나 해 보자.

⑤ 완　　보: <염불덕담>

[D]

① 목　　중: 애 애! 오입쟁이 중이 염불이고 덕담이고 무슨 소용이 있느
　　　　　　냐, 우리 백구타령이나 한번 부르자!

② 팔목중들: 그 좋은 말이다.

③ 완　　보: 그럼 지랄은 마라.

④ 팔목중들: 염려 마라.

　　목　　중: 우리들은 한어미 자손인데 지랄이야 할 리가 있겠느냐. 자
　　　　　　한번 불러보자.

⑤ 완보·팔목중들: <백구타령>

⑥ 옴　　중: 어느 제밀할 놈이 하루를 가 이틀을 가지. <춤>

⑦ 완　　보: 애 마라 마라!

⑧ 옴   중: 저놈은 남이 신이 날 만하면 마라 마라 하니 그 무슨 안갑을
           할짓이냐.
⑨ 말 뚝 이: 저놈은 딴 어미 자손이니 할 수 없구나.

[E]

① 말 뚝 이: 우리끼리나 잘 부르자.
③ 완   보: 너희들은 지랄 마라.
④ 말 뚝 이: 그래라 자 부르자.
⑤ 팔목중들: <백구타령>
⑥ 목   중: ……난데 없는 도적놈이! <춤>
⑦ 완   보: 애 마라 마라.
⑧ 목   중: 저놈은 남이 신이 날 만하면 마라 마라 하니 그 무슨 안갑을
           할 것이냐.
⑨ 말 뚝 이: 저놈들은 딴 어미 자손이니 할 수 없고

[F]

① 말 뚝 이: 우리끼리나 잘 놀자.
② 완   보: 거 이를 말이냐,
③ 완   보: 애 그러나 저러나 너 하던 지랄은 다했느냐?
⑥ 말 뚝 이: 어느 제밀할 놈이 다해! <춤>
⑥ 완   보: (말뚝이, 완보 <맞춤> 추고 퇴장)

[A]에서 [F]에 이르기까지 각각의 단락이 지니는 특성을 살펴보면 다
음과 같다. 먼저 단락 ①은 등장인물 중의 한사람에 의해 어떤 행위를
하자는 제안이 이루어지는 것으로 보인다. 즉 '염불을 하자, 백구타령
을 불러보자, 염불덕담을 하자, 잘 놀자' 등등이 이에 해당한다. 따라서
이 단락의 특성은 행위의 제안에 있다 하겠다. 단락 ②에서는 앞의 단
락 ①에서 제시된 제안에 대하여 등장인물들이 동의를 표한 것이다.

따라서 이 단락의 특성은 제안에 대한 동의에 있다 하겠다. 단락 ③은, 단락 ①에 의해 나타난 제안에 대하여 단락 ②에 의한 동의가 이루어짐에 따라, 단락 ①에서 제시된 행위를 하는 데 있어서 해서는 아니되는 금기 사항--곧 '지랄은 하지마라'와 같은--을 설정하는 것으로 보인다. 따라서 단락 ③의 특성은 금기의 설정에 있다고 하겠다. 단락 ④에서는 단락 ③에서 설정된 금기를 지키겠다는 '염려마라, 그래라'와 같은 동의를 나타냄으로써 설정된 금기가 행위를 하는 데 있어 금기로 작용할 수 있는 근거를 마련하게 되며, 앞서 단락 ①에서 제시된 행위가 다음 단락에서 실현될 수 있는 가능성을 지니게 된다 하겠다. 단락 ⑤에 이르러야 비로소 단락 ①에서 제안된 행위가 실현된다. 단락 ⑥에 이르러서는 단락 ③에서 설정되고 단락 ④에 의해 확인된 금기가 파괴되거나 위반되는 모습을 보인다. 이러한 금기의 위반에 대하여 단락 ⑦에서는 이를 저지하는 모습을 보여주고 있다. 단락 ⑧은 이러한 저지에 대하여 금기를 위반한 자가 이의를 제기하면서 항변하는 모습을 보여주며, 단락 ⑨에서는 이러한 항변으로 인하여 금기를 위반하는 행위에 대한 저지를 포기하는 모습을 보여준다 하겠다.

 이같은 단락의 전개에 있어서 그 핵심을 이루는 것은 단락 ③과 단락 ⑥으로, 단락 ③에서 하나의 금기 사항이 설정되고, 단락 ⑥에서 이 금기 사항이 위반 또는 파괴된다는 데 있다 하겠다. 그리고 이러한 금기를 둘러싸고 등장인물들 사이에 갈등의 전개가 나타나며, 이 갈등은 각각의 장면에 있어서는 독립된 것처럼 보이지만 염불놀이 전체를 통하여는 하나의 지속되는 갈등으로 기능한다는 것이다. 결국 이러한 단락의 구분을 통하여 알 수 있는 것은, 염불놀이에 나타나는 대화의 진행이라는 것은 단락 ①에서 단락 ⑨에 이르는 각각의 특성을 지니는

단락의 결합을 통해서 이루어진다는 것이며, 그 결합의 방식은, 장면
[D]와 같이 아홉 개에 해당하는 모든 단락을 구비하는 형태를 비롯하여
장면 [C]와 같이 두 개의 단락만을 구비하는 형태에 이르기까지, 다양
한 형태로 나타나고 있다는 것이다. 그리고 이러한 단락의 선택적 결
합에 의해 형성되는 각각의 장면은 어떠한 특성을 지닌 단락들이 결합
하게 되는가에 따라 그 특성을 달리한다 하겠다. 그리고 이러한 장면
의 특성은 다음의 염불놀이의 의미를 검토하는 자리에서 상세히 언급
될 것이다. 따라서 여기에서 지적할 수 있는 것은, 염불놀이는 [A]에서
[F]에 이르는 여섯 개의 장면으로 구성되어 있다는 것이며, 각각의 장
면은 등장인물들 사이의 갈등을 보여주고 있다는 것이다.

　이제 각각의 단락의 특성과 행위자로서의 등장인물 사이의 관계를
장면을 중심으로 간략히 도표화시켜 보면 다음과 같다.

	[A]	[B]	[C]	[D]	[E]	[F]
① 행위제안	완보	목중	완보	목중	말뚝이	말뚝이
② 동　의	팔목중들	목중들	팔목중들		완보	
③ 금기설정				완보	완보	완보
④ 동　의				팔목/목중	말뚝이	
⑤ 행위실현	완보		완보	완보/팔목	팔목중들	
⑥ 금기파괴	팔목/말뚝			옴중	목중	말뚝이/완보
⑦ 저　지	완보	완보		완보	완보	
⑧ 항　변	말뚝이			옴중	목중	
⑨ 저지포기	완보			말뚝이	말뚝이	

　위의 장면들 가운데서 두드러지는 것은 장면 [A] [D] [E] [F]이다. 여기
에서는 이러한 금기의 설정과 파괴라는 형태가 반복되어 나타난다. [A]

에서는 금기의 설정이 명시되지 않는 것으로 나타나나 이미 금기는 설정되어 있는 것으로 보인다. 왜냐하면 염불을 하자고 제안했을 때에는 등장한 인물들이 중이라는 사실에서 이미 염불이 아닌 다른 것을 해서는 아니 된다는 금기가 설정되는 것으로 보이기 때문이다. 장면 [B]에 있어서는 제안한 행위가 백구타령이라는 점에서 그리고 완보를 제외한 인물들에 의하여 이미 동의가 이루어지고 있다는 점에서 금기의 설정은 찾아볼 수 없다. 즉 중이라는 신분을 지닌 이들이 제시한 행위 자체가 이미 금기를 파괴하는 것이기에 또다른 금기의 설정은 불필요한 것이 된다. 더군다나 완보의 개입시기가 이들이 금기를 제시하기에 앞서 이루어져 이미 제안 그 자체를 저지하는 것으로 보인다. 따라서 여기에서 완보의 제지는 금기로 제시된 행위가 먼저 있고 이에 대한 파괴가 있어서 이루어진 것이라기보다는 이미 그들이 제안하고 있는 행위가 그들의 신분에 비추어 보아 금기에 해당하기 때문에 완보가 개입하는 것으로 파악할 수 있다. 반면 장면 [C]에 있어서는 중이 염불덕담을 한다는 사실은 당연한 것으로 파악되기에 완보의 제안에는 금기가 설정되지 않는 것으로 보인다. 이러한 가운데서 중으로서의 그들이 마땅히 지니고 있어야 할 당위성이 하나씩 파괴되어 가는 모습을 앞으로의 논의를 통하여 구체적으로 살펴보도록 하자.

3. 염불놀이의 의미와 기능

제일 먼저 살펴보아야 할 것은 염불놀이에 등장하는 인물들 중 중심인물은 누구인가 하는 점이다. 이것은 염불놀이가 지니고 있는 의미를 밝히는 데 있어서 중심인물이 누구냐에 따라 전체의 의미가 전도될 수

도 있기에 신중해야만 한다. 우선 여기에 등장하는 인물을 살펴보면
완보, 상좌, 옴중, 목중, 말뚝이이다. 그리고 보조자료로 삼고 있는 여
타의 채록본에 기록되어 있는 등장인물들을 주 자료와 대비하여 살펴
면 다음과 같다.

    가) 김성대 구술/채록본   : 완보, 목중 4,   말뚝이, 상좌 2, 옴중[12]
    나) 박준섭 김성태/구술본   : 완보, 목중 4,   관쓴중, 상좌 2, 옴중[13]
    다) 박준섭 김성태/구술본   : 완보, 목중들[14]
    라) 조종순구술/김지연필사본 : 완보, 목중 4,   관 중, 상좌 2, 옴중[15]
    마) 1957년 연희본   : 완보, 묵승,   말뚝이, 상좌,   옴중[16]
    바) 최상수 채록본   : 완보, 목중 6,   관쓴목중[17]

    여기에서 공통적으로 나타나고 있는 명칭으로 먼저 완보를 확인할
수 있다. 완보를 제외한 인물들의 명칭에 대하여는 채록본마다 차이를
보여준다. 심한 경우는 채록본 다)에서처럼 완보를 제외하고는 모두를
목중들이라 일괄하여 표현하기도 한다. 그러나 이러한 명칭의 차이에
도 불구하고 그들이 수행하고 있는 역할은 각각 고정되어 있는 것으로
보인다. 물론 역할의 고정화와 인물의 고정화 사이의 상관관계를 살필

---

12) 沈雨晟 編著, 앞의 책, 151-157면. 이는 여기에서 주 자료로 사용하고 있는 것으
    로『創作과 批評』 1973년 여름호(통권 28호)에 실린 것을 옮겨실은 것이다.
13) 李杜鉉, 앞의 책, 145-148면. 李杜鉉 採錄本으로 1958년 1월 錄音.
14) 任皙宰・李杜鉉 調査, 「無形文化財指定資料(楊州山台놀이)」, 유인본, 1964,
    25-34면.
15) 조동일, 「양주산대 1930년본」, 앞의 책, 292-295면. 여기에서의 '관중'은 '관 쓴 사
    람'을 편의상 표기한 것이라 밝히고 있다.
16) 조동일, 「양주산대 1957년본」, 위의 책, 341-347면.
17) 崔常壽, 「假面劇本・人形劇本」,『한국예술총람-자료편』(예술원, 1965) 37-38면.

수도 있겠으나 여기에서는 이를 논외로 한다. 다만 한가지 지적하고자 하는 것은 완보를 제외한 여타의 인물에 해당하는 명칭이 혼재되어 나타나고 있다는 것이다.[18]

또한 연희가 진행됨에 따라서 상좌, 목중, 옴중은 각각 퇴장하고 만다. 그리고 마지막까지 남게 되는 인물은 완보와 말뚝이--채록본에 따라서 말뚝이는 관쓴목중 또는 침목이라는 명칭으로 표기된다--이다. 그러나 대부분의 채록본에는 최후까지 남게 되는 인물이 완보로 나타난다. 물론 완보라는 인물이 팔목중 가운데서 독특한 성격을 부여받아 등장하게 된 인물[19]이라고 하더라도 역시 염불놀이의 중심인물에 해당하는 것은 완보이다. 대개의 문학 작품에 있어서도 중심인물에 해당하는 주인공은 결말부에까지 지속되는 인물이라는 상식론에 비추어 보아도 완보가 염불놀이의 중심인물이라는 데 대하여는 별다른 이의가 없다. 설혹 관쓴목중 또는 침목에 해당하는 인물이 말뚝이라는 인물로 성격이 부여되었다고 하더라도 변하는 것은 없다.

더군다나 앞서 염불놀이의 구조를 분석하는 가운데 살핀 바와 같이, 각각의 장면에 있어서 금기를 설정하는 단락 ③과 이 금기의 파괴에 대한 저지를 보여주는 단락 ⑦에서 그 역할을 담당하고 있는 인물이 오직 완보로만 나타난다는 점에서도 염불놀이의 중심인물이 완보라는 것을 확인할 수 있다.

설혹 역사적 실존인물로 언급되고 있는 김완보(金完甫)가 팔목역(八

---

18) 물론 목중 또는 묵승이라 하여 채록본마다 일관하는 명칭이 있으나 이는 단수형이 아닌 복수형--예를 들면 목중들과 같은--에 해당하기에 완보라는 명칭과는 성격이 다르다 하겠다.

19) 조동일, 앞의 책, 249면.

木役)을 잘 하였기 때문에 완보라 불리워졌다[20]고 하더라도 완보는 팔목으로서의 완보인 것이다. 이러한 사실들을 고려해 볼 때, 결국 염불놀이의 중심인물은 팔목 중의 한 사람이라 할 수 있는 완보(完甫)라 하겠다.

이제 이러한 염불놀이의 의미를 밝히기 위하여 [A]에서 [F]에 이르는 각각의 장면의 진행에 따라 인물들의 성격이 어떻게 바뀌는가 하는 점이 밝혀져야 한다. 인물의 성격 변화를 말하는 데 있어서 여기서는 이들의 신분을 중심으로 논의를 진행하도록 하겠다. 왜냐하면 염불놀이의 시작에 있어서 완보의 입을 통하여 언급되는 것이 자신의 신분--곧 중이라는--과 관련된 것이며, 공간적으로는 〈절깐〉과 〈땡끙〉하는 〈산대굿〉판의 대응이라는 모습을 보이기 때문이다. 따라서 여기에서 각 장면의 시작과 종료를 통하면서 등장인물들의 내적 신분[21]의 변화가 어떻게 나타나는가 하는 점을 살피는 것은 각 장면들의 특성을 살피는 것이며, 아울러 염불놀이가 지니는 구체적인 의미가 무엇인가를 살피는 출발점이라 하겠다.

우선 장면 [A]에 있어 완보는 〈중〉이라는 외적 신분과 내적 신분을 보여준다. 〈중〉이라면 당연히 염불을 해야한다는 인식을 보여주는 것

---

20) 金成大구술 채록본에 의하면 '완보가면의 원명'이라고 하여 <原名은 八木인데 약 8-90년 전 양주 사직골에 堂直의 이름이 金完甫로 이때 八木役(完甫)을 잘하기 때문에 누구나 완보탈이라 부른 것이 오늘에 와서는 아주 완보탈로 정해지게 되었다>고 기술하고 있다. 沈雨晟 編著, 앞의 책, 151-152면.

21) 여기에서 내적 신분이라 함은 외적 신분에 대응되는 말로 인물의 복장이나 외모에 의하여 나타나는 따라서 누구나 객관적으로 파악할 수 있는 의미에서의 외적 신분에 대응하여 설정한 것이다. 이는 곧 인물의 외적 조건과는 상관없이 파악되어야 하는 것으로 인물의 의식이나 행위에 의하여 결정될 수 있는 가능태로서의 신분이다.

이나 〈떵끙〉하는 산대굿에서 스스로 어울리지 않는다는 인식을 보여
주는 것은 곧 완보의 외적 신분과 내적 신분이 모두 〈중〉에 해당함을
말해 준다 하겠다. 그러기에 중으로서의 완보는 염불하는 도중에 〈나
무 어미도 타불, 나무 할미도 타불〉이라는 말뚝이의 염불에 대하여 강
한 저지를 보여 준다. 이에 대하여 말뚝이는 이미 자신이 도통(道通)이
되어 완보보다 도가 한층 높기 때문에 그리한다는 항변을 한다. 여기
에서 말뚝이가 말하는 도(道)는 불가(佛家)에서 말하는 도라기보다는
〈떵끙〉판 곧 산대굿에서의 도를 의미한다는 것을 알 수 있다. 결국 말
뚝이는 스스로의 신분을 중이 아닌 다른 것으로 자부한다. 그것은 곧
오입쟁이라는 명칭과 동일한 것이다. 한편 다른 팔목중들은 〈나무 어
미 타불 나무 할미 타불〉이라는 염불이 드러내 주듯이 〈나무아미타불〉
이라는 염불을 변용하여 〈곱불〉이라는 희화화한 형태를 보여주고 있
다는 점에서 그들의 내면적 신분이 중이라기보다는 오입쟁이로 치우
쳐져 있음을 짐작할 수 있다.

　장면 [B]와 [C]에 있어서 알 수 있는 것은 염불이라는 개념에 대응되
는 개념으로서의 백구타령이 설정될 수 있다는 것이다. 장면 [B]에서
목중들이 백구타령을 부르자고 제안을 하였을 때 이를 제지하고 있는
완보의 반응, 그리고 장면 [C]에서 백구타령을 대신하여 염불덕담을 제
안하고 있다는 점에서 염불이나 염불덕담이 백구타령에 대응되는 개
념으로 설정됨을 알 수 있다.22) 그러나 여기에서는 염불과 염불덕담
사이의 관계는 구체화되지 않고 있다. 다만 염불과 염불덕담을 완보가

---

22) 따라서 인물의 내적 신분과 이들 사이의 상관 관계를 살핀다면, 염불 또는 염불덕
　　담이 중에 대하여 가지는 관계와 타령이 오입쟁이 중에 대하여 가지는 관계는 상
　　응 관계에 있다 하겠다.

제안하고 있다는 점에서 유사한 범주에 속할 수 있다는 가능성만을 확인할 수 있을 뿐이다. 이들의 관계는 장면 [D]에 이르러 비로소 확인된다. 목중의 제안인 단락 ①에서 나타나듯 〈염불이고 덕담이고 소용이〉 없으니 백구타령을 부르자는 것은 곧 염불과 염불덕담이 동일한 범주의 것으로 중이라는 신분에나 적합한 것으로 설명하고, 반면에 백구타령은 오입쟁이 중인 자신들에게 적합한 것이라 말하는 것이다. 이에 대하여 완보는 〈지랄은 마라〉라고 하여 지랄 곧 〈춤〉을 금기시하고 있다.

여기에서 우리는 다음과 같은 대응 관계를 상정할 수 있다. 즉 중에게는 염불이나 염불덕담이, 오입쟁이 중에게는 백구타령이, 그리고 오입쟁이에게는 지랄 곧 〈춤〉이 각각 대응하고 있다는 것이다. 여기에서 오입쟁이중은 중에서 오입쟁이로 전이해 가는 과정 중에 있는 것이라 하겠다. 따라서 여기에서의 궁극적인 대응 양상은 중과 오입쟁이 사이의 관련성은 염불과 춤 사이의 관련성과 상응한다는 것이다.

그러면 중, 오입쟁이 중, 오입쟁이라는 내적 신분을 기준으로 각각의 인물의 변화를 살펴보자.

먼저 완보의 경우이다. 완보의 외적 신분은 중이며 내적 신분 역시 여전히 중이라는 모습을 유지하고 있다. 등장에서부터 완보는 중이라는 사실을 밝히고 있으며, 장면 [A]에서도 염불을 하고 염불이 아닌 곱불을 하는 목중과 말뚝이를 제지하고 있다. 그리고 장면 [B]에서는 백구타령을 부르려는 목중들을 제지하고, 장면 [C]에서도 염불덕담을 한다는 점에서 다시 한번 자신의 내적 신분이 중임을 확인한다.

반면에 말뚝이는 장면 [A]에서 완보와 대립되는 입장으로 나타난다는 점에서 그리고 이미 도통한 인물로서 나타난다는 점에서 자신의 신분이 오입쟁이임을 묵시적으로 보여준다. 물론 여기에서 말뚝이가 스스로 오입쟁이임을 언급하고 있지는 않다. 단지 이후에 연결되는 장면 [D]와 [E]에서 〈한 어미 자손〉과 〈딴 어미 자손〉이라는 언급이 있기 때문에 그 가능성을 살필 수 있다는 것이다.23) 따라서 장면 [B]와 [C]를 지나면서 말뚝이의 내적 신분에 변화가 나타나지 않고 있기에 오입쟁이라는 내적 신분을 계속 유지하고 있는 것으로 상정할 수 있다.

목중들은 등장에서 자신들의 내적 신분을 드러내지는 않고 있으며 단지 장면 [A]에서 〈곱불〉을 한다는 점에서 내적 신분이 중이 아니라는 사실만을 드러내준다. 그러나 목중들은 장면 [B]에 이르러 비로소 자신들의 내적 신분이 오입쟁이 중임을 천명하고 백구타령을 부르려 한다.

결국 이러한 사실은 장면 [A] [B] [C]가 각각의 등장인물들의 성격 곧 내적 신분과 외적 신분의 설정이라는 기능을 수행하고 있음을 보여준다 하겠다.

이제 장면 [A] [B] [C]를 지나면서 각각의 등장인물들이 보여주는 내적 신분을 정리하여 보이면 다음과 같다.24)

---

23) 말뚝이의 내적 신분을 완전한 오입쟁이라고 규정할 수 있는 뚜렷한 언급은 없는 것으로 보인다. 그러나 목중들이 보여주고 있는 오입쟁이중이라는 내적 신분에 비추어 보아서 조금 더 오입쟁이의 개념에 가까이 간 것으로 보이기에 말뚝이의 내적 신분을 오입쟁이로 표시한 것이다. 물론 여기에서 사용하는 오입쟁이라는 용어가 가치 개념을 가지고 있는 것은 아니다.

24) 화살표는 장면의 진행 방향을 의미하며, 화살표 위의 [A] [B] [C]는 각각의 장면을 나타낸다. 그리고 화살표를 전후한 신분은 각 장면의 시작과 끝에 있어서 등장인물이 도달하는 내적 신분을 표시한다. 그리고 팔목중의 신분을 (?)으로 표기한 것은 오입쟁이중이라는 언급이 구체적으로 나타나지 않기 때문이며, 괄호 안에 신분을 표시함은 그러한 추정이 지속될 수 있다는 것을 의미한다.

	[A]	[B]	[C]
완 보 : 중	→ 중	→ 중	→ 중
팔목중 : (?)	→ 오입쟁이중	→ 오입쟁이중	→ (오입쟁이중)
말뚝이 : 오입쟁이	→ 오입쟁이	→ (오입쟁이)	→ (오입쟁이)

그리고 이러한 중, 오입쟁이중, 오입쟁이에 대응하는 각각의 행동으로 염불(또는 염불덕담), 백구타령, 지랄(춤)의 모습이 나타남을 알 수 있다.25)

본격적으로 갈등이 전개되면서 신분의 변이가 이루어지는 것은 장면 [D]에서부터이다. 특히 장면 [D]에서 급격한 신분의 변화를 보여주는 인물은 완보와 옴중이다. 먼저 완보의 경우를 살펴보자. 단락 ⑤에서 완보는 여타의 인물들과 함께 백구타령을 부른다. 이 백구타령은 이전에 목중들이 부르자고 하였을 때, 완보가 적극적으로 저지하던 것으로 오입쟁이중에 상응하던 행위였다. 이러한 행위에 완보가 같이 참여하고 있다는 것은 장면 [C]까지의 완보와 장면 [D]에서의 완보 사이에는 외적 신분에 있어서는 동일하지만 내적 신분에 있어서는 변화가 있었다는 것을 보여주는 것이다. 이러한 내적 신분의 전이를 1957년 연희본이 매우 적절하게 설명해준다.

파계승들은 충고를 하였으나 염불은 아니하고, 가사를 부르고자 합니다. 완보 중도 파계승이 되어 장내에 나오니, 아래 위가 휘청 휘청하고 어깨가 실룩 실룩하다고 하면서, 엉덩이짓을 하면서 하는 말이……(밑줄 필자)26)

---

25) 이러한 파악이 가능할 수 있는 것은 [D] ①과 [D] ③, [E] ③에서 <지랄(또는 춤)>이 금기로서 제기되기 때문이며, 이러한 금기의 파괴로 인하여 목중이나 옴중이 <오입쟁이>의 개념에 다가가기 때문이다. 특히 백구타령과 염불덕담의 대응양상은 [B]에 대한 [C]의 실현에서 알 수 있다 하겠다.

　즉 〈완보 중도 파계승이 되어 장내에 나〉왔다는 설명은 [D]의 경우
에 완보가 팔목중들과 함께 타령을 부를 수 있는 이유에 대한 간략한
지적이라 하겠다. 그러나 여기에서 완보의 내적 신분이 중에서 오입쟁
이중으로 변화하였다 하더라도 중이라는 내적 신분을 완전히 버렸다
고 할 수는 없기에 단락 ③과 같은 〈지랄은 마라〉는 금기의 설정이 가
능해진다. 그리고 이러한 완보의 금기설정에 단락 ④처럼 목중들이 동
의를 한다는 것 역시 목중들도 아직까지는 중으로서의 내적 신분을 완
전히 버리지 못했음을 의미한다 하겠다. 이러한 모습은 목중이 완보의
금기설정에 대하여 완보와 자신들이 아직까지는 〈한 어미 자손〉임을
강조하는 데에서도 살펴볼 수 있다. 그러나 완보와 목중 사이에는 약
간의 차이가 있는 것으로 보인다. 그것은 옴중이 〈춤〉을 추는 데 대하
여 여전히 완보만이 이를 저지하고 있다는 점이다. 그러나 이 정도의
차이는 여기에서 무시해도 될 것으로 보인다. 왜냐하면 여기에서 내적
신분의 급격한 변화를 보이는 인물은 옴중이기 때문이다.

　마침내 장면 [D]의 ⑥에 이르러 옴중은 자신의 내적 신분에 있어서
〈중〉에 근접해 있던 〈오입쟁이중〉이라는 개념에서 벗어나 〈오입쟁이〉
로의 뚜렷한 전환을 보여준다. 이에 대한 완보의 저지는 아직까지 완
보가 〈중〉의 개념에 뿌리를 두고 있음을 의미한다고 위에서 지적하였
었다. 관심을 기울일 것은 여기에서 급격히 나타난 옴중의 역할이다.
지금까지 즉 장면 [C]에 이르기까지 옴중이 독립되어 나타난 경우는 없
었다는 점이다. 이는 여태까지 옴중이 팔목중들과 동일한 내적 신분을
유지해 왔다는 것을 즉 팔목중 가운데 하나로서 옴중이 존재해 왔다는

---

26) 조동일, 앞의 책, 342면.

것을 말해 준다 하겠다. 그렇다면 옴중의 전환은 무엇인가 하는 점이다. 여기에서 말뚝이의 발언에 해당하는 단락 ⑨, 곧 〈저놈은 딴 어미 자손이니 할 수 없구나〉라는 것이 옴중만이 딴 어미 자손에 해당한다는 언급이라는 점에 유의할 필요가 있다.[27] 이것은, 말뚝이의 입장에서 보면 완보가 자신과 대응되는 극점을 대표한다고 하였을 때, 이미 옴중은 자신과 동일한 지점에 와 있으며, 완보와 목중은 아직 자신과는 차이가 있다는 것을 보여준다 하겠다. 그리고 목중과 완보의 경우도 그들이 모두 오입쟁이 중이라는 내적 신분을 가지고 있기 때문에 모두 오입쟁이로의 전이라는 가능성을 지니고 있으나, 단락 ⑦의 저지라는 완보의 행위로 인하여 완보의 전이 가능성은 희박해지고, 목중의 전이 가능성만이 남는다 하겠다. 그렇기 때문에 말뚝이가 옴중을 향하여 〈딴 어미 자손〉이라 지칭하는 것은 옴중의 행위를 저지하는 것이라기보다는 오히려 그 행위를 방임하는 것으로 완보의 저지라는 행위를 저지하는 것으로 작용하여 완보로 하여금 저지를 포기하게 하는 것이라 하겠다. 결국 [D]의 결과로 인하여 이들의 내적 신분은 먼저 옴중은 완전한 〈오입쟁이〉의 개념에 이르러 〈중〉의 개념에서 완전히 자유로울 수 있는 반면에 아직 완보나 목중은 〈중〉의 개념에서 완전히 자유로운 것은 아니라 하겠다.

---

27) 장면 [D]에서 한 어미 자손이라는 말과 딴 어미 자손이라는 말이 함께 나타나고 있다. 즉 신명이 나서 지랄을 한 자가 있을 때의 딴 어미 자손이라 하는 것은 말뚝이의 입장에서 옴중을 지칭하는 것이며, 다시 노래를 시작할 때 한 어미 자손이라 하는 것은 목중의 입장에서 완보를 지칭한 것이다. 이것은 중과 오입쟁이중 사이의 친연성과 오입쟁이중과 오입쟁이 사이의 친연성에 있어서 목중과 완보의 입장에서는 전자가 강조되고 말뚝이의 입장에서는 후자가 강조되고 있는 사실을 보여준다 하겠다.

장면 [E]에 있어서 목중은, 장면 [D]에서 옴중이 보여 주던 것과 동일한 과정을 거쳐, [D]의 결과 옴중이 도달한 신분 곧 〈중〉이라는 신분에서 자유로운 〈오입쟁이〉라는 신분으로의 전이를 보여 준다. 반면에 완보는 아직까지 〈중〉의 개념에 묶여 있는 〈오입쟁이 중〉이라 하겠다.

장면 [F]에 이르러야 완보는 〈중〉의 개념으로부터 자유로워진다. 즉 완전한 〈오입쟁이〉의 개념에 이른다 하겠다. 왜냐하면 여기에 이르러야 비로소 완보는 말뚝이와 함께 자신이 금기시해 오던 지랄 곧 춤을 추기 때문이다.28) 이렇게 하여 등장한 모든 인물들은 자신들의 외적 신분과는 달리 내적 신분에 있어서는 오입쟁이라는 모습에 이르게 된다.

결국 장면 [D] [E] [F]는 앞서의 장면에서 설정된 인물들의 내적 신분이 변화되는 모습을 보여주는 것이라 하겠다.

이제 장면 [D]에서 [F]에 이르기까지 각각의 등장인물들이 보여주는 내적 신분의 변화를 정리하면 다음과 같다.

	[D]	[E]	[F]	
완 보:	중	→ 오입쟁이중	→ 오입쟁이중	→ 오입쟁이
목 중:	오입쟁이중	→ 오입쟁이중	→ 오입쟁이	
옴 중:	오입쟁이중	→ 오입쟁이		
말뚝이:	오입쟁이	→ 오입쟁이	→ 오입쟁이	→ 오입쟁이

결국 염불놀이는 스스로 〈오입쟁이〉임을 거부하고 〈중〉이기를 고집하던 완보라는 인물이 〈중〉이라는 내적 신분에서 〈오입쟁이〉라는 내

---

28) 라), 마), 바)의 대본에서는 [D]나 [E]와 같은 과정을 말뚝이에게 되풀이하여 말뚝이 또는 관목을 퇴장시키고 이후에 마지막으로 완보가 퇴장하는 모습을 보여주기도 하지만 결국 완보도 '지랄' 곧 '춤'을 춘다는 점에서는 대동소이하다 하겠다.

적 신분으로 어떻게 변화되어 가는가 하는 것을 보여주는 것이라 하겠다. 물론 여기에는 완보 이외의 옴중이나 목중들의 변화도 나타나고 있지만 그 중심은 완보에 있기 때문에 완보를 중심으로 말하는 것이다. 이를 인물을 포함하지 않고 말바꿈한다면 〈중〉이라는 범주에 속하는 삶에서 〈오입쟁이〉라는 범주에 속하는 삶으로의 전환을 보여주는 것 바로 이것이 염불놀이의 의미라 하겠다.

여기에서 한 가지 의문이 남는 것은 과연 말뚝이라는 인물이 드러내는 의미는 무엇인가 하는 점이다. 최상수 채록본[29]이 보여주는 것처럼 말뚝이와 그 기능을 같이하는 관쓴 먹중이 다른 먹중들에게 침을 줌으로써 각각의 먹중들이 퇴장하고 있다는 점은 이러한 〈중〉의 신분에서 〈오입쟁이〉의 신분으로 전이시키는 어떠한 힘을 말뚝이가 지니고 있다는 것을 보여주는 것은 아니한가 하는 점이다. 염불놀이에 이어서 바로 진행되는 다섯번째 과장의 두번째 경인 침놀이에서 침이 지니는 의미가 죽음을 삶으로 바꿔 놓는다는 점에서, 염불놀이에서의 말뚝이의 침의 개념도 그와 같은 의미를 지닐 수 있기 때문이다. 더군다나 [F]에 있어서 말뚝이와 완보 사이에 주고받는 대화에 있어서의 〈지랄〉이라는 말의 의미가 이제까지 사용되던 〈춤〉이라는 의미에서 벗어나 지금까지 말뚝이가 해 오던 모든 행위에 해당하는 것이라면 그 가능성은 더욱 높다 하겠다.[30]

이제 우리는 〈중〉의 범주에 속하는 삶과 〈오입쟁이〉의 범주에 속하

---

29) 이 채록본에 의하면 말뚝이에 해당하는 인물이 관쓴 목중으로 표기되다가 중간에 아무런 설명 없이 갑자기 침중으로 표기되어 나타난다.

30) 그러나 이는 양주산대 각 과장에 걸쳐서 나타나는 말뚝이의 기능을 상호 대비하여 검토해야 하기에 단정하여 말할 수는 없다는 것을 지적한다.

는 삶의 대응이 어떠한 것인가를 살필 필요가 있다. 그것은 탈춤의 일반적 주제와 함께 언급되어야 할 성질의 것이기도 하다. 탈춤이 지니고 있는 죽음과 삶의 문제, 관념과 현실의 문제가 여기에 적절하다 하겠다. 〈중〉의 범주에 속하는 삶은 곧 관념적인 어떠한 것, 죽음과 관련될 수 있는 어떠한 것들이다. 즉 당위성의 강조와 함께 욕망의 억제라는 개념으로서의 〈중〉은, 현실적 의미를 지니고 따라서 약동하고 생명력에 넘치는 〈오입쟁이〉의 개념과 대응된다 하겠다. 여기에서 우리는 〈오입쟁이〉라는 단어가 가지고 있는 상징성에 유의할 필요가 있다. 그것은 곧 생산과 관련된 생생력상징(生生力象徵)으로 이해할 수 있다.

세계는 생산에 의하여 그 지속을 확보한다. 즉 인식의 대상으로서의 세계는 인식의 주체에 해당하는 인간의 지속에 근거하여야만 자신의 지속을 확보할 수 있다. 인식의 주체로서의 인간의 지속은 인간에 의한 인간의 생산을 통해서만이 가능하며, 그 지속이 가능하기 위해서는 생산한 인간과 생산된 인간이 동일시될 필요가 있게 된다. 이러한 동일시가 불가능한 경우 세계는 단절된 유한한 것에 머물고 만다. 〈중〉의 범주에 속하는 삶의 위치에 속하게 되었을 때 생산은 불가능해지며, 따라서 세계는 유한한 것 곧 단절되는 것으로 규정되고 만다. 이러한 범주에 있어서의 삶이라는 것은 이미 삶 자체가 죽음이 된다. 왜냐하면 삶 그 자체가 유한하며, 유한한 존재로서의 삶이라는 것은 바로 인간이 부딪고 있는 그리고 개선하고자 하는 현실 속에서의 모든 노력을 부정하는 것이 되기 때문이다. 반면에 〈오입쟁이〉의 범주에 속하는 삶의 위치에 속하게 되었을 때, 세계는 무한한 것 곧 지속되는 것이 된다. 따라서 인간은 스스로의 노력을 긍정할 수 있으며, 자신이 부딪는 현실을 개선하려는 모든 노력을 기울일 수 있게 된다. 따라서 아무리

열악한 상태에 처해 있더라도 자신의 삶을 긍정할 수 있게 된다.

이에 이르러서야 비로소 완보를 위시한 인물들이 보여주는 〈중〉에서 〈오입쟁이〉로라는 내적 신분의 전이가 지니는 의미가 나타나기 시작한다. 그것은 바로 이를 향유하던 사람들이 보여주는 세계에 대한 인식의 한 부분이며, 아울러 자신들의 삶의 방식에 대한 확인이기도 하다. 완보를 위시한 등장인물들이 이러한 변화를 보여준다는 것은 바로 탈춤을 향유하던 자신들의 삶의 방식에 있어서 기본 원리로 채택하고 있던 현실주의적인 원리가 〈중〉이라는 범주에 소속하는 모든 원리보다 중요하다는 것이며, 따라서 현실을 지배하려는 거짓된 이념으로서의 당위성 내지는 관념성이라는 것 역시 부정되어야만 한다는 것을 보여준다 하겠다. 이러한 관념과 당위에 근거한 〈중〉의 범주에 속하는 삶을 극복하고 현실과 존재에 근거한 〈오입쟁이〉의 범주에 속하는 삶을 지향하기 위하여 선택하고 있는 방법이 〈백구타령〉과 〈지랄〉이라는 곧 노래와 춤이라는 사실은, 삶의 과정에 있어서 움직임 곧 행동을 중시하는 현실주의적인 사고방식의 한 단면을 드러내 주는 것이라 하겠다. 이러한 행동의 중시라는 사고방식은 바로 그들이 노동에 근거하여 삶을 살아가고 있다는 점과도 관련되는 것으로 보인다.

결국 염불놀이가 보여주는 완보의 내적 신분에 있어서의 전이, 곧 〈중〉이라는 신분에서 〈오입쟁이〉라는 신분으로의 전이라는 것은 세계의 단절보다는 세계의 지속을 긍정하는, 죽음보다는 삶을 긍정하는, 관념적인 것보다는 현실적인 것을 긍정하는, 당위보다는 존재를 긍정하는 연희 참석자들의 의식을 반영하는 것으로 탈춤 일반이 지닐 수 있는 의미라 하겠다.

그렇다면 염불놀이는 어떻게 진행되며 또한 양주산대 전체에 대하여 어떠한 기능을 지니는가? 그것은 곧 금기의 제시와 금기의 파괴라는 하나의 축을 중심으로 하여 반복되는 양상을 보여 준다는 점이다. 이처럼 일정한 틀이 반복되고 있다는 것은 바로 양주산대뿐만이 아니라 탈춤 일반이 지니고 있는 구비적 성격과 관련된 것으로 보인다. 왜냐하면 탈춤이 서구의 극과는 달리 대본에 근거하여 연희되는 것이 아니라 기억과 약속에 의하여 연희된다는 점에서 이러한 성격을 살필 수 있다. 이는 마치 민담의 구연에 있어서 구연의 편의와 기억을 위하여 동일한 형태가 반복되고 구연자의 능력에 따라 도중에 덧보태지거나 탈락되는 양상과 유사한 것이라 하겠다. 따라서 염불놀이에 있어서의 이러한 반복 양상은 기억과 약속의 편의를 위하여 형성된 것으로 보인다. 이러한 점을 염두에 두고 각각의 장면을 살펴보면 [A]에서 [C]에 이르는 진행은 등장 인물들의 내적 신분의 설정을 보여주는 부분이며, [D]에서 [F]에 이르는 진행은 각각의 등장 인물들의 내적 신분이 어떻게 변화하는가를 보여주는 부분이라 하겠다.

그렇다면 이러한 염불놀이는 산대놀이 전체에 대하여 어떻게 기능하고 있는가? 이는 우선 완보라는 인물을 통하여 〈중〉라는 신분에 있어서는 당연한 것으로 보이는 관념적인 삶--사실 자신들의 입장에서는 이것이 진리이지만--을 버리고 〈오입쟁이〉라는 신분으로 상징되는 현실적인 삶의 모습에 도달할 수 있음을 보여줌으로써 앞으로 전개되어 나올 노장의 현실적인 것에의 눈뜸이 단순한 가능성 이상의 것으로 존재한다는 의미를 부여해 주는 일종의 서곡과 같은 기능을 수행한다 하겠다. 즉 '꼬마 노장'이라고도 볼 수 있는 완보와 완보를 둘러싼 팔목중들과의 갈등의 주고받기를 통해서, 완보의 현실적인 것에의 긍정이라는 모습을 보여주고, 이를 통함으로써 이후 나타날 노장과장의 의미를 파악할 수 있는 가능성을 열어준다는 것, 곧 노장과장의 축소형으로서 기능하고 있다는 것이다. 특히 죽음과 삶의 대응이라는 측면에 있어서는 다음에 계속되는 침놀이에서 나타나고 있듯이 욕망의 억제가 제일이 아니라 춤이나 노래를 통한 생명에의 가능성이라는 것이 중요하다는 것을 보여줌으로써 침놀이에서의 침의 의미가 죽음에서부터 삶으로 옮겨질 수 있는 하나의 수단이 될 수 있음을 미리 보여주는 것이라 하겠다.

4. 결론

이제까지 우리는 염불놀이의 구조를 분석하고, 이에 근거하여 염불놀이가 지닐 수 있는 의미와 기능에 대하여 살펴보았다. 이를 간략히 요약하면 다음과 같다. 먼저 염불놀이의 각 단락들은 금기의 설정과 파괴라는 축을 중심으로 여러 형태로 결합하여 장면을 형성하고, 각 장면들은 구조화된 단락의 특성에 따라 각각의 의미를 드러내 준다는 것이다. 이 장면들은 크게 둘로 구분되어 나타나는 바, 등장인물들의 성격을 설정하여 드러내 주는 부분들([A] [B] [C])과 등장인물들의 성격이 변화되어 가는 부분들([D] [E] [F])이 이에 해당한다.

그리고 이러한 장면의 진행을 따라 등장인물들은 〈중〉이라는 내적 신분에서 〈오입쟁이중〉이라는 내적 신분을 거쳐 〈오입쟁이〉라는 내적 신분으로 옮겨가고 있다는 것이다. 그리고 이러한 내적 신분의 전이 곧 〈중〉--〈오입쟁이중〉--〈오입쟁이〉의 전이에 대하여 각각 〈염불(덕담)〉--〈타령〉--〈지랄(춤)〉이라는 행위가 대응하여 나타나고, 〈중〉에서 〈오입쟁이〉로의 전환에는 무엇보다도 노래와 춤이 곧 신명이 중시되는 모습을 보여주어 활동 곧 움직임을 중시하는 인식을 보여준다는 것이다.

완보를 위시한 인물들이 보여주는 내적 신분의 변화는 죽음보다는 삶을 긍정하는, 관념적인 것보다는 현실적인 것을 긍정하는, 당위론적인 것보다는 존재론적인 것을 긍정하는, 〈중〉의 개념에 속하는 삶보다는 〈오입쟁이〉의 개념에 속하는 삶을 긍정하는 향유층의 의식을 반영한다는 것이다. 이것은 바로 세계에 대한 인식에 있어서 그 지속의 가능성과 개선의 가능성을 보여주는 것이며, 이러한 인식을 통하여 자신들의 삶 자체를 긍정할 수 있는 것이다.

그리고 염불놀이가 이러한 반복적 구조를 지니는 것은 구비적 연행이라는 속성에 연유한 것으로 보이며, 이후 계속되는 침놀이나 노장과장의 의미나 기능에 대하여 작용하여 그 의미의 표출에 기여하고 있다는 점을 살필 수 있었다.

한가지 덧붙여 둘 것은 여기에서 추출한 염불놀이의 의미가 양주산대 전반에 걸친 의미로 확대될 수 있는가 하는 점이다. 이는 지금까지 채록된 채록본 상호간의 비교 검토와 함께, 현재 연희·전승되고 있는 현장과의 대비를 통하여 각 과장의 변이의 양상을 검토함으로써 극복될 수 있을 것이다. 그리고 이러한 과정을 거침으로써 비로소 박제물로서의 전통이 아닌 살아 있는 전통으로서 양주산대가 우리에게 남을 수 있을 것이다. 그런 의미에서 양주산대의 각 과장에 대한 채록본 상호간의 상세한 비교 검토가 필요하다 하겠다. 그리고 이러한 과정을 거침으로써 여기에서 검토한 염불놀이의 의미 역시 다시 확인될 수 있으리라는 것이다. 🐝

김동인과 역사 이야기

1. 역사나 사실에 대한 이야기 : 사담

사담(史譚)이란 무엇인가? 역사나 사실(史實)에 대한 이야기를 사담(史譚)이라고 한다. 이는 사담이 두 가지 요소로 구성되어 있음을 말해 준다. 하나는 대상으로서의 역사와 사실이라는 것이며, 다른 하나는 서술 방식으로서의 이야기라는 것이다. 서술 대상으로서 역사와 사실이 지적되는 것은 바로 역사에 대한 이야기인 사담(史譚)과 역사에 대한 기록 내지 기술물인 사서(史書) 사이의 공통적 요소를 지칭하는 것이며, 이야기라는 서술 방식은 둘 사이의 변별적 요소를 지칭하는 것이라 하겠다.

이러한 점은 곧 사담에 있어서 중심을 이루는 것은 서술 대상으로서의 역사나 사실에 있는 것이 아니며, 오히려 서술 방식으로서의 이야기에 있다는 것을 말해 주는 것이기도 하다. 이처럼 사담의 서술 방식이 이야기라는 사실은 사담을 쓰는 사람으로 하여금 반드시 이야기꾼이 되기를 요구하게 된다. 이야기꾼이 되기를 요구한다는 점에 있어서 사담은 야담(野譚)이나 강담(講談)과도 유사하다.

전대(前代)에 있어서 문학의 한 양식(mode)으로 파악되고 있는 야담의 성격은 비록 뚜렷하게 규범적이지는 못하지만, 크게 세 가지로 규정되고 있다. 이를 간략히 정리하면 다음과 같다.

첫째, 야담이라는 말이 지니고 있는 의미의 폭을 이전부터 존재해오던 설화와 다름없는 것으로 파악하여 문헌설화라 규정하고 있는 태도이다.

둘째, 이전의 설화와는 분명하게 구분은 되지만 그것과 완전히 다른 것은 아니라고 하여 설화이면서 동시에 설화가 아닌 것이라는 양면적 성격을 지는 것으로 규정하고 있는 태도이다.

셋째, 단일 장르로는 간주할 수 없는 것으로 전설, 일화, 민담, 소화, 전(傳), 야담계 소설 등이 복합된 것으로 규정하고 있는 태도이다.

야담의 성격을 이처럼 각각 달리 규정하고 있음에도 불구하고 이들의 견해는 모두 야담이 하나의 이야기체라는 사실에는 모두 동의하고 있음을 알 수 있다. 여기에서 김동인(金東仁)의 사담의 성격은 일단 야담에 대한 규범적 태도 중에서도 세 번째 태도에 가까운 것으로 파악된다.

그러나 여기에서 분명히 해 두어야 할 것은 전대에 있어서의 야담과 김동인 당대에 있어서의 야담은 분명 구별되어야 한다는 점이다. 이것은 곧 김동인의 사담이 "의미나 중요성이 결여된 과거의 이야기와 전설의 집성"으로서의 문학 곧 퇴행된 형태로서의 야담으로 존재하고 있음을 의미한다. 왜냐하면 전대에 있어서의 야담은 "삶의 체험에서 우러난, 세계에 대한 인간의 대응 양식을 언어화한 것으로서 당대 현실의 제 양상을 다른 어떤 문학 장르보다 더 직접적으로 반영하"고 있는 것으로 파악되고 있는 반면에, 현재에 있어서의 야담은 "역사에 대한 신념과 역사를 서술할 능력이 없는 작가 스스로 역사를 그려낼 때 작품이 도달하는 결과"로 파악되기 때문이다. 이는 곧 김동인의 사담이라는 것이, 전대에 있어서 역사적 양식으로서 야담이 지닐 수 있었던 문학사적 의의를 상실한 시기에 집필된, 시대착오적인 것이라는 사실을 말해 준다. 왜냐하면 김동인 당대에 있어서의 세계는, 전대의 야담이 쓰여지던 그 시대의 전향적 성격(특히 이 전향적 성격이 두드러지게 나타난 작품을 한문 단편이라는 긍정적 명칭으로 분류하고 있다)이 이미 구체적 현실로 실현되고 있는 세계, 즉 중세적 봉건질서로부터 이미 벗어나기 시작한 근대라는 세계에 속하기 때문이다. 이러한 사실들은 김동인 사담의 일반적 성격이, 비록 그 기원에 있어서는 전대부터 계속되어 온 야담의 문화적 적층 현상을 근거로 삼고 있었다고는 하지만, 시대정신이라는 측면에 있어서는 분명 퇴행적인 산물로 간주된다는 것을 말해 준다 하겠다.

시대정신이라는 측면에 있어 분명 시대착오적인 성격을 지니고 있는 김동인의 사담은 이야기체라는 점에 있어서 일본의 강담과도 매우 유사하다. 원래 일본 문학에 있어서 강담이라는 것은 에도(江戶) 시대 초기에 비롯된 것으로 일본의 전쟁 이야기인 〈태평기(太平記)〉를 읽고 강석(講釋)하는 형태의 문학 양식이었다고 한다. 역사 기록을 많은 사람들 앞에서 읽고 그 사이사이에 해석을 덧붙이는 형태의 연희문학이었던 강담이 메이지(明治) 시대에 이르러서는 그 인기가 더욱 치솟게 되어, 마침내는 강담의 속기록을 작성하여 출판하는 상태에까지 이르게 되었다 한다. 초기에는 구연물(口演物)이었던 강담이 나중에는 본격적인 독서물로서의 강담으로 출판되기에 이르렀다는 것이다.

즉 강담이라는 것이 에도(江戶) 시대에는 역사 기록에 대하여 평설

형식이 부가된 구연물의 형태이었으나, 메이지(明治) 시대에는 집에서 읽을 수 있는 출판된 독서물의 형태로 존재하게 되었다는 것이다. 이러한 변화, 곧 귀로 하던 독서에서 눈으로 하는 독서로의 변화는 중요한 의미를 지닌다. 왜냐하면 귀로 하는 독서는 독서를 위한 여러 가지 상황에 제약(예를 들면 구연하는 시간이 아니면 이야기를 듣는 것이 불가능하다는 시간적 제약이라든가 구연하는 장소에 가지 않으면 또한 이야기를 듣는 것이 불가능하다는 공간적 제약 등)이라는 요소를 지니는 반면에, 눈으로 하는 독서는 필요한 때에 개인의 의사에 의해 책을 펼침으로써 자유롭게 독서를 진행할 수 있다는 점에서 이들 제약으로부터 해방된다는 커다란 변화를 의미하는 것이기 때문이다(이러한 모습은 우리나라에 있어서도 공통적으로 드러나는 바, 오물음(吳物音)·김중진(金仲眞) 같은 직업적 강담사들이 펼치는 강담 형태의 이야기에 취미를 가졌던 지식인들에게 직접 간접으로 전해지고, 이것이 다시 글로 옮겨져 한문 단편이라는 야담을 형성하게 된 것과 유사하다).

이같은 일본의 강담 형식의 영향으로 말미암아, 이광수가 남효온의 〈육신전(六臣傳)〉을 평설하여 〈단종애사〉를 쓰게 되었고, 〈단종애사〉는 金東仁으로 하여금 강담 형식에 대한 관심을 유발시켜 마침내 동아일보에 〈아기네〉라는 사담을 연재하게끔 한 것으로 보인다.

결국 사담이라는 것은 이야기체라는 점에 있어서 야담이나 강담과 유사한 것이며, 김동인의 사담 집필은, 안으로는 야담이라는 문학적 전통으로부터, 밖으로는 이광수를 통하여 접하게 된 일본의 강담 형식으로부터 영향을 받은 것으로 보인다.

2. 역사에 대한 최초의 관심 : 젊은 그들

김동인은 사담을 집필하기에 앞서 〈젊은 그들〉을 동아일보에 연재 (1930.9.2~1931.11.10)하고 있다. 이 작품은 역사에 대한 김동인의 최초의 그리고 직접적인 관심 표명이며, 이후의 그의 문학 활동인 사담의 일반적 성격을 가늠할 수 있는 한 척도이기도 하다. 그는 〈젊은 그들〉에 대하여 "일본에 있어서 시대물과 같은 것으로 조선에서의 첫 시험이었다"고 진술하고 있다. 그리고 스스로를 이광수와 구분하고자 노력하였던 그의 입장에서, 이것은 바로 이광수의 작품과 자신의 작품 사이의 구분이었다. 그는 이 진술의 앞부분에서 역사에 대한 이광수의 관심 표명인 〈허생전(1923)〉, 〈단종애사(1928)〉 등을 염두에 두고 "춘원은 역사적 야담·연대물을 닥치는 대로 썼"다고 하여, 춘원의 작품을 역사적 야담 또는 연대물로 치부하고 있다. 이는 바로 역사적 야담이나 연대물에 비하여 시대물은 분명히 구분되어야 한다는 그의 인식을 표명한 것이다.

시대물이란 곧 일본에 있어서 사무라이(武人)의 의리와 인정 그리고 복수담을 기록한 것으로, 과거의 역사적 사건의 진술에 있어서 가공의 인물을 등장시킨다는 긍적적 측면과 함께, 역사소설이 아닌 시대물이라는 속성으로 말미암아 역사의식을 상실하게 된다는 부정적 측면을 동시에 지니고 있는 것이다. 이처럼 김동인이 이광수의 〈젊은 그들〉을 시대물과 같은 것으로 규정하고 있다는 것은 바로 이 작품이 역사의식을 상실하고 있다는 것을 말하는 것이며, 이러한 성격은 사담을 계속 집필하는 김동인에게도 지속적으로 드러난다 하겠다.

더군다나 〈춘원 연구〉를 서술하면서 보여주고 있는 바와 같이, 이광

수의 작품에 대하여 구분하고 있는 물어(物語)·사화(史話)·소설(小
說)이라는 구분이 자신의 문학적 활동에도 여전히 적용될 수 있다는
사실을 고려할 때, 이에 대한 김동인의 견해는 주목할 만한 것이다(여
기에서 특기할 것은 〈춘원 연구〉의 해당 부분을 발표한 시기가 김동인 자신
이 사담을 집필함에 있어 본격적인 궤도에 오르고 난 뒤인 1934년 4월이라는
점이다).

> 〈허생전〉과 〈일설 춘향전〉은 물어(物語)라고 밖에는 말할 수가 없는
> 종류이다. 그것은 소설로서의 조건을 갖지 못하였으니 소설이랄 수도 없
> 는 자요, 사화(史話)가 아니니 사화의 부(部)에 들 수도 없는 것이요, 한
> 개 이야기로밖에는 분류할 수 없다.
> 〈마의태자〉, 〈단종애사〉, 〈이순신〉의 세 편은, 또한 사화(史話)라는
> 특수한 부류에 집어넣을 수밖에 없다.
> 이것은 소설로 되기에는 너무도 사실(史實)에 충실하여, 작자의 주관
> 이 제거되었으며, 소설로서의 말미도 미비하고(사실적 말미가 있을 뿐)
> 사담으로 보기에도 아직 ‘담(譚)’으로서의 전개가 없으니, ‘사화(外史)’로
> 볼 밖에는 없다.
> 〈재생〉과 〈군상〉과 〈유정〉이 신문소설로 볼 수 있는 자다.

여기에서 김동인은 물어(物語)·사화(史話)·소설(小說)을 구분하고
있다. 특히 사화를 설명하면서 담(譚)으로서의 전개가 없다는 점에서
사화(史話)와 사담(史譚)은 구분된다는 그의 인식은 곧 사담이 사실(史
實)을 출발로 하여 전개된 이야기(譚)라는 점을 단편적이나마 보여준다
하겠다. 이러한 그의 견해는 〈야담이란 것〉(매일신보, 1938.1.22.)에서
야담을 역사소설, 역사담, 고담, 그리고 무근(無根)의 창작설(創作說)로
구분하는 곳에서도 잘 드러나고 있다. 역사담이란 “역사에서 한 토막

의 이야기가 될 만한 거리를 붙들어서 양념을 좀 가하여 이야기로 화하는 것"이라는 그의 설명은 곧 사담을 말하는 것이라 하겠다. 반면에 고담(古談)은 단지 옛날부터 전해져 오는 재미있는 사실담(事實談)을 하나 재미있게 만든 것이라 하여 앞서 말한 물어의 연장선에서 설명하고 있다. 김동인의 이러한 견해는 곧 야담을 매우 큰 범주로 설정해야 하며, 여기에는 역사소설, 역사담(또는 사담), 고담(또는 물어) 그리고 창작설(創作說)의 구분이 가능하다는 것을 보여준 것이라 하겠다. 그러나 김동인이 〈야담〉이라는 잡지 등에 발표한 글들 중에는 역사소설에 해당하는 것은 없으며, 단지 역사담인 사담, 고담, 무근의 창작설만이 있음을 알 수 있다. 이러한 사실은 후에 그의 사담집에 실린 글들이 역사소설은 없고 모두 사담, 고담, 무근의 창작설에 해당되는 작품들만이 수록되어 있다는 점에서, 이들 셋을 모두 통괄하는 명칭으로서 광의의 사담이라는 개념 설정이 필요하며, 이중에도 고담이나 무근의 창작설을 제외한 순수한 사담 곧 역사담만을 지칭하는 협의의 사담이라는 개념 설정이 필요함을 보여준다 하겠다. 따라서 여기에서 사용하는 사담이라는 용어의 개념은 광의의 것이라 하겠다.

3. 아기네와 춘원 연구: 일환이에게

1900년 10월 2일, 평양부 하수구리 6번지에서 태어난 김동인은 집안의 귀공자와 같은 처지에 있었다고 한다. 아버지 김대윤이 같은 곳에서 8대를 지낸 토호라는 사실은 김동인의 물질적 풍요를 말해 준다. 이같은 김동인의 물질적 기반은 그로 하여금 두 차례의 동인지 창간을 가능하게 하였으며, 또한 자신의 문학적 오만함을 지탱해 줄 수 있는 하나의 든든한 배경이 되기도 하였다. 그러나 어떠한 이유에서였건 그의 물질적 기반도 차츰 바닥을 드러내게 되었으며, 1927년 이후에는 자못 심각한 현실적 위기감을 느끼게 된 것으로 보인다. 이러한 현실적 위기감은 1932년 2월 서울로의 이사를 전환점으로 하여 더욱 심해진 것으로 보인다.

공교로운 것은 바로 1932년 3월 1일부터 동아일보에 어린이 역사소설 〈아기네〉를 135회에 걸쳐 연재하기 시작하였다는 점이다. 물론 서울로의 옮김이 단순히 경제적인 요인에서만 비롯된 것은 아니다. 우선 김동인에 있어서 서울이라는 공간은 돈을 벌 수 있는 곳, 친구들이 있는 곳, 그리고 글을 쓸 수 있는 곳으로서의 서울이라고 한다. 이들 중 마지막의 서울이 가장 중요한 것으로서 그 과정에 있어서의 경제적·물질적 궁핍은, 그가 심한 불면증으로 인해 아편을 상습하기까지 하였다는 점을 고려할 때, 서울 서대문구 행촌동 210의 96 소재 주택을 월부로 구입하는 형태로 나타나며, 이 과정에 있어서 〈아기네〉 원고료의 일시불 지급은 상당히 큰 도움이 되었을 것으로 보인다. 여기에서 우리는 김동인의 사담 집필을 개인적인 요소로 단순히 그의 경제적인 궁핍으로만 즉 매문 행위로만 파악하여서는 안 된다. 왜냐하면 이러한 것 역시 많은 원인 가운데 하나의 원인에 불과한 것이기 때문이다.

또다른 중요한 원인은 김동인 개인과 관련된 것이 아니라, 김동인과 당대의 사회와의 관련성이다. 특히 이 부분은 김동인의 사담이 가질 수 있는 문학적 의의와도 관련되기에 매우 중요하다.

우선 김동인의 사담은, 〈아기네〉의 서두에 서술되고 있는 바와 같이, 민족의식을 일깨우고자 하는 그 나름의 독자적인 방법이라 하겠다. "일환아! 아버지는 지금 너를 위하여 이 붓을 잡는다. 병든 몸을 외로운 객창에서 지내면서 잠 못 드는 긴 밤을 너의 생각을 하며 이 붓을 잡는 것이다. 장래의 빛나는 조선을 지배할 씩씩한 젊은이가 될 너에게, 거기 적당한 교양을 베풀기 위하여 이 붓을 잡는 것이다"라는 서술에서 알 수 있는 것처럼, 당대의 식민지 교육의 상황 속에서 접할 수 없는 우리 역사상의 인물에 대한 설명의 제공이라는 측면이 바로 그것이며, 이는 이른바 준비론의 연장선에 서는 것이기도 하다.

이같은 사실은 당대까지 지속되어 오던 역사적 실존 인물에 대한 역사 실기류의 창작이라는 분위기와도 관련된다. 당대에 간행된 역사 실기류가 역사 교과서적인 성격을 지니고 광범위한 고소설 독자층에서 읽혀지고 있었다는 객관적 사실들, 더군다나 이광수가 보여주는 〈단종애사〉에 대한 다음과 같은 강한 집착 역시 그러한 분위기를 반영한다 하겠다.

> 육신의 충분의 열은 만고에 꺼짐이 없이 조선 백성의 정신 속에 살 것이요 단종대왕의 비참한 운명은 영원히 세계인류의 눈물을 자아내는 비극의 제목이 될 것이다. 더구나 조선인의 마음, 조선인의 장처와 단처가 이 사건에서와 같이 분명한 선과 색채와 극단한 대조를 가지고 드러난 것은 역사 전폭을 떨어도 다시 없을 것이다.
>
> 나는 나의 부족한 몸의 힘과 마음의 힘이 허하는 대로 조선역사의 축도요, 조선인 성격의 산 그림인 단종대왕 사건을 그려 보려 한다.
>
> (중략)
>
> 사람이 슬픈 것을 보고 울기를 잊지 아니하는 동안, 불의를 보고 분내는 것이 변치 아니하는 동안, 이 사건의 이야기는 사람의 흥미를 끌리라고 믿는다.

또한 1920년대 말에 강조되고 있는 "예술대중화론"에서 드러나는 당대의 일반 독자들의 성향이 "표지의 호기심, 큰 활자, 저렴한 정가, 문장의 평이함, 박명애화(薄命哀話)·부귀공명·호색한(好色漢) 이야기를 갖춘" 이야기책만을 읽는다는 지적, 그리고 "우리의 독자는 대중이어야 할 것이로되 외국에 있어서도 그러한 것이나 마찬가지로 우리의 독자는 우리의 농민과 노동자의 대다수에 있지 아니하"다는 한 프로문학가의 지적에서처럼, 대중에게 읽힐 작품이 필요하다는 절실한 인식은 결국 당대에 있어서까지도 아직 근대문학의 독자층이 확고히 성립되지 못하였고 여전히 동호인적인 성격을 벗어나지 못하고 있었음을 역설적으로 보여주고 있다 하겠다.

그리고 당대에 있어서 출판업의 유지가 주로 구활자본 소설이나 간독(簡牘)류의 출판에 의하여 가능하였다는 사실 등은 곧 당대에 있어서 주된 독자층의 형성이 구활자본 고소설 독자층을 중심으로 이루어졌으며, 이러한 독자층의 취향은 당대의 작가에 대한 하나의 제약 조건으로까지 작용하기도 하였다는 것을 보여준다. 이에 대하여 〈춘원연구〉에서 김동인은, 이광수의 문학활동에 있어서 나타나는 제2차 도정(道程)으로서의 의의를 강조하여, 평행선을 달리던 대중과 문예를 한 군데 모으게 한 중간적 문예(中間的 文藝)의 선택 곧 문화적 문학운동의 중요성을 말하기도 하였다.

이같은 당대의 사회적 분위기 속에서 김동인은 본격적인 사담 작가의 길로 접어들기 시작하였다.

4. 이야기꾼 김동인 : 불멸의 이야기체

본격적인 사담의 길을 향하여 떠난다는 것은 스스로 이야기꾼이 된
다는 것을 의미한다. 이야기꾼이 된다는 것은 이야기체라는 양식의 불
멸성으로 인하여, 이야기를 들어줄 사람 곧 독자들이 없어지기 전에는
그 소재나 작가적 능력 등 어떠한 것으로부터도 제약 받지 않는다는
것이다. 이러한 사실은 김동인의 사담이 보여주는 잡박성(雜駁性)을 예
견할 수 있게 하여 준다. 즉 김동인의 사담이 단순히 정사(正史)나 야
사(野史)의 표기를 한글로 옮기는 작업에 그치는 것만 아니며, 일화·
소화 등 전승되어 오던 구비물(口碑物) 모두를 그 대상으로 하여 사담
의 영역을 확대하여 감을 의미한다. 따라서 그것은 단순히 조선의 것
뿐만 아니라 중국의 것 또는 여타 다른 지역의 것까지도 이야기가 가
능하다는 공간적 확대의 모습을 보여주며, 시간적으로는 고래(古來)로
부터 김동인의 바로 앞 세대라 할 수 있는 손병희의 일화에 이르기까
지 대상의 무한한 선택을 가능하게 해 주며, 인물에 있어서도 역사적
실존 인물에서부터 설화적인 일상 인물에 이르기까지 다양한 서술을
가능하게 해준다.

설화적 인물의 예를 우리는 〈30년의 독심〉 같은 작품에서 살필 수
있다. 이는 구비문학에 있어서 열·불열설화(烈·不烈說話)라 하여 검
토된 바 있는 것으로 그 설화의 줄거리를 요약하면 다음과 같다.

어떤 초부(樵夫)의 아내가 미인이었다. 초부의 친구인 이웃 사람이 이
미인을 탐내어, 어느날 산중에서 그 초부를 절벽에서 떠밀어 죽여 버렸다.
초부는 입에서 거품을 내며 죽었다. 이웃 사람은 태연하게 미망인인 미인
을 돌보아 주다가 마침내 혼인하여 아들딸을 낳고 살았다. 어느 비 오는

날, 이웃 사람은 낙숫물 떨어지는 것을 보고 혼자 웃었더니 미인이 그 연유를 물었다. 이웃 사람은 미인의 추궁에 마침내 자기가 초부를 죽였다는 사실과 죽을 때 입에 거품을 물며 죽었던 일이 낙숫물을 보고 회상되어 웃었다고 실토한다. 이에 미인은 몰래 관가에 고발하고, 이웃 사람은 처형당했다. 미인은 자신의 미모 때문에 두 남편이 죽었다고 자책하여 혼자 살 수 없다고 하여 자결하였다.

　　　(손진태, <한국민족설화의 연구>, 60~63면)

미인의 행위는 전남편인 초부에 대하여는 열(烈)이며, 새 남편인 이웃 사람에 대하여는 불열(不烈)이기 때문에 이를 열·불열설화라 부르는 것으로, 두 남편을 섬기지 않는다(不更二夫)라는 열 의식과 두 남편을 섬겼다(事二夫)라는 불열 의식이 공존하고 있어, 당대의 유교적 이념 내에서 나타나는 인간의 내면적 갈등을 심각하게 다룬 것이다.

이처럼 설화적 인물에 대한 것뿐만 아니라 역사적 인물에 대한 것, 그리고 고전소설이라 언급되고 있는 <추풍감별곡(혹은 채봉감별곡)>을 소재로 하여 <가인기연(佳人奇緣)>이라는 작품을 남기기도 하였다.

이러한 이야기꾼으로서의 김동인은, 동아일보에 1932년 3월 1일부터 <아기네> 19화를 135회에 걸쳐 연재한 것을 출발점으로 하여, 1932년 4월 잡지 <신생>에 <야사이제(野史二題)>를 비롯, 1948년 8월 <신천지>에 <석우로(昔于老)의 처>를 게재할 때까지 약 270여 편에 달하는 사담을 남기고 있으며, 이들 사담은 주로 1935년에서 1937년 사이에 발표된 것이 대부분이었다.

5. 문학적 오만함에서 문화적 문학운동으로

김동인의 사담이 1935년에서 1937년 사이에 집중적으로 쓰여졌다는 사실은 큰 의미를 지닌다. 그것은 김동인이 비평가로서 그리고 문학연구가로서의 입지점을 마련한 〈춘원 연구〉와의 관련에서 더욱 그러하다.

김동인이 〈춘원 연구〉를 연재함에 있어서 두드러지게 나타나는 현상은 '(1) 서언'부터 '(12) 무정에서 마의태자까지'의 연재 기간과 '(13) 단종 전후 역사와 문헌' 이하의 연재 기간 사이에 나타나는 연재의 중단 시기(1935. 10.~1937. 12.)가 대체로 사담의 집필 시기와 일치하고 있다는 점이다. 이것은 〈춘원 연구〉를 연재함에 있어서, 이 연재를 잠시 중단한 시기가 바로, "〈단종애사〉만은 욕하지 말라"고 하여 이광수가 가장 애정을 표시한 작품에 대한 분석이자 비판을 수행한 기간이라는 점에서, 그리고 이 부분이 〈춘원 연구〉에 있어서의 가장 핵심을 이루는 부분이라는 점에서, 연재 중단 시기의 김동인이 하였을 고민의 의미를 생각해 볼 수 수 있다. 그것은 바로 김동인의 사담 집필 시기가 이광수의 〈단종애사〉와 관련된 단종 전후 역사에 대한 검토 기간이며 이 시기와 관련된 문헌의 검토 기간이며, 또한 〈단종애사〉를 분석하기 위한 근거를 마련하는 기간이기도 하였다는 점이다.

또 한가지는 '(7) 물어와 사화와 소설'에서 춘원 이광수의 공적을 언급하면서 그 하나를 "문화적 문학운동"으로 파악하고 있었다는 점과 관련된 것으로, 이제껏 예술지상주의자로서 문학적 오만함에 근거하고 있던 김동인에게 이것은 하나의 새로운 경험이며, 이러한 경험은 앞에서도 언급한 바 있는 당대의 문화적 현실(곧 독자층의 문제)과도 그 궤를 같이하는 것으로 보인다는 점이다. 이 점은 김동인 문학에 있어서

예술지상주의적인 속성뿐만 아니라 바로 문학운동으로서의 문학을 발
견해 내는 시기이며, 이후 김동인이 이후 역사소설을 집필함에 있어서
스스로 당위성을 확보해 나아가는 시기이기도 하다는 것이다.

결국 사담에 대한 김동인의 관심은 사담 자체의 문학성이라기보다
는 오히려 〈춘원 연구〉를 통한 문학연구자로서 발돋움을 할 수 있는
계기로 작용하고 있었다는 것이며, 아울러 문학에 대한 자신의 시각에
있어서도 문학운동으로서의 문학의 가능성을 뚜렷이 발견해 낼 수 있
는 계기로 작용하였다는 것으로 요약할 수 있다. 이는 결국 김동인에
있어서 사담이라는 영역은 사담 자체의 문학성이라는 측면보다는 그
의 문학과 사상을 이해하는 하나의 도정이라는 측면에서 검토되어야
한다는 것이며, 이것은 바로 그가 인식한 문학운동으로서의 문학이 사
담의 형식으로 존재하고 있었음을 의미한다 하겠다. ❧

후지 後識

그 동안의 써 왔던 글들을 일부분 모았다. 또 다른 한 권의 책을 묶으면서,
그것과 함께 일단 이들을 두 번째 책으로 묶는다는 생각을 하였다.
이 두 번째 책에도 수록하지 못하는 글들도 있었다. 한 편으로는 게으름
때문에 수록하지 못하는 부분도 있어 아쉽지만, 그러나 무엇보다도 이들은
각각 한 권의 책이 되어야 한다고 굳게 믿고 있기에, 이번 작업에는 수록하지
아니하였다. 기다리고 있는 자료를 접하는 대로 사실 여부를 확인하면서
보충해야 할 부분들이 남아있기 때문이다.
물론 기다리던 자료가 온다고 해서 완벽함을 지니는 것은 아닐 것이다.
이러한 작업이 본래부터 갖는 한계라는 것을 이제는 너무나 잘 알고
있기에……

여기에는 그 동안 써온 글 가운데 미처 발표하지 못한 글이 두 편 들어 있다.
이 글들은 자료를 보충하면서 다시 쓰는 작업을 해야 할 것이며, 그 때에
다시 발표할 수 있을 거라 믿고지고.

이러한 작업을 계속할 수 있는 시간이 계속 주어지기를 바라지만 항상
생각해 왔던 계획과 나의 삶이 어긋나는 것은 나만의 일이 아니라는 것을
이제는 알기에 조금은 여유를 부리기로 하였다.

일단 어느 정도 정리가 되면서 나름의 질서를 가져왔겠지만 이제 다시
소란스러움과 부산스러움 속에서 혼돈과 무질서가 지속되리라는 것을 안다.
그리고 그 혼돈과 무질서에서 무한한 창조의 힘이 나오리라는 것을 믿는다.
초승의 달이 만월의 마음을 지닐 수 있다는 것을 믿는 것처럼……

이 글들을 쓸 수 있는 여건을 만들어주고 격려해주었던 그러나 이제
멀리서나마 소식을 전해야하는 동료들, 어려운 시기임에도 출판을 흔연히
맡아주신 보고사 김흥국 사장님, 깔끔한 책을 만들기 위해 끝까지 수고하신
이경민님을 비롯한 편집부원 모두에게 고마움을 표한다. 항상 좋은 일들이
모두에게 거듭되기만을 바란다.

2005년 4월
홍제천변의 풍경 속에서

이창헌(李昶憲)

서울대학교 인문대학 국어국문학과
서울대학교 대학원 석사과정
서울대학교 대학원 박사과정
문학박사
경기대 상명대 서울대 서원대 연세대 한신대 강사
인제대학교 교수
명지대학교 국어국문학과 교수(현재)
doyori@mju.ac.kr

이야기문학 연구

2005년 4월 12일 초판 발행

지은이　이창헌
펴낸이　김흥국
펴낸곳　도서출판 **보고사**

등록　1990년 12월(제6-0429)
주소　서울시 성북구 보문동 7가 11번지
편집부 922-5120~1, 영업부 922-2246, 팩스 922-6990
홈페이지　www.bogosabooks.co.kr
메일　kanapub3@chol.com

ⓒ 이창헌, 2005
ISBN 89-8433-317-4(93810)
정가 10,000원

* 잘못된 책은 바꾸어 드립니다.